百家文学馆

陪 伴

逸 西 著

中国文联出版社

图书在版编目（CIP）数据

陪伴 / 逸西著 . -- 北京：中国文联出版社，
2016.12（2023.3 重印）
ISBN 978 - 7 - 5190 - 2380 - 5

Ⅰ.①陪… Ⅱ.①逸… Ⅲ.①报告文学—中国—当代
Ⅳ.①I25

中国版本图书馆 CIP 数据核字（2016）第 311125 号

著　　者　逸　西
责任编辑　王　斐
责任校对　乔宇佳
装帧设计　中联华文

出版发行　中国文联出版社有限公司
地　　址　北京市朝阳区农展馆南里 10 号　　　邮编　100125
电　　话　010 - 85923025（发行部）　　　85923091（总编室）
经　　销　全国新华书店等
印　　刷　三河市华东印刷有限公司

开　　本　710 毫米×1000 毫米　　1/16
印　　张　16.5
字　　数　253 千字
版　　次　2023 年 3 月第 1 版第 2 次印刷
定　　价　78.00 元

目　录

引子　谁是最可爱的人

谁是最可爱的人？半个多世纪以前，著名作家魏巍被志愿军战士的英勇事迹深深打动，喊出了一个时代的心声。

当年，他奔赴抗美援朝的最前线，采写了报告文学《谁是最可爱的人》，收录在我们的中学课文里，激励和影响了一代又一代中国人。

半个多世纪以后的今天，我要说的是我们战斗在政法战线上的司法民警，他们在戒毒场所，在艾滋病专管大队，为了明天，为了无数个绝望和走失的灵魂，用心血和汗水，履行着神圣的职责。

2013年12月28日，国家劳教制度废止，四川司法行政各劳教场所相继转型为强制隔离戒毒所。面对管理对象转变、工作性质改变、管理经验缺乏等现实困难，广大民警顶住场所安全稳定的压力，大胆探索，在实现平稳过渡、成功转型的基础上，积累了较为成熟的戒毒经验和"常青藤戒毒模式"。他们燃烧自己，把最美好的青春献给了伟大的戒毒事业；将真情关爱与戒治帮扶融为一体，恪守执法之职，善谋戒治之策。让所有戒治者看到希望与未来。

也正是因为他们的无私无畏和真情陪伴，才使数以万计的戒毒人员和数以千计的因吸毒感染艾滋病病毒感染者有了戒除毒瘾的坚定决心，让更多的人和家庭免受毒品的侵害和不受他人歧视。

他们为了陪伴，为了唤醒戒毒人员早日脱离毒海，舍小家为大家，净化社会环境，在没有硝烟的战场上，日夜操劳，无私奉献，把真情陪伴献给了迷茫又绝望的心灵和寂寞的守候。

他们身着藏青色警服的背影，活动在第一缕晨曦中，消失在最后一抹夜色里。

陪伴

2014年12月2日，四川省新华（绵阳）强制隔离戒毒所教育科科长唐旭峰，因长期隐瞒病情坚持工作，积劳成疾，被确诊为淋巴癌晚期，于12月27日不幸去世，年仅38岁。

他从警19年中，有18个春节是在工作岗位上度过的。虽然身患消化功能紊乱，肝硬化等多种疾病，但他一直坚持工作。在单位成立艾滋病戒毒人员专管大队时，他主动请缨到大队工作，通过探索实践，总结形成较为成熟的《艾滋病病毒感染者集中管理办法》。在对戒毒人员的教育矫治中，他累计教育矫治戒毒人员2400余人次，开展个别谈话11000余人次，教育转化危重人员100余人，还用自己微薄的积蓄资助戒毒人员200余人。

唐旭峰病重时，单位准备为其捐款。得知这一消息，已不能说话的他在纸上艰难地写下："不要组织捐款，不麻烦同志们了，他们有的比我更困难。希望尊重我的决定。"

唐旭峰走了。他用生命为自己热爱的戒毒事业，写下了不朽的篇章。

2015年，司法部追授唐旭峰为全国司法行政系统二级英模，号召广大司法民警向他学习。

曾经的一名戒毒人员得知唐旭峰不幸去世的消息后，在家设置灵堂悼念，并携妻专程从上海赶赴绵阳祭拜。他带着自己公司新开发的猕猴桃，长跪在唐旭峰的墓碑前，声泪俱下："恩人啦，您咋就走了呢？17年了，我忘不了您替我的烂脚擦药水的情景，更忘不了您与我日夜促膝长谈。每当我想放弃时，就总想起您的教诲。尝一尝吧，恩人啦，这猕猴桃可甜了。呜呜呜……"

哭声，如诉如泣，令在场人肝肠寸断，眼泪直滚。

"蓝莲花家园"民警刘海把因吸毒感染艾滋病病毒的强制隔离戒毒人员（以下简称"艾感"戒治人员）当兄弟，远赴自贡家访时同桌共餐进食，帮助家人消除恐惧和歧视。

民警付涛在"更生苑"和彝族"艾感"戒治人员一起过火把节时，接过他们用手抓的"砣砣肉"，二话没说就放进嘴里吃了起来。

"矫治苑"民警谭兵深夜送"艾感"戒治人员到所外医院急诊就治，为患者端盆倒水，接胸腔里抽出来的积液。

女子戒毒所民警周利陪伴"艾感"戒治人员两天两夜，延误送发高烧的3

岁女儿医治，导致肺炎，不治身亡……

他们付出的背后，都有一个个催人泪下的故事。

他们为消除"艾感"戒治人员内心恐惧和社会、家庭的歧视，用真情和真心，俯身为民。

他们的爱，如春花绽放，如仲夏清风，如深秋红叶，如冬日艳阳，温暖和感动着戒毒场所里的每一个戒治者！

第一章

变 革

劳教废止，禁锢的枷锁被砸得粉碎

滋生希望的青藤，让生命之树常青

蓝莲花圣洁、红花楹热烈、辛夷花真挚

在毒祸四起的日子里

它们争奇斗艳

芬芳了一个又一个走失的灵魂

第一节 劳教废止

世界上所有国家，都曾经历过法律不断完善与发展的过程。中国也不例外。

追溯中国劳教制度产生的历史，时光应倒流回 1955 年。

刚刚成立不久的新中国，针对当时的国情，党中央发出《关于展开斗争肃清暗藏的反革命分子的指示》，明确指出对于"不够判刑而政治上又不适宜继续留用，放到社会上又会增加失业"的"反革命分子""坏分子"，采取与劳动改造不同的处理方式。

那么，中国的劳教制度又是如何建立的呢？

1957 年，全国人大常委会批准《国务院关于劳动教养问题的决定》，其中这样写道："劳动教养，是对于被劳动教养的人实行强制性教育改造的一种措施，也是对他们安置就业的一种办法。"

1979 年 11 月，全国人大常委会又批准了一个《国务院关于劳动教养的补充规定》，对劳动教养作出了一些细化规定。由此，中央正式确立了劳动教养制度。

1979 年，规定劳动教养对象进一步明确，即"收容大中城市需要劳动教养的人"。

1982 年，国务院颁布《劳动教养试行办法》，适用对象也进行了相应扩大。

1986 年，又明确增加了三种可以适用劳教的情况：卖淫、嫖娼以及介绍、容留卖淫、嫖娼的人；赌博以及为赌博提供条件的人；制作、复制、出售、出租以及传播淫书、淫画、淫秽录像或者其他淫秽物品的人。

1990 年 12 月 28 日，第七届全国人大常委会通过了《关于禁毒的决定》，明确规定，"吸食、注射毒品成瘾的，予以强制戒除，进行治疗、教育。强制戒除后又吸食、注射毒品的，可以实行劳教，并在劳教中强制戒除"。

2002 年，公安部下发《公安机关办理劳动教养案件规定》，其中，把劳动教养界定成为一种强制教育的行政措施。

"劳动教养"，对许多人来说，仅仅是一个比较陌生的名词。它剥夺某人的自由，却又不是坐牢；它宣布某人行为不端，却也没有说此人犯了罪。那么，国家为什么又要对劳教制度进行改革废止呢？

主要因为在长期运用和实践中，劳教制度问题凸显，很难做到程序正义。

比如刑事诉讼是由公安、检察、法院、司法（监狱）几大系统分工执行并互相制约，被告人的权益能够得到充分保障。可是，在劳动教养中，这些互相制约的程序都不存在了。它的整个程序是在同一个封闭的行政（公安）体系内运行。

更为明显的是，在劳动教养中，指控者和裁决者存在上下级隶属关系，即公安一家说了算，被指控者却不能聘请律师为自己辩护。更糟糕的是，指控和裁决的过程甚至可以不开庭进行，即不给被指控者辩护的机会，完全由裁决者书面审查即可决定。

问题出来了，总得想办法解决。

2011年，兰州、南京、济南、郑州被列为违法行为教育矫治试点地区。

2013年1月7日，在全国政法工作会议上，中共中央政治局委员、中央政法委书记孟建柱宣布，积极推进劳动教养制度改革，在报请全国人大常委会批准后，将停止使用劳教制度，并要求在全国人大常委会批准前，严格控制使用劳教手段，对缠访、闹访等3类对象，不采取劳教措施。同时，他还指出，将全面推进平安中国、法治中国建设。废除劳教制度改革，将成为当年政法工作的重点。

同年11月中旬，十八届三中全会《中共中央关于全面深化改革若干重大问题的决定》提出，"废止劳动教养制度，完善对违法犯罪行为的惩治和矫正法律，健全社区矫正制度"。

同年12月28日，全国人大常委会通过并作出废止劳教制度的决定，并于28日公布之日起施行。

根据决定，劳教制度废止前，依法作出的劳教决定有效；劳教制度废止后，对正在被依法执行劳教的人员，解除劳动教养，剩余期限不再执行。

从此，中国延续半个多世纪的劳动教养制度被正式宣布废止。举国上下，一片欢呼。捆绑中国人长达几十年的劳教枷锁，终于打开了！

此举昭示着中国的司法公正与司法文明又大大地向前迈进了一步，每一位中国公民的权利与尊严，都将得到进一步的保障。

这是一个令人鼓舞的日子，法律的阳光照亮了每一个角落、照进了每一个中国人的心窝。

这一天，阳光灿烂。

悬挂在成都市金牛区蜀通街 90 号大楼的"四川省劳动教养管理局"的牌子，很快被"四川省戒毒管理局"取而代之，"劳教"退出历史舞台。

前四川省劳动教养管理局局长林蒙昌走出办公室，长长地吐了一口气，如释重负。他现在的身份，是四川省戒毒管理局的局长。

这标志着他和他的同事们，今后的工作都将与戒毒人员打交道，如何帮助和陪伴他们戒除毒瘾，远离毒品，早日康复，回归社会，成了他们的头等大事。

急促的脚步声，响彻楼道。林蒙昌频频点头，微笑着与迎面赶来上班的同事打着招呼。

第二节　生命常青

为了预防和惩治毒品违法犯罪行为，保护公民身心健康，维护社会秩序稳定，2008 年 6 月 1 日，国家颁布实施《禁毒法》。

这部法律的诞生，在四川省劳教系统中，催生了三个代表性的事件：四川省新华劳教所率先加挂"四川省新华（绵阳）强制隔离戒毒所"的牌子；随后，四川省沙坪劳教所加挂"四川省眉山强制隔离戒毒所"的牌子；四川省大堰劳教所加挂"四川省资阳强制隔离戒毒所"的牌子。

2009 年，四川省内劳教系统的工作内容已经变成了劳教和戒毒并存的格局，两项工作一起开展。

2010 年，四川省内劳教工作萎缩明显，戒毒工作成为重点，劳教系统着手探索戒毒的理论和操作办法。同年，四川省女子劳教所也加挂"四川省女子强制隔离戒毒所"的牌子，成为全省劳教系统内唯一收治女性戒毒人员的戒毒所。

2011 年，社会各界要求废除劳教的呼声越来越强烈，四川省劳教系统内的戒毒工作继续发展壮大，劳教人员持续不断减少。

2012 年，国务院新闻办公室发表《中国的司法改革》白皮书，中央司法体制改革领导小组办公室负责人姜伟称，劳教制度的一些规定和认定程序存在问题，对其进行改革已经形成社会共识。这一年，四川公安已经不再往劳教场所送人，劳教系统的戒毒工作日趋成熟。

2013 年 1 月，全国政法工作会上，提出对劳教制度进行改革。从当年年初到 9 月底，四川解教的劳教人员近 1000 人。

2013 年上半年，在司法部官网劳动教养管理局的网页上，政策法规一栏的《中国劳动教养工作简介》中显示，截至 2012 年年底，中国共有劳动教养管理所 351 个，在所劳教人员 5 万多人。

2013 年 11 月，《中共中央关于全面深化改革若干重大问题的决定》中提出，废止劳动教养制度。从那时起，四川所有的劳教所已基本完成了向强制隔离戒毒平稳过渡。当年年初，四川省通过各种措施减少审批，没有新增劳教人员，四川省内的劳教人员也被陆续转移到四川省新华劳教所。当中央提出废止劳教《决定》时，四川省的劳教人员已不足 10 人。同年 12 月，四川省新华劳教所释放了最后一批劳教人员。

拿局长林蒙昌的话说，劳教制度废止，四川劳教系统及其工作人员迅速向强制隔离戒毒工作转移。省内的劳教所，多数已增挂了"强制隔离戒毒所"的牌子。

回顾劳教走过的历程，林蒙昌说，各劳教场所积极探索"三期九段戒治""三期六步戒治""三教两治"等戒毒模式，在劳教戒毒中起到了积极作用，为劳教戒毒人员撑起一片希望的蓝天。同时，劳教民警不同于公安民警。劳教民警是扎根深山，远离繁华都市管理劳教人员，而且要做到"三像"：像父母对待子女、像老师对待学生、像医生对待病人。

有关劳教争议不断的问题，林蒙昌认为，今后的工作更好做了，毕竟有《禁毒法》做支撑，一切可依法开展戒毒工作。

2014 年，是四川劳教重点转型的一年，从过去的强制劳教转向了贴心服务，过去的劳教对象更多转为了社区矫正。

这一年，也是国家劳教制度总结、司法劳教全面向强制隔离戒毒工作转型的一年。同时，中编办还批复司法部成立戒毒管理局，司法部根据戒毒工作职能，对原劳教局内所设处室进行了调整。截至这年 10 月，全国 30 个省（区、市）和新疆生产建设兵团纷纷成立了戒毒管理局，全国共建成 337 个强制隔离戒毒所、8 个戒毒康复所，部分地方在社区建立指导站，对社区戒毒（康复）提供指导和支持。

这一年，为了深入贯彻落实习近平总书记关于做好废止劳教制度后续工作，提高戒毒工作水平等一系列重要指示精神，四川省戒毒管理局及时转变观念，加强业务培训，不断探索创新。

四川省劳教系统从《禁毒法》出台到劳教废止，短短 6 年时间里，成功实现了全面进入新的戒毒工作。

生命之花不再凋零，绿叶留下甜蜜的果实。

四川司法行政戒毒系统大胆创新，用温暖的双手去呵护，让生命得到尊重、关怀和认知；用坚实的脚步去丈量，提高四川省戒毒场所的理论支持和流程规范操作，彻底解决了从劳教戒毒到强制隔离戒毒中有可能存在的无序和混乱状况。举全省戒毒场所智慧之力，以规范化、科学化和社会化为根基，形成了较为成熟的"常青藤戒毒模式"，并在各场所进行广泛推广。

四川戒毒的春天已经来临。

2015 年，四川省戒毒管理局印发了关于做好场所戒毒工作行之有效的一系列管理办法和措施。

繁花生树，群莺飞舞。

在"十二五"规划期间、"十三五"开局之际，四川司法行政戒毒系统累计收容收治戒毒人员 5 万多人，解除近 2.9 万人，新增基础设施 19 万平方米；"十三五"期间，四川还将新增建设规模 40 万平方米，预计到 2020 年，收治规模将从目前的 8000 人上升至 2.2 万人。

与此同时，四川积极推进戒毒工作社会化，先后与四川大学、华西医院等 100 余家高等院校、医疗机构、社会组织建立合作机制。设立戒毒人员社会回归扶持资金，制定了《戒毒人员困难救助管理办法》，有 400 余人获得资金帮扶。

此外，四川还开展了回归适应性考验。继续推动绿色回归家园、社会化直通车建设，组织戒毒人员到企业进行社会化就业体验，使其提前与社会接触，为他们回归社会搭建过渡性平台。2015年，有500余名戒毒人员参加了适应性考验，其保持操守率和就业率均高于其他戒毒人员。

第三方机构四川省统计局社情民意调查资料显示：2015年通过对四川12886名出所戒毒人员进行电访、信访和面谈。90.4%的受访者在最近一次解除强制戒毒后，保持操守，不再尝试复吸。其中，81.2%的受访者得到了朋友的支持和帮助，与家人共同居住的占73.1%，满意度和操守率均高于选择独居的受访者，而通过司法行政强制隔离戒毒，出所人员对毒品的认识有了显著提高。这与社会、家人对戒毒人员出所给予的关爱、包容和接纳密不可分。更令人感到欣慰的是，近年来，"艾感"戒治人员出所3000多人，无一例交叉感染发生，他们信守承诺，真正做到了"艾滋病感染到我为止"。

第三节　毒祸四起

中国人最初对毒品的认识，伴随着耻辱和仇恨。鸦片战争后，中国人便与毒品结下了不解之缘。

新中国成立不久，1950年2月，政府颁布了《严禁鸦片烟毒的通令》，并在1952年组织了一场声势浩大的禁毒运动。

这场空前彻底的禁毒运动，为中国在世界上赢得了30年"无毒国"的美誉。

随着国门打开，一些不法分子结成团伙，铤而走险，利用西南边境与世界毒品产地"金三角"相毗邻的地理条件和各种途径，贩卖毒品。于是，绝迹30年的毒品又一次在中国死灰复燃了，且越演越烈，令人触目惊心！

2003年11月，由云南省公安边防总队立案侦查的"1999.7.28"特大制贩毒品案，在公安部统一指挥下，经过云南、广东等10省区警方、边防部门历时近4年的通力合作告破。缴获海洛因550公斤、冰毒12.36吨，并查获一大批冰毒生产设备和3800余万元人民币，以及房地产20余处、汽车10辆。

抓获大毒枭谭晓林跨境贩毒团伙成员 26 人。此案的侦破，极大地震慑了境内外制、贩毒分子，创下一案缴获毒品数量的世界之最，相当于 1998 年全世界查获冰毒重量的总和。

2006 年 3 月 15 日至 17 日，中美联手行动，72 小时破获 142 公斤毒品大案，抓获犯罪嫌疑人 9 名，捣毁 2 个藏毒窝点及 1 个毒品加工厂。这是中华人民共和国成立以来中国海关破获的最大宗走私毒品可卡因案，同时也是内地海关、香港海关和美国司法部缉毒署联合破获的、一次缴获毒品可卡因数量最多的案件。涉及亚、非、南美、北美四大洲和哥伦比亚、泰国、中国香港等 7 个国家和地区的特大跨国走私贩毒集团。

2012 年 3 月 29 日，云南西双版纳边防支队破获特大团伙贩卖毒品案，缴获毒品 20.5 公斤。

同年 8 月 2 日，云南西双版纳边防支队破获特大贩毒案，缴获毒品 22.5 公斤。

……

因境外毒潮袭击，"白色瘟疫"侵蚀着中国和谐社会的根基，且在相当长一段时间里，中国毒品违法犯罪活动持续活跃。面对这一复杂的毒情，国家开始行动，重拳出击。

2014 年，国际禁毒日前夕，国家禁毒委首次公布《2014 年中国毒品形势报告》，第一次详细披露了中国禁毒的严峻现实——1400 万人吸毒，直接经济损失达 5000 亿元。

同年 6 月，中共中央总书记习近平、国务院总理李克强分别主持中央政治局常委会议和国务院常务会议，专题听取禁毒工作汇报，并作出重要指示。6 月 24 日，习近平就禁毒工作作出专门批示，要求各级党委和政府要深刻认识毒品的危害性，深刻认识做好禁毒工作的重要性，以对人民高度负责的精神，加强组织领导，采取有力措施，持之以恒地把禁毒工作深入开展下去。

2015 年 6 月 25 日，深圳市中级人民法院举行毒品案件公开宣判大会，对 48 起毒品案件、59 名被告人进行公开宣判。截至当日，深圳市 2015 年共破获毒品案件 2431 宗，同比增长 20%；缴获各类毒品 2.84 吨；打掉毒品犯罪团伙 68 个，其中涉及 1 公斤以上的毒品案件 80 起，10 公斤以上毒品的大案要案 24 起。

2015 年 7 月 28 日，武汉市公安局破获一宗重大涉毒案件，查获毒品 K 粉 40 公斤、麻果 13 公斤，非法枪支 3 支，收缴毒资 109 万元，抓获犯罪嫌疑人 5 名。

2015 年 9 月 16 日，广东清远警方在连州市保安镇破获一起重特大毒品案件，捣毁一个制毒工厂，抓获 8 名犯罪嫌疑人，缴获冰毒 837 公斤。

2015 年 10 月 23 日，云南西双版纳边防支队破获特大家族式贩毒案，缴获毒品 147 公斤。

2015 年 11 月 28 日，广西防城港市公安局在 19 小时内连破两起毒品大案，缴获毒品 10 公斤，其中海洛因 7 公斤，K 粉 3 公斤，抓获 4 名嫌疑人。

2015 年 12 月，云南开远铁路警方破获一起特大贩毒案，抓获犯罪嫌疑人 13 名，缴获毒品 56 公斤。

2015 年 12 月 29 日，广东顺德警方破获一起跨国跨境特大毒品案，打掉 4 个制贩毒团伙，捣毁 2 个制毒工厂、3 个存放毒品仓库，缴获 900 多公斤冰毒、麻果、摇头丸，制毒原材料则超过 3 吨，市值接近 10 亿元。抓获犯罪嫌疑人 29 名。

2016 年 1 月 21 日，云南德宏边防支队破获一起特大毒品案，缴获毒品海洛因 29.96 公斤，抓获犯罪嫌疑人 5 名。

2016 年 2 月 25 日，云南西双版纳公安边防支队 24 小时内连续破获 3 起藏匿毒品案，缴获冰毒 52.99 公斤，抓获犯罪嫌疑人 4 名。

2016 年 2 月 29 日，广西来宾市公安局与柳州警方联合，成功破获一起毒品大案，抓获犯罪嫌疑人 2 名，查获疑似毒品氯胺酮（K 粉）6 公斤。

2016 年 3 月 17 日，乌鲁木齐警方公布连破两起毒品大案，缴获毒品 38.9 公斤、毒资 16.2 万元，抓获犯罪嫌疑人 5 名。

2016 年 3 月 23 日，云南临沧市云县公安局禁毒大队破获一起运输毒品案，查获冰毒 20 公斤，抓获 2 名嫌疑人。

2016 年 3 月，石家庄市公安局矿区分局对外发布消息称，经过近 10 个月的奋战，联合广东、山西警方共出动刑警、特警、缉毒警、网安等部门 200

余名警力，将公安部督办的"2015—1143"毒品目标案件成功告破。打掉一个跨广东、山西、河北三省的特大贩毒团伙，抓获涉毒违法犯罪嫌疑人60名，缴获冰毒20余公斤、鸦片39克，扣押涉案车辆10辆。

2016年3月23日，国家禁毒委在召开的全国禁毒工作电视电话会议上公布：2015年，全国共破获毒品犯罪案件16.5万起，缴获毒品102.5吨，同比分别增长13.2%、48.7%，铲除非法种植毒品原植物454万株，缉毒执法战果创历史新高。

2016年5月13日至19日，四川省禁毒委、四川省公安厅组织了"2016年全省堵源截流广安片区实战拉练行动"。来自7个市（州）公安局和省邮政管理局、缉毒犬队等部门的15支查缉队伍200余人参加实战拉练行动，查获各类案件36起，缴获毒品31.25公斤，有力震慑了毒品违法犯罪分子。

毒祸猛于虎！大有燎原之势。一些企事业老板、党政机关干部和社会名流，也染指毒品。

据官方披露：目前中国登记在册的295.5万名吸毒人员中，35岁以下青少年占在册吸毒人员总数的一半多，随着具有迷惑性的"新型毒品"日趋泛滥，禁毒压力与日俱增。

所以，禁毒迫在眉睫，戒毒首当其冲。社会观察家呼吁：如果毒品没有市场，还会泛滥成灾吗？

禁毒，自中华人民共和国成立以来、自2008年国家颁布《禁毒法》以来，一直在打一场持久战争。

而毒品这朵"罪恶之花"，一直纠缠着国人，使多少家庭遭殃，妻离子散！

"东亚病夫"的屈辱，何时能唤醒麻木的人心？

第四节 "常青藤"在绵阳发芽

有人说，禁毒的关键在于戒毒。毒品没有市场，自然就会断了它蔓延的根基。

《禁毒法》颁布实施后，2008年8月，四川省新华（绵阳）强制隔离戒毒所（人们习惯称"新华人"）在四川省新华劳教所的基础上，正式加挂了"强制隔离戒毒所"的牌子，同时也是司法部强制隔离戒毒局在全国指定的首批重点探索强制隔离戒毒工作的 10 个试点所之一。

当时，"新华人"实行"两块牌子、一套人马、合并办公"的运行机制，下设 16 个机关科室，19 个建制大队，现有在职民警 496 人。全所总占地面积 4100 亩（含山林和坡地 3800 多亩），收治 4500 余名来自甘孜州、阿坝州、凉山州、广元市、德阳市等省内市区的男性强制隔离戒毒人员。

自 2008 年 8 月 25 日正式收治第一批戒毒人员以来，"新华人"积极贯彻落实《禁毒法》，认真履行强制隔离戒毒工作职能和新任务，在四川省司法厅、四川省戒毒管理局党委的领导下，面对收治规模急剧上升、警力严重缺乏、收治对象结构复杂等重重困难，实现了场所持续安全稳定。7 年多来，已累计收治强制隔离戒毒人员 15000 余人。

聪明又智慧的四川戒毒人探索出的"常青藤戒毒模式"，目前已在全省司法行政系统各戒毒场所进行统一推广。

那么，"常青藤戒毒模式"到底是一种什么样的戒毒模式？它又是在什么背景下产生的呢？

自《禁毒法》颁布实施，四川戒毒专家就开始琢磨和思考有没有一种具体的框架模式用于指导今后的戒毒工作？勇于探索和大胆实践，寻找他们具体实施戒毒工作的方法。于是，他们想到了一种生命力极其顽强的植物——常青藤。它易记，且内涵丰富，其绿色象征"生命、健康、希望和活力"。根据常青藤的生长特性，它表现出不安于现状、会四面八方地延伸，不断地扩展生存空间，从而寓意"生命顽强和上进"。同时，其生长既依靠凭借物又互相攀附，形成支持网络，更符合"社会支持和互相支持"的寓意。其英文名"Ivy"可分解为"I"——我，寓意以"我"为本，即人本理念；"V"-"Valiant"——勇敢，寓意民警勇敢面对强制隔离戒毒工作的挑战，戒毒人员勇敢面对戒毒的困难："Y"-"Yes"——是，引申为积极的表达，寓意以积极心理学为指导，坚持以积极的态度戒毒。

此外，基于"常青藤联盟"（Ivy League）已成为顶尖名校的代名词，"常青藤"还寄寓了"追求卓越"的深刻内涵。"常青藤生命复原戒毒模式"倡导建立"常青藤戒毒联盟（Ivy League Drug）"，共同为破解世界戒毒难题而奋斗。因此，常青藤具有"生命、健康、不屈、希望、支持、人本、积极、追求卓越"等多种丰富意蕴。据此，四川戒毒专家设计制作了"常青藤生命复原戒毒模式"的标志，成为"常青藤文化"建设的重要因素。

同时，"生命复原"新概念融合了戒毒模式的立足点、重点和戒治目标，体现了模式的核心，即"培育复原力戒毒人员""构建复原力场所""协调构建复原力家庭及社区"。而戒治目标——"恢复还原戒毒人员健康生命"，即"生理复原、心理复原、健康行为复原和社会功能复原"等。

于是，"常青藤戒毒模式"诞生了，在绵阳发芽，在四川各地生根、开花、结果。

依据这一模式，近年来，"新华人"在强制隔离戒毒工作中实践社会管理创新，取得了积极成效。四川"常青藤戒毒模式"的效果开始呈现，社会影响力不断提升，中国药物滥用防治协会、北京大学中国药物依赖性研究所等国内顶级戒毒科研机构的专家教授对"常青藤戒毒模式"予以了高度评价。

2014年，"新华人"按照四川省司法厅、四川省戒毒管理局统一部署和要求，及时转变观念，加强业务培训，根据"常青藤戒毒模式"搭建了"亲情介入、医疗支持、社会参与"三个联动帮扶平台，努力提升场所的戒治质量。

在搭建"亲情介入"平台中，"新华人"认为，吸毒者虽然伤害了家庭，破碎了亲情，但家庭是港湾，亲人的接纳和支持是戒毒人员戒毒和回归社会的信心与动力。据此，他们通过开放场所邀请亲属来所帮教、建立远程网络帮教体系、开办家长学校提升家属帮教能力等，将亲情介入视为戒毒工作的重点。

在搭建"医疗支持"平台中，他们突出了三个重点：发挥戒毒医疗在急性脱毒期的治疗作用和主导作用；利用所外优势医疗资源对急危重症疑难病戒毒人员进行救治，确保他们的生命健康；对戒毒人员生理体能恢复、抗复吸治疗、卫生知识及疾病预防知识的普及教育给予有效的医疗指导。

在搭建"社会参与"平台中，他们积极联系卫生、药监、企业、社会团体及科研院校，寻求支持，依托专业机构开展科研合作，利用政府相关部门资源提升戒毒工作社会联动效果。在搭建"三个平台"践行"三个戒毒"的过程中，他们避免"单打独斗"、一家之力搞戒毒的局面，内引外联、多措并举、着重借力五个社会资源，不断探索戒毒工作新途径。

在借力医疗行业优势资源上，场所采用聘请、招募、购买服务等途径，与绵阳当地医疗卫生部门沟通合作，开辟了戒毒人员绿色救治通道，对场所的急症、突发病、危重病人实施积极的抢救和治疗，对一些疑难杂症及场所不具备医治条件的病人建立联合会诊及住院治疗制度。近期该所正积极寻求驻地党委政府支持，拟与绵阳第三人民医院共建绵阳第三人民医院新华强戒所分院，将其打造为主要承担药物依赖戒断、精神康复诊治，集医、教、研、防为一体的特色专科医院。

在借助戒毒领域行业资源提升戒毒工作专业水平，他们借助中国药物滥用防治协会的专业戒毒力量，邀请协会专家对强制隔离戒毒工作给予指导和帮助，促进戒毒方法不断完善和强制隔离戒毒工作不断发展；与北京大学药物依赖研究所建立长期教学科研合作关系，开展民警戒毒专业知识提升培训，推动戒毒理论研究和科研实践；多次安排民警到香港等地考察戒毒工作，与香港戒毒会及社会团体进行交流，学习别人在戒毒领域的新理念和新做法，保持与香港戒毒会的专业联系，共享其网络平台的各类戒毒信息和资料，为助推戒毒工作新发展起到重要作用。

在探索强制隔离戒毒工作过程中，他们积极实践戒毒人员社会适应性考验，即经诊断评估，符合条件的戒毒人员在戒毒执行期间可以申请回归社会进行自主戒毒，并按规定回到戒毒场所接受监督和矫治辅导的一种戒治方式。社会适应性考验的目的在于让戒毒人员回到真实的社会环境中进行适应性训练，同时考察其社会功能恢复和保持操守情况，以检验戒毒的实际效果，为科学评估和改进强制隔离戒毒工作提供依据。

回归社会适应性考验分为"周回归"和"月回归"两个阶段。"周回归"要求戒毒人员每周必须返回戒毒所一次，接受监督检查和矫治辅导。"周回归"期间考核合格的，可以转入"月回归"阶段，每月回戒毒所一次，接受监督检查和矫治辅导。社会适应性考验期间，戒毒人员、家属、居住地社区、公安派出所与强制隔离戒毒所签订 5 方协议书，约定各方应尽照管及帮教职责。

社会适应性考验整合了戒毒人员自身、家庭、居住地社区、公安机关以及戒毒所的综合力量，成为戒毒人员巩固戒毒成效和继续保持操守的重要支撑，为实现戒毒场所与社会的无缝对接起到了重要作用。回归期内戒毒人员与社会融合，实现自主管理，期满回所后对其操守保持情况进行定量、定性分析检验，增强了戒毒人员戒毒主动性、积极性，使其操守率大大提升。

为体现对回归社会戒毒人员的关爱，加强后续照管，提升戒断巩固率，为其戒断毒瘾、融入社会创造良好的环境，新华所实践开放式办戒毒的工作理念，利用所内自有的 3800 亩山林土地，与企业合作，共同打造集戒毒康复、职业培训、临时就业安置等多功能于一体的"绿色回归家园"，园区内工作的人员都是该所戒毒人员，在园区除接受戒毒康复指导外，还学习植物栽培、养护等实用技能，劳动报酬与社会务工人员相当。

"新华人"在园区还建立了戒毒人员家长学校，定期为戒毒人员亲属提供戒毒专业知识培训，邀请省内知名戒毒专家、专业心理咨询师到园授课。现已开办家长培训班 4 期，参加培训者达 200 余人次，重点解决戒毒人员家庭亲情破裂和戒毒人员亲属缺乏起码的戒毒知识技能，增强亲情帮教在戒毒工作中的针对性和实效性，极大地提高了亲属的帮教能力。同时通过常规的亲情电话、家委会 Q 群和视频会见等形式，架起戒毒人员与家属沟通和交流的桥梁，实现家属对戒毒人员的远程网络帮教，打破家庭帮教时间和空间限制，既拓宽了帮教渠道，又方便了家属帮教，深受广大家属欢迎。

"绿色回归家园"重视利用重大的传统节假日，积极构建亲情帮教平台，通过举办园区开放日、家庭联谊会、家属座谈会、亲子活动、亲情餐、联欢会、夫妻团聚房等亲情帮教形式，让戒毒人员近距离感受亲情的关爱和温暖。母亲的呼唤，父亲的眼泪，妻儿的相拥……一幕幕感人场景，唤回了一个个失落的心灵，激发戒毒人员安心戒治的"原动力"。2015 年，园区共开展各类家庭帮教活动 50 余次，来所参加帮教活动的家属 1000 余人次。

　　"绿色回归家园"投入运行以来，深受戒毒人员家属的拥护和支持，戒毒人员踊跃到"绿色回归家园"参加戒毒康复，先后有 500 余名戒毒人员人住"家园"参加戒毒康复、职业培训，50 余名戒毒人员期满留园实现就业。2015 年年底，新华所对 80 名曾在"绿色回归家园"接受戒毒康复的戒毒人员进行回访调查，通过直接走访调查对象，尿检、电话信函联系调查对象并到当地公安机关、禁毒机构或社区核实情况等。80 人中，有 3 人无法联系，实际接受调查 77 人。调查结果显示：77 人中，保持操守（未复吸）70 人，保持操守率达 90.9%；就业 68 人，就业率达 88.3%。两项指标均远远高于未到"绿色回归家园"参与适应性训练的其他戒毒人员。这种开放办戒毒的理念和成功做法得到国家禁毒办专职副主任王刚、国家药物滥用监测中心主任刘志民等领导和专家、学者的好评。

　　此外，新华所还长期与四川师范大学、西南科技大学、绵阳师范学院等高校保持友好联系，开展互动交流活动。

　　他们邀请师生到所内参观交流，了解强制隔离戒毒工作开展情况，对戒毒人员开展帮教活动；借助高校力量对民警开展心理学、教育学等方面的专业培训，提升戒毒业务水平；安排戒毒人员到高校现身说法，通过典型案例引起共鸣，对青年起到警示教育作用。近两年来，共计邀请高校师生来所帮教达 600 余人次，开展专业培训 80 余人次，安排戒毒人员现身说法 50 余人次，对强制隔离戒毒工作如何融人社会的探索实践起到重要促进作用。

　　场所定期开展社会开放日活动，邀请社会人士、社会团体到所内参观交流，通过社会力量建立志愿者队伍。新华所和爱心人士及志愿者组织联系，请他们人所开展结对帮教活动，开设"爱心讲坛"，提供心理咨询。如西南科技大学的学生志愿者，定期来所活动。两年来，场所共开展社会开放日活动 10 次，接待志愿者、社会爱心人士 1200 余人次，收到很好效果；场所与绵阳市邮政局合作开展"信心·千信"活动，邮政局专题发行"亲情联谊家书"信封和邮票 6000 余份，免费为戒毒人员邮递亲情家书，并收到各类社会爱心人士捐书、捐物万余件；积极与地方公安部门合作，为解决戒毒人员收治、变更过程中的各类疑难问题进行协调沟通，取得公安部门的帮助和支持，促进了场所执法工作的顺利开展。

第五节 "蓝莲花"在资阳圣洁

早在 2008 年，国家《禁毒法》颁布实施，四川省资阳强制隔离戒毒所（人们习惯称"大堰人"）就开始集中收治四川省司法行政戒毒系统内的"艾感"戒治人员。

对此，"大堰人"以"尊重生命、降低危害、提升生命质量"为宗旨，坚持"人性化教育、家园式管理"的工作理念，依据"常青藤戒毒模式"的框架，在国内首创"蓝莲花家园"戒毒模式，修建独具川西民居风格的"更生苑""矫治苑"和"关爱苑"，完善了涵盖民警培训中心、医护中心、心理矫治中心、文体教育中心、习艺康复中心、膳食中心等系列硬件设施建设。

8 年来，"蓝莲花家园"释放出温度和活力，以"家"的气息，尊重、关爱、接纳"艾感"戒治人员，满足他们的戒治学习训练与日常生活需要。"家园"民警以家庭成员的身份，陪伴关爱、鼓励引导，成为他们的良师益友，让人所戒治的 4000 多名"艾感"戒治人员安心、静心、舒心地在家园中学习生活、改善身心、戒除陋习，让顺利回归的 3000 多名"艾感"戒治人员敬畏生命、珍爱生命、提升生命品质，自觉担当"艾滋病感染到我为止"的社会责任。

蓝莲花又名埃及蓝睡莲，属水生花卉，花开呈星状，上午开花，下午闭合，略带香气。古埃及人将它视为生命、圣洁、智慧和希望的象征。"大堰人"创建"蓝莲花家园"，借鉴国际先进的戴托普治疗社区管理模式的经验，在一个类似家庭的环境里，对戒毒人员中的"艾感"戒治人员采取心理治疗和行为矫正，改变他们的生活方式，增强他们承受挫折的能力，接受并遵守主流社会的规则。

那么，"蓝莲花家园"戒毒模式到底又是怎样产生的呢？

为克服"艾感"戒治人员与普通戒毒人员"双盲"管理、"单盲"管理以及混合管理的缺陷，消除艾滋病在所内相互传播和交叉感染的风险，排解普通戒毒人员的心理压力，保障"艾感"戒治人员的隐私和权益，更好地维护场所安全稳定。2008年，四川省资阳强制隔离戒毒所党委多次召开专题研讨会，在所部医院试行集中专门的力量有效戒治这类特殊人群，并在四川司法行政系统率先提出对艾滋病戒毒人员实施集中管理，成为全省集中管理治疗艾滋病戒毒人员的专门场所。同年5月，"大堰人"正式组建了"艾感"戒治人员集中管理治疗大队，开始收治全省男性强制隔离戒毒人员中的艾滋病病毒感染者。

毒魔摧毁了他们的身心，病魔捆绑着他们的灵魂。

当"戒断症状"反复出现时，"艾感"戒治人员难以自控和自拔，他们的亲人恨其不争、怒其不孝，从内心反感他们，更别说社会的排斥与歧视。

他们往往脆弱敏感、自卑自闭、自暴自弃，甚至有因绝望、漠视而攻击他人或有报复社会的言行。

他们恐惧茫然，不知所措，没有存在感，看不到希望，生命摇摇欲坠。

然而，不尽相同的吸毒与感染的人生，却折射出他们是一群有思想、有情感，也有获得健康愿望与权利的"成瘾"者。

如何把危害降到最低，尊重他们、保护他们的合法权益、延缓他们的生命、提升他们的生命质量，摆在"大堰人"的面前，并成为重要探索和实践的课题。

于是，"大堰人"提出了"淡化警务和管理职能，强化矫治和帮扶职能"的工作理念，专管民警通过多种形式的教育和教学手段，帮助引导他们理性认知疾病，开展科学、文化、法律知识和职业技能培训，结合心理辅导和抗病毒治疗，重建"艾感"戒治人员正确的人生观和世界观。

但是，半年后的一次民意调研显示收效甚微，且绝大部分"艾感"戒治人员悲观绝望、漠视生命、淡漠亲情、缺失责任。

为此，"大堰人"制定了第一个五年发展规划，并进行了一次较大规模的调研测评。一份由500余名社会人士和2000余名戒毒人员参与的测评中，社会人士对艾滋病知晓率为45%，对场所工作满意率为58%；戒毒人员对艾滋病知晓率为65%，对场所工作满意率88%，其中，"艾感"戒治人员对艾滋病知晓率为77%，对场所工作满意率仅为53%。

正是这份调研测评，触动了"大堰人"的神经，全所民警充分认识到，要做好"艾感"戒治人员集中管理治疗工作并不容易。他们下决心大胆探索"艾感"戒治人员集中管理治疗的最佳模式。

于是，"蓝莲花家园"戒毒模式的理论在"大堰人"头脑中逐渐形成，即"生活在这里""对自己负责""生活好每一天"的格式塔治疗理论和萨提亚家庭治疗理论，为"艾感"戒治人员指明了戒治生活方向。

圣洁的蓝莲花，缤纷的红丝带，成为"艾感"戒治人员集中管理家园的鲜明特征。

为了营造一个充满大爱的温馨家园，关爱接纳每一位"艾感"戒治人员。"大堰人"要求家园民警像蓝莲花一样，牢记党和人民的嘱托，引领"艾感"戒治人员从黑暗走向光明，从沉沦回到重生，从彷徨走到坚定，从漠视生命到珍爱生命。民警与他们朝夕相处、互相尊重、积极互动，共同演绎"生命至上"的感人故事，完美诠释"蓝莲花家园"呵护生命、提升生命品质的真谛。

于是，"大堰人"的终极目标出现了——教导艾滋病戒毒人员学会尊重生命、爱护生命，并自愿承诺"艾滋病感染到我为止"。

有了明确的奋斗方向，"大堰人"又将"蓝莲花家园"的内涵进行提升，即"尊重接纳、关怀救助和改善更生"。

他们在资阳山清水秀、层峦叠嶂的大堰村，为"艾感"戒治人员营造了优美的家园式环境，视"艾感"戒治人员为自己的家人、学生、病人，坚持不抛弃、不放弃、不歧视的工作原则，尊重接纳每一位"艾感"戒治人员，抚慰他们的心灵，保护他们的隐私，指导他们的戒治生活。

"大堰人"在做好这一系列工作的同时，在家园戒治过程中还全程贯穿对"艾感"戒治人员的人文关怀，适时开展困难帮扶与关怀救助，实施医疗照管和抗病毒治疗，提高生活标准，改善生活待遇，建设家园文化，让每一个"艾感"戒治人员时刻感受到家的温暖与舒适。

在改善更生方面，"大堰人"构建了民警、专家、志愿者三支队伍共同合作的工作机制，联动社会积极力量，为"艾感"戒治人员提供完善的家园管理、特色教育、医疗救助、康复训练、更生服务等所内戒治支持，同时搭建亲情帮教和社会扶助桥梁，帮助他们逐步建立健康的社会支持系统，改善他们的身体状况、心理状况以及社会支持状况，使他们的生命质量得到有效提升和保障。

在"更生苑""矫治苑"和"关爱苑"里，"艾感"戒治人员起居设施齐备、色调温暖，学习训练设施先进、功能齐全。床是暖色木制单铺，衣被全棉，图案卡通，窗帘翠绿，桌凳清爽，宿舍温馨舒适。他们的起居按照"宾馆化——标准间"内务卫生管理模式，免费提供日常用品，一人一铺，六人一室，一室一"家"，每"家"都有自己的名称或"家训"，在每个铺位墙壁的醒目位置还有个性化设置区域，可摆放亲人朋友照片、展示自己才能爱好，还可展现戒治计划、憧憬未来。每个"家"除人员名称、信仰爱好不同外，其余物品摆放与卫生要求全部按照"四化""五整洁"标准统一实施，优美整洁、温馨舒适的家园环境与完备实用的功能设施融为一体，充满温情和温馨。

"大堰人"通过不懈努力，2009年，"蓝莲花家园"建成全国司法行政戒毒系统艾滋病集中管理治疗工作窗口单位和培训基地，至今共举办各类专业培训7期，接待全国30余个省、市、自治区兄弟单位的3000余人来所交流学习。"蓝莲花家园"是北师大、四川理工、绵阳师院等高校的科研教学实践基地，其模式是司法行政机关参与社会管理创新的重要表现，为研究"艾感"戒治人员违法犯罪、强制措施、司法保护、管理模式、心理辅导、体能康复、社区戒治、社会关怀等问题提供了实践基础。

2012年司法部戒毒局有关领导建议把"蓝莲花家园"建成可持续发展建设"艾感"戒治人员集中管理治疗工作的国际示范点。

2013年，为实现对"艾感"戒治人员的全面照管服务，"蓝莲花家园"成立了"关护救治""权益维护""转介帮扶"三大中心，探索建设"艾感"戒治人员集中管理治疗国际示范点。

为保障和推进"三大中心"的日常工作，"蓝莲花家园"还成立了专门的领导小组，主动协调、密切联系地方防艾办、疾控、卫生等部门，逐渐形成规范化、制度化、常态化的共同帮扶、防控和教育机制。民警切实做好陪伴和服务"艾感"戒治人员的工作。

由此，"大堰人"还建立和完善了《家园公约》，编制了《集中管理治疗工作民警队伍管理办法（试行）》，明确集中管理治疗工作大队班子配备、警力配备、民警工作职责要求，使集中管理治疗工作民警队伍建设全面迈向科学化、规范化，大力提高教育戒治质量，维护民警的职业安全，有效预防民警在工作中发生职业暴露。以《"蓝莲花家园"规范化管理工作手册》为核心，制定完善《体能康复大纲》《"艾感"戒治人员救助金使用管理办法》等32个制度和办法。

"大堰人"与四川理工学院携手编撰《康复训练手册》，指导"艾感"戒治人员开展体能康复训练；与四川司法警官学院合作开发《双语教材》，指导彝族"艾感"戒治人员教育工作；与云南戴托普戒毒药物依赖治疗康复中心和上海阳光（雨露）戒毒防复吸指导中心合作，为"艾感"戒治人员及其家属提供专业指导和后续照管服务……

"蓝莲花"在资阳开启了艾滋病戒毒人员冰封的心灵，圣洁又芬芳。

第六节 "红花楹"在德阳绽放

绽放的红花楹花颜色艳红，像涅槃的火凤凰，在四川省女子强制隔离戒毒所激情燃烧。

作为一省专门收治女性的强制隔离戒毒所，如何将教育矫治工作的一般规律与女性教育的特殊性相结合，如何提高女性戒毒人员的主体意识，塑造自尊、自立、自强、自信的"四自"品格，培养她们健康、积极、向上和乐观的品质，成了女所全体民警的头等大事。

首先，她们要帮助戒毒人员戒除"心瘾"，在教育矫治工作中，树立"不能服从，但要服务她们；不能放任，但要信任她们；不能迁就，但要成就她们"的理念。

其次，女所在"常青藤戒毒模式"的框架下，于2010年8月开始实施"红花楹"母性回归计划特色教育模式。

这一模式以"红花楹"作为母性回归计划的象征，以充满热情、鲜艳的生命色彩和热情浪漫的气息为主题，表达女性戒毒人员生命重新燃烧，在

"绝望中重获新生"。

"母性"是人性在女人身上的完美体现，女性修养的最高境界。"母性"更是一种痛苦的灿烂与辉煌，是以牺牲自我为代价的母爱情感。

"回归"则是对女性戒毒人员实现社会角色回归，通过教育和心理疏导实现边缘人群心态回归正常人群融入社会；是性别角色回归，通过教育实现对自身角色的接纳和认同。

总之，"母性回归"就是通过有步骤、分阶段的教育，实现基本素质全面提高和自信回归、性别回归、心态回归和角色回归。

而"红花楹"的花语则是：在绝望中重生！

"红花楹"母性回归教育，以性别意识复苏教育为主，强调女性与社会道德、价值观相容相依。所有教育内容均围绕"责任"主题，以"补偿教育、名家讲坛、技能培训、亲情帮教、社会帮扶"为载体，设计道德、法律、行为、技能、修养五个教育模块，以"从心、从责、从法"和"妇德、妇言、妇容、妇功"开展教育。

从心：从内心的真实需要出发，做最好的自己，让生活因自己的行为矫正而变得有生气和活力。

从责：从社会道德底线，履行为人女、为人妻、为人母的社会和家庭责任，做有责任的女性。

从法：从国家法律法规找到自己什么事该做，什么事不能做，成为一个遵纪守法的公民。

妇德：培养品德与文明礼貌，成为诚信文明的女性。

妇言：传授知识和处事智慧，成为知书达理的女性。

妇容：培养仪表和礼仪，成为自信自爱的女性。

妇功：技能教育和创造力培养，成为生活自立的女性。

四川省司法厅副厅长扎柯说，"红花楹"母性回归计划是一次社会管理创新的集体尝试，对于促进戒毒人员安心戒毒，宣传戒毒等有着积极和深远的意义，为戒毒工作发展注入了生机和活力。

女所五大队（艾滋病专管大队）大队长任凤鸣这样总结出艾滋病戒毒人员的心理特点和情绪特征：她们焦虑情绪严重、心理浮躁倾向突出、自杀倾向明显、疑病症和强迫症症状明显等。对此，任凤鸣认为，民警在陪伴艾滋病戒毒人员戒除毒瘾时，要服务于她们，以"人文思想、人文关怀、人文精神和人文意识"等聚合与重塑她们的信心。

2011 年 6 月 23 日，茶道表演、民族舞蹈、赞美母爱、讴歌家庭……一场特殊的"美丽女性评选"决赛在女所举行。同时，"大爱谱和谐"亲情帮教活动也在这儿进行。16 名戒毒人员和 30 名家长参加"心手相牵"亲属座谈会。邀请志愿者代表和亲属代表发言。戒毒人员代表朗读了给家人们的自白书，她们的亲人和民警们坦诚交流、真情关爱。这一亲情互动，不仅加深了戒毒人员与亲人之间的沟通，还构建了相互包容、支持、谅解的氛围，加深了社会各界对戒毒场所的了解，让更多的人帮助戒毒人员早日戒除毒瘾，回归社会。

2013 年 5 月 2 日，女所拉开第二届"携手你我，给心灵一片晴天"心理健康月活动序幕。旨在进一步提升戒毒人员的心理健康水平，增强她们心理健康意识，营造一种学习、普及、宣传心理健康知识的良好氛围，帮助有心理困扰或障碍的戒毒人员走出心理阴影，共同创造良好的戒治环境，提高戒毒教育矫治质量。女所邀请四川师范大学、内江师院、四川省妇联、四川省科协的有关专家、教授来所举办心理健康知识讲座，开展团体心理辅导，指导戒毒人员心理互助，进行个案心理咨询和传授心理干预技巧。

2015 年 3 月 8 日，女所又举办了一场令人耳目一新的"巴蜀讲坛"公益讲座。邀请成都大学管理处处长、成都老干部活动中心客座教授崔红前来主讲——"女性健康的自我管理"。

当天，崔红从人体 9 大系统（呼吸、消化、泌尿、生殖、运动、循环、感官、神经、内分泌）入手，邀请女所 9 名戒毒人员参与演示，生动形象地展示了人体在正常情况下的系统运行情况，以及受毒品侵袭后损坏的系统运行情况。

在讲座现场，崔红用衣服、皮球、管道、橘子、柚子等道具，进一步向戒毒人员阐述吸毒行为是如何进入、抑制并损坏生殖系统，破坏生理功能和生育功能的。"孩子们，你们还年轻，如果长期吸毒，会严重破坏生理、生育功能，甚至再也当不上妈妈了。"新颖的教学、直观的展示、简明的阐述、语重心长的的话语，让女所戒毒人员听得人迷。

如何调整受毒品损害的人体系统？崔红还为戒毒人员开出了自我调整"六保"秘诀：保持平衡心态、保持习惯阅读、保证合理膳食、保证充足睡眠、保持适当运动、坚持保健体操。她在现场还带领戒毒人员一起做起了"阳关关，海三三"女性保健操。

近年来，女所重视社会帮教平台，依托"红花檵"母性回归教育举办场所"名家讲坛"上百次，借助社会资源，将优秀传统文化、生活艺术、心理健康、技能培训等众多主题引人其中，陶冶女性戒毒人员情操，培养她们成为内外皆美、自信自尊、自强自立的新女性。

在女所人的共同努力下，她们创造了一个又一个辉煌。女所先后荣获中央六部委表彰的"先进单位"；全国妇联颁发的"维护妇女儿童权益贡献奖"，"全国三八红旗集体"；司法部表彰的"先进集体""部级优秀学校"；全国戒毒系统"禁毒艾滋病防治知识竞赛"优秀组织奖；四川省政法系统"先进集体""我最信任的基层政法单位"等荣誉。荣记集体一等功2次，集体二等功5次。涌现出了以李志强、张晓芳、李麒、任凤鸣、刘君等为代表的先进个人193人次和以周利、熊玉竹、刘薇、江璐荟等为代表的优秀青年。

2015年4月29日，女所从四川省内江市资中县楠木寺村整体搬迁至四川省德阳市黄许镇新龙村。一个占地面积130亩的新女所，催人奋进。

女所连续18年实现场所"六无"（无逃脱、无非正常死亡、无毒品流人、无所内案件、无重大生产安全事故、无重大疫情），累计收治戒毒人员6000余人，为维护社会稳定，预防和减少犯罪做出了积极贡献。

"红花檵"在德阳继续绽放。

第七节 "辛夷花"在眉山盛开

相传，古代有一姓秦的举人得了一种怪病，经常头昏头痛，鼻子流脓流涕，腥臭难闻，四处求医无果，十分苦恼。

有一天，朋友来看他，见状便劝他："老兄，天下这么大，本地医生治不好，何不到外地去寻寻？"他觉得有理，就采纳了友人的建议。第二天，他携着家人出远门，逛名山大川，一边散心，一边寻医。

这个举人走了很多地方，依然没有治好自己的鼻病。后来，在一个夷人居住的地方，遇见一位白发老人告诉他："你的病不难治，我给你介绍个偏方，只要你坚持服用，少则十天半月，多则一月，病准治好。"举人听了很高兴，急忙跪下求老人。

老人将他扶起，走到房前，在一株落叶灌木上采了几朵紫红色的花苞，递给他说："就是这种药，你每天早晚采几朵煮鸡蛋吃，用不了一个月准能治好你的病。"举人千恩万谢，遵照老人叮嘱，连服半月，果然缠身鼻疾告愈。举人便向老人要了一些草药种子带回家，种在自家房前屋后，遇有鼻疾的人，他就用这种药给人治病，且均治愈。后来，他成了当地有名的医生。人们问："这种药很奇怪，先开花后长叶，叫什么名字？"举人忘了问老人。他想了想，这是辛庆年从夷人那里引来的，便急中生智道："这药，叫辛夷花！"

如今，智慧的四川戒毒人，也把这种花移植到戒毒人员的心灵，医治他们对毒品难以戒治的心瘾。

于是，"辛夷花"在东坡故里——眉山盛开。

根据四川省戒毒管理局多年总结提炼出来的"常青藤戒毒模式"的统一部署，四川省眉山强制隔离戒毒所收治对象主要是彝族戒毒人员居多，并结合该所特性，把"辛夷花"这一戒毒模式交由其细化实施。而"辛夷花"的谐音"新彝花"，其喻意则是希望彝族戒毒人员重获新生，有一个崭新的开始，未来的生活美好如花。

回顾四川省眉山强制隔离戒毒所发展的历史，其前身为四川省沙坪劳动教养管理所，始建于1955年11月，原址位于海拔1500多米高的乐山市峨边县沙坪镇宋家山。2006年2月，整体搬迁至眉山市东坡区；2008年8月，《禁毒法》颁布实施，四川省沙坪劳动教养管理所（人们习惯称"沙坪人"）增挂了"四川省眉山强制隔离戒毒所"的牌子；2013年12月，国家废除劳教制度后，摘掉了"四川省沙坪劳动教养管理所"的牌子。从此，"沙坪人"跨人了全新的强制隔离戒毒工作，主要收治眉山、乐山、凉山州等地的吸毒人员，且彝族戒毒人员居多。

"沙坪人"在历经60年风雨后，磨砺铸就了辉煌。从建所至今，他们挽救了7万余名劳教人员，累计收治强制隔离戒毒人员达万人，连续11年实现"六无"，先后被评为"全国司法行政系统先进集体""全国监狱劳教（戒毒）场所基础建设年活动通报表扬单位""全国政法系统先进集体"，还涌现出了以二级英模熊亮晶为代表的一大批先进个人。

随着《禁毒法》颁布实施和劳教制度的废止，四川劳教工作正式向戒毒工作全面转型，这给四川省眉山强制隔离戒毒所的民警在业务技能、思想观念等方面提出了新的要求。民警的专业技能如何提升？思想观念又如何转变？

在此之前，他们为了迎接转型新形势，还组织参与编写了全国劳教（戒毒）场所教育矫治教材之三——《戒毒常识教育》，系统地阐述了毒品的危害以及如何戒毒，并详细介绍了生理脱毒和心理戒瘾的方法。目前《戒毒常识教育》已在全国戒毒系统推广使用。专家称，这部教材对过去的劳教所成功转型和顺利转型都具有重要意义。

2014年5月，"沙坪人"针对全所开展了戒治工作、管理能力、习艺技能及专业技能等四大技能培训和练兵活动，将全所民警分成4批，对戒毒工作业务进行了集中系统的培训、考试，实现了全员参训、全员过关。同时还先后组织137人次的民警参加了上级部门组织的各种培训，开展各种演练6次，邀请7位专家教授来所授课，切实提高民警的业务素质与业务技能。

吸毒人员的家庭大都存在严重问题，尤其是未成年子女，他们大部分处于脱管状态，父母不在身边，老一辈又管不了。在这种情况下，"沙坪人"开展亲情帮教走访，增进家属对戒毒亲人的接纳，促进家属及社会对戒毒工作的了解、支持和认可；加强戒毒人员身体训练、开展心理治疗、积极探索医学戒毒新方向，注重戒毒人员身心的全面恢复；通过学习、培训练好民警基本功，提升戒毒工作民警戒毒理念和戒治工作专业化水平。

2015年是"十二五"规划的收官之年。所部党委带领全所民警职工围绕

"确保安全、转变职能，规范基础、完善功能"等重点开展工作，场所发展取得了质的飞跃。

劳教制度废止，"沙坪人"在四川省司法厅、四川省戒毒管理局的领导下，平稳、顺利实现了由劳教制度向戒毒职能的转变，实现了工作职能的定型。

在"十二五"规划中，"沙坪人"建成了康复中心、应急指挥中心，改造了围墙大门、宿舍、教学楼、道路、食堂等基础设施设备，完成了教学大楼功能改造、心理咨询中心和拓展基地改扩建，添置和更新医疗设备等。场所基础设施和矫治功能不断完善，所区环境更加整洁、美观、舒适，为场所戒毒职能履行提供了保障。

司法部部长吴爱英、副部长张苏军、副部长兼政治部主任张彦珍等来所视察，对场所工作给予了充分肯定。

在这5年中，他们共有7个集体和10名个人获得司法部或四川省委、省政府表彰。1人获"五一"劳动奖章，3人荣立个人二等功，6人荣获省部级先进个人表彰。获四川省政法委、省司法厅、省戒毒管理局和眉山市表彰的先进集体共54个，先进个人共97人。2015年四川省司法厅对该所记集体二等功一次。

荣誉代表过去，新的征程才刚刚开始。

2016年是国家"十三五"规划的开局之年，是推进"四个全面"战略的关键之年，也是"沙坪人"完成转型实现定型、深入推进戒治工作提档升级之年。因此，他们将按照四川省司法厅、四川省戒毒管理局的工作安排部署，努力实现工作新目标：确保安全稳定，实现"六无"；继续全面落实"常青藤戒毒模式"纲要，提高戒治工作水平；加强培训、从严要求、转变作风，建设高素质民警队伍；深入推进执法规范化建设，确保严格、公正、文明执法；充分发挥习艺劳动的功能作用，实现习艺加工产值1300万；加强规范化建设，夯实场所发展基础；有序推进场所文化建设，打造新亮点。

据资料显示：四川省眉山强制隔离戒毒所民警目前具有大专及其以上学历的达92.6%，法律等核心专业人员占民警总数的77.8%，民警中党员占 50.4%，他们是保障场所顺利开展各项工作的生力军。正如他们所歌《赤胆铸辉煌》所唱的："我们是人民警察，热血融坚冰，妙手写春秋，芳草绿天涯……"

"辛夷花"在花园式的场所里开放，在他们每个人心中怒放。

第八节　亲切关怀

劳教制度废止一年多时间过去了，基层劳教场所进入全新的戒毒工作，开展得怎样？干警的精神面貌好不好？戒毒人员的戒治效果又如何？司法部部长吴爱英心里一直牵挂着基层的戒毒工作。

2015 年 6 月 30 日，骄阳似火，气温骤升。

当天下午 3 时许，吴爱英一行 5 人带着亲切关怀和牵挂，不辞辛劳，在四川省副省长邓勇等的陪同下走进四川省眉山强制隔离戒毒所，看望慰问民警和戒毒人员，调研四川戒毒工作。

吴爱英一行马不停蹄，来到强戒所立即深入一线管理区，实地查看和了解场所教育戒治情况。

在三大队，吴爱英看着戒毒人员宿舍陈设规范、干净和整洁，频频点头。在戒毒人员宿舍一幅励志画前，她驻足凝视陷入沉思。良久，她对身边的工作人员说："戒毒是世界难题，但我们既然从事了这个职业，就要有攻坚克难的精神和决心，想方设法，运用科学的手段和方法，积极探索、认真总结，切实提高戒治效果，为维护社会和谐稳定做出我们的贡献。"

来到戒毒人员健身房和习艺车间，吴爱英详细询问了戒毒人员的生活、学习和劳动生产情况。

在十大队戒毒人员康复治疗区，她认真听取了场所开展医疗戒毒的相关情况，并询问正在接受戒毒治疗的戒毒人员张国华。

吴爱英问得很具体很仔细，她走近张国华轻声问："你怎么了？"

"我有胆结石。"张国华站起来，怯怯地回答。

"多长时间了？"

"三个多月了。"

"以前发现的还是进来以后发现的？"

"进来以后发现的，已经住院治疗 10 多天了。"

"你是哪里人呀？"

"我是乐山人。"

"爸爸妈妈都在家？"

"都在家里。"

"你在家排行老几？"

"我是独子。"

"家里父母还好吧？经常来看你吗？"

"他们退休了，经常来看我的。"

"你是怎么吸毒的？"

"好奇染上的，我吸食海洛因，已经有 10 年的吸毒史了。"

"我看你年龄不大呀，结婚没有？"

"我今年 34 岁了，还没有结婚。"

"有工作吗？"

"以前在电力公司工作，因为吸毒工作也丢掉了。"

"父母多大年龄了？你现在靠父母养活你吗？"

"父母 60 多岁了……"

吴爱英听着，一脸悲悯。她轻轻地拍了拍张国华的肩膀，语重心长地说："这次你一定要下决心把毒给戒掉。爸爸妈妈年龄都大了，家里就你一个儿子，他们得考虑今后谁养活他们呢。给自己一个机会，好好治疗自己的病，下决心戒断毒瘾，回去找个工作，孝敬爸爸妈妈，再找个媳妇好好过日子，别让爸爸妈妈担心你、照顾你。错了，就要给自己改正的机会。毒品不戒除不仅毁了你，也毁了父母和全家。你戒掉了爸爸妈妈也高兴。好好治疗，加油努力战胜毒品！"

张国华眼含泪花，面对吴爱英部长亲切的关怀和叮嘱，他非常激动，不停地点头，搓着双手回答说："谢谢，我听您的。"

走进心理矫治中心，吴爱英认真听取了场所心理咨询工作开展情况的介绍，观看了情绪宣泄室、心理迷宫、心理投射沙盘、音乐治疗室，并现场观摩了正在进行的"萨提亚家庭治疗模式"探索课堂。

吴爱英说："教育戒治工作要讲科学、用科学，心理矫治、团体拓展训练、个别心理疏导都是戒治场所经常运用并实践证明行之有效的科学方法，要积极探索、积极实践、积极推广。"

当她离开心理矫治中心近20米远，得知在这儿从事心理矫治工作十多年、教育科科长、国家二级心理咨询师骆志军在负责心理矫治时，吴爱英特意折身转来，再次与骆握手，表示鼓励和肯定。

在应急指挥中心，吴爱英还详细了解了信息化建设及应急指挥系统运行情况，并询问了场所执法尤其是戒毒人员诊断评估、依法戒毒等执法流程。

最后，吴爱英对四川基层强戒所的工作给予了充分的肯定，她说："看了场所很有感触，眉山强戒所在全国历史悠久，今年是建所60周年，向你们表示祝贺，并请转达我对全所民警职工的祝贺和问候。从劳教制度废止到向强戒职能的转变，眉山所管理很科学、戒治很规范、规划建设很有序，体现了强戒工作的特点。在教育戒治工作中，你们积极开展了心理矫治、文体活动和医疗戒治，手段齐全、配套完善、特色突出，探索了一条很好的路子和许多好的方法。在全国强戒所里你们是搞得比较好的，干警的精神面貌也非常好。希望你们在这样好的起点上继续努力探索，继续推行职能转变，切实将戒毒人员的戒治工作与劳教人员的管理教育方式区别开来，视他们为特殊病人、特殊受害者，担负起更多的教育矫治责任、投入更多的感情和人文关怀。面对戒毒这个世界难题，面对场所工作职能的转变，面对场所收容量增加的现实困难，干警们的工作量和工作压力也在不断地加大，希望眉山强戒所继续保持良好工作状态，把队伍带好，把工作抓好，总结出更多、更好的经验。"

听到吴爱英部长的如此肯定、勉励和希望，陪同她一起视察的四川省副省长邓勇说："吴部长对我们强戒所给予了高度评价，接下来大家要把吴部长的肯定、鼓励和表扬转化为更强大的工作动力。同时，眉山强戒所要认真总结经验，在全省进行推广，不断规范管理流程、矫治方法和戒治手段，为戒治工作标准化建设奠定坚实基础。"

眉山强戒所所长童立云高兴地回答："我们一定按照吴部长的指示，抓好职能转变，把工作做得更好，不辜负吴部长和邓副省长的关怀和期望。"

2015 年，对四川司法行政戒毒系统而言，是不平凡的一年，更是戒毒工作提档升级之年。各场所民警和戒毒人员在领导的关怀下，总有一种持久的温暖和感动。

在这一年里，四川戒毒工作得到了各级领导的关怀与重视，也得到了社会各界的大力支持和认可。

四川戒毒事业充满了蓬勃生机。

第二章

毒 雾

有毒的雾，在一张一合的嘴中
缭缭升腾
不管是好奇，还是经不住诱惑
人一旦被这种雾缠绕
再健康的身躯
都将化作缕缕青烟

第一节　"鬼老五"拖他下"水"

2015年12月1日清晨，云淡风轻。国旗与旭日同升。

第28个"世界艾滋病防治日"和第二个"12·4宪法日"来临之际，四川省眉山强制隔离戒毒所一大队的戒毒人员周华在宿舍里走来走去。脑海中，他对教育科网发的艾滋病防治知识题库和宪法知识题库资料进行最后的复习和记忆。

当天，他和大队另外两名戒毒人员一起，共同参加所部开展的"禁毒戒毒、远离艾滋、健康生活"专题教育知识竞赛，与另外8个大队的参赛戒毒人员开展一场"最强大脑"比赛。

一切准备就绪。周华走近"赛场"，看见五星红旗迎风飘扬。一种力量，催人奋进。"四川省眉山强制隔离戒毒所'12·1艾滋防治暨药物滥用监测知识竞赛'""行动起来：向'零'艾滋迈进"等标语，在暖阳中，红得耀眼。

掌声四起，周华走上答题席。一转身，9支大队的戒毒人员，端坐在广场内使劲鼓掌。其中，同为戒毒人员的干爹张晓峰向他竖起了大拇指。周华有些紧张，心"扑通扑通"地跳着。他深吸一口气，继续默念题库资料，生怕错漏一个字。

上午9时，竞赛正式开始。9支参赛队通过个人必答题、抢答题、风险题等方式，在两个小时中展开激烈角逐，周华和队友代表的一大队荣获三等奖。

领奖回队的路上，一大队大队长杨松心里乐开了花，反复对周华说："谢谢为大队争了光。""干得好！""不错，不错！"

周华被夸得有些不好意思，脸上泛起红晕，竟不知如何回答。

当天夜里，他喜得睡不着觉，在床上翻来覆去。

一阵寒风，从虚掩的窗户吹来，往事又浮现在他眼前。

90后周华，初中毕业进入预备役部队，22岁退伍，跟着父亲在成都周边做房屋防水，成天贪图"吃喝玩乐"。精明的周父一眼就识破，几个月后，带着儿子回了老家仁寿。

离开繁华的都市，周华成了一名跑腿打杂的人，每天跟着父亲，但猎奇心开始膨胀。

一天午后，他拿走父亲的车钥匙，一溜烟把车开跑了。

途经一所职业学校时，右车头撞倒了一辆路边停靠的三轮车。周华迅速将车掉头，一走了之。

一路上，他庆幸自己聪明：这一切神不知，鬼不觉。

正当他得意时，父亲急促的电话打来了。

"你闯大祸了！滚到交警队来！"父亲怒吼着。三轮车巨大的冲力，伤及旁边一位老人。而这一切，被天网全程记录。

辖区交警大队事故处理中心以交通事故逃逸为由，对周华进行15天行政拘留的处罚，并承担伤者所有治疗费用。

周华第一次为自己的莽撞和幼稚买单。

在看守所里，他认识了人称"鬼老五"的羁押人员。此君，一脸痘痘，斜眉掉眼，长相十分丑陋，走路大摇大摆，把谁都不放在眼里。

两人一认识就以兄弟相称，"鬼老五"临走时对周华说："华娃儿，出来了联系。"

周华拘留期满，前来接他的父亲发出"命令"："回家哪儿都不准去，在家老实待着！"但年少轻狂的周华，一心想见"大世面"，哪儿听得进去，且对之前的所作所为毫无悔意。

在家待了3天，周华坐不住了。他趁母亲上楼浇灌花草时，悄悄溜出房门，打电话联系"鬼老五"。

当日上午11点，两人在约定地点碰头，"鬼老五"带他到一栋居民楼里。

门一开，一股恶臭迎面袭来，令人作呕。周华倒退一小步，眼前犹如黑暗的地狱：整个房间烟雾缭绕，3名男子光着膀子，嘴上叼着香烟，在牌桌上酣战，还不时发出吼叫声。而"鬼老五"像一只滑溜的老鼠，径直奔向堆满杂物的桌子，一番倒腾，端起插着吸管的矿泉水瓶子，对着一股白烟猛吸。周华看着怪异的瓶子出神，蹑手蹑脚地走了进去。

"鬼老五"将瓶子递给他说："兄弟，吃几口，巴适得很。"

周华半推半就尝了一下，那滋味让人反胃，想呕吐。

5个人打牌，靠吸食冰毒亢奋得两天两夜没吃没睡。直到第三天，"鬼老五"提议"出去走走"。恍惚中，周华来到"鬼老五"家。他全身无力，倒头便睡。睁开眼，已是第二天中午。他敲打着又昏又沉的头，四处找水喝。房间里，突然蹿出一个干瘦的女子，自称是"鬼老五"的女友。她从挎包里拿出冰毒，和周华一起吸食。

正当两人沉迷在"白烟"中时，"鬼老五"提着外卖回来了。他对女友一阵训斥："他不能吃那东西！"女友不甘示弱，对"鬼老五"乱骂一通，生气走了。

当晚，"鬼老五"接到女友电话，焦急地对周华说："瓜婆娘惹事了！你跟我一起去看看。"

周华拖着软软的身子，跟在"鬼老五"身后。公路上，来往车辆川流不息。

周华像没了魂，突然眼前一亮，看见母亲正在路对面向他拼命挥手和呼喊："华华，我是妈妈！快过来！"当他正想穿过公路时，母亲又神奇地消失了。他感觉一群手举大刀的男人，正向自己奔来。他吓得拔腿就跑，脚步如飞，四处躲藏。慌忙中，他钻进一栋正在修建的大楼。不知不觉，又将双腿悬于二楼的空中。

天微微亮，周华脑中仍一片混沌。他起身，想站立，却摔了下去。爬起来，右脚踝异常疼痛。

正当他不知如何是好时，"鬼老五"来了。

"华娃，我以为你出事了，找了你一个晚上。""鬼老五"说。昨晚，周华像中了邪一样，发疯地奔跑，自己压根就追不上他。

"你不要吃'药'了，你产生幻觉了……""鬼老五"说。"大哥，这事以后再说，先送我去医院。"

"鬼老五"说："这点小伤，涂抹一些治跌打损伤的药，几天就好。"而周华则认为，"鬼老五"背信弃义，害自己，根本不配做他的"大哥"。

养伤期间，周华关了手机，与"鬼老五"的女友结成"同盟"，又偷偷吸食冰毒。

一个月很快过去，周华的脚伤也逐渐好了。

在一个炎热的傍晚，"鬼老五"带他去玩赌博机，认识了一个叫"陈刀疤"的吸毒人员。

"我什么都缺，就是不缺'药'。""陈刀疤"夸海口说，只要周华跟着他，随时都有冰毒吸。

为了吸毒，周华喊"陈刀疤"做"大哥"。为新收的小弟接风，陈让周"享用"了一顿冰毒"大餐"。

第二天，"陈刀疤"命令周华去医院，给其待产的妻子送饭。从此，周华的活动范围缩短为"两点一线"："陈刀疤"的家和医院妇产科。

"华娃，赶快把'药'拿到医院来！"陈刀疤"的妻子在电话里扳命（四川方言。指声嘶力竭地吼叫。作者注）一样吼，接到"命令"的周华带着冰毒和工具，火速赶往医院。

"陈刀疤"的妻子挺着大肚子，在厕所里吸食冰毒，却被陈撞了一个正着，他憋着怒气，将吸毒工具和冰毒全部扔出窗外，恶狠狠地瞪了周华一眼，摔门而去。

周华背脊发凉，他裹紧被子，蜷缩身体，听着戒毒人员的鼾声，又陷入了沉思。

当"陈刀疤"的孩子呱呱坠地时，周华又在陈家当上了"月嫂"，每天替婴儿冲奶粉、换尿片，即便偶尔出门，也小心翼翼，生怕碰见熟人，他选择深夜出行，在网吧打通宵游戏，天不亮，又回到陈家。

日子在吸食毒品、带孩子、打游戏中度过。

不知是谁走漏了风声，周华的母亲找到了陈家。

"华华，跟我回家。"母亲轻言细语，掏出一个红包，塞进陈的岳母手里说，"小宝宝健康成长，这是我的一点心意。"

周华心疼母亲，一把拉着她跑出了陈家。

回到家里，周母24小时监视着儿子，不仅没收他的手机，而且还不许他上网，让其与外界彻底失去联系。通过观察，她发现了儿子不回家的真正原因。

她抹着泪，将周华叫到身边。

"我和你爸，对你只有一个要求：戒毒。"

"我没吸毒。"周华全身无力，瘫坐在沙发上。

"既然吸了，就戒，就当妈求你了。"

"妈……"周华心疼地说不出话，视线模糊。将自己吸毒的事和盘托出，答应母亲在家自戒。

两个月过去了，周华认为戒毒成功，他又开始向往外面的世界，趁母亲下楼买东西的间隙，又跑到"陈刀疤"的游戏室吸食冰毒，被禁毒大队民警当场抓获。2015年7月，周华被送到了四川省眉山强制隔离戒毒所。

刚进入所大队，他行为懒散，班长让其扫地，他百般推托。这时，从身后传来一个熟悉的声音。

"你连这个都干不好，还能干啥？"

"干爹！"周华转过头，大声惊叫。

戒毒人员张晓峰接过周华手中的扫帚说："先扫地，再学习所规队纪，我随时监督你！我们两爷子不能让别人看不起。"

一阵晨风吹来，东方呈现出淡红色。周华穿上印有"四川省眉山强制隔离戒毒所一大队"的蓝色外套，开始认真折叠带有余温的被子。

薄雾缭绕。新的一天，又开始了。

第二节　警察"白吃"染毒品

今年38岁的牟成模满口牙齿焦黄漆黑，那是抽烟被熏的。

他从一名优秀士兵到公安民警，再蜕变为吸毒人员，被弄得家破妻离。

牟成模在家是老幺，上头有一个哥哥和一个姐姐。所以，父母特别爱他。

1999年3月，他从云南某部"一名优秀士兵"退伍转业进了乐山市某公安分局，当了一名巡警。

巡警在当地还是很威风的，牟成模成天东一趟西一下，找他办事的人多。因此，结交了一帮社会朋友。大家都叫他"模哥"。牟心里喜滋滋的。

每天，这些"朋友"都请他吃饭喝酒。有的拿烟，有的带酒，有的管饭，有的请他去娱乐场所，也有的把海洛因带来了。

一天晚上，他们聚餐后，到乐山一家有名的夜总会KTV包房唱歌。继续喝五花八门的酒。

酒兴正酣时，有人拿出一包东西，招呼大家一起"吞云吐雾"。有人把吸管递给牟成模："来，模哥，整两口。"他摇头拒绝了。没想到，他这举动，惹得大家哄堂大笑，都说"模哥"老土。

出于情面和好奇，最终牟成模没能挡住海洛因的诱惑，他接过吸管，开始"吞云吐雾"起来。这一吸，便将自己和美好的幸福生活，一并吸了进去。

2000 年，渴望抱孙子的父母，几经托人介绍，让牟成模结识了一个在乐山某银行工作、温柔漂亮的女友。当年，他们完婚。

按理，婚后的牟成模应当以家庭为重，但他经不住那帮"粉友"的诱惑，隔三岔五聚在一块喝酒、打牌和吸毒。开始，他想自己又不花钱买，白吃白喝有什么不好。

慢慢地，他上瘾了。白天巡逻没有精神，晚上又睡不着。大脑里时常产生各种幻觉，身体越来越瘦。

他家是老式房屋，两套两居室打通改造而成，共有 4 间卧室，父母住一间，一间做婚房，一间由侄女住，而另一间，被母亲收拾成了客房，很少有人住。

一天，母亲在收拾这间客房时，发现有锡箔纸等异物，吃惊不小。她第一反应：是不是儿子在吸毒？难怪结婚一年多了，儿媳妇身上没有一点反应！

2001 年夏天的一晚，妻子两点多起床内急。发现床上没人。刚开始，她以为老公是不是被单位叫去执行"特殊任务"了，结果看见客房里的灯还亮着。这么晚，还不睡。当警察真辛苦。

她心疼老公，走向客房。伸手推门，发现被反锁了。她找来钥匙打开门，看见牟成模躺在床上，旁边有打火机、锡箔纸和白色物品等。她不懂老公这是在吸毒，依旧认为他工作累倒了。她关掉灯，轻手轻脚地退了出来。而事实是牟成模因吸食海洛因过量，已昏了过去。他丝毫不知妻子已经看到了这一幕。

第二天，一早起床的牟妻将昨晚看到的一幕告诉父母，颇为震惊的牟父将正在酣睡的儿子叫醒，用家中必备的尿检板逼儿子屙尿检测，结果证实了他们的担忧。

"你娃老实说，哪个时候染上毒品的？有瘾没有？"身为公务员的牟父气不打一处来。

"没有瘾啊，我是吸来耍的，才几次。"牟成模不敢看父亲的眼睛。

"你娃最好给我老实点，如果再吸，我们就断绝父子关系！听到没？"牟父又说。

"听到了。"

"滚！"牟父冲着出门的儿子吼。

就这样，牟成模骗过了父母和妻子。

他再也不敢在家里吸毒了，只好悄悄躲藏在"粉友"家里吸。有时，见办公室没人，也抓紧时间整两口。

自从牟妻发现老公吸毒，就很少正常上班了。她每天送他到单位，盯着他进办公楼。还蹲在下面守候，看他什么时候出来，又去做了什么事，与哪些人接触等等。一天打若干电话查他是否在岗。

牟成模觉得妻子不信任自己，时间一长，他心情烦躁。

不知怎么的，单位知道了牟成模吸毒的事，有关领导多次找他谈话，他觉得自己很没面子。

由于长期沉迷毒品不上班，2002年年初，牟成模在单位自动离职。当年夏天，为了摆脱妻子跟踪盯梢，他提出离婚。遭到父母强烈反对。母亲整日以泪洗面，百般规劝；妻子无数次哭喊，都没唤醒他的良知。在牟眼里，只有毒品，亲情不再那么重要了。年底，他与妻子办理了离婚手续。母亲哭得死去活来。

为了缓解老人的悲伤，牟妻没有搬离牟家。一方面她想再给牟一个机会，另一方面她不忍心伤害爱她疼她的牟父母。

2003年年初，牟成模吸毒越来越凶，前妻劝阻他，反遭暴打。万念俱灰的她，搬出了牟家。

亲眼目睹儿子把家拆散了，牟母万分痛心。没有人性的牟成模，为了骗取母亲的信任获得毒资，他背着父亲叫来"粉友"，跪在母亲面前忏悔，哭着表示要痛改前非。"妈，你不相信我，你问问我的朋友，我已经不吸毒了。我要重新做人，和朋友一起做生意。"牟母擦干眼泪，信以为真："你们打算做啥生意？"牟的"粉友"在一旁帮腔说："伯母，我们两人合伙想在乐山开个火锅店，每人各出资 10 万元。""啊，要那么多呀？"跪在地上的牟成模假惺惺地抬起泪眼，点头望着母亲。

善良的牟母被儿子欺骗，她还主动想办法替他掩饰："你千万不要告诉你老爸哈，家里钱不够，我去银行给你们取来凑齐。"

牟成模拿到钱，像鱼儿游进大海，跑得没了踪影。

有时，其母打电话关心他火锅生意怎么样，他说生意一般，不太好做。

几个月后，牟故技重演。又拖着"粉友"回到家里向母亲哭诉做火锅生意亏本，现在又准备开一家装修公司，注册资金要 8 万元。牟母东挪西借，心想儿子在做"正事"，自己都不帮他一把，万一又走到歪路上去了可不好办。

牟成模打着同样的幌子在亲人朋友处骗取吸毒的钱。时间一长，他的把戏被揭穿。

2005 年 9 月，上当受骗的哥哥报警，请公安局禁毒大队的警察来抓他。牟成模被丢进了乐山市戒毒所强戒。

半年后，父亲想办法又将他送到远在西安的姨妈家，想给他换一个环境生活。但到了那里，他又偷偷摸摸地跑到西安火车站一带去购买一些零包海洛因吸食。姨妈知道了，管不住，只好又把他送回乐山。家里又想办法将他送到深圳表姐家。一个月，又被表姐夫送回乐山。

这时的牟成模毒瘾越来越大，光靠吸食海洛因已经无法解决毒瘾了。他改用针管注射。

2007 年大年初二，四处洋溢着节日的气氛。但牟家人一点也高兴不起来。

这天早晨，一夜未睡的牟父痛下决心，又把儿子送进了乐山市戒毒所。由于屡教不改，警方很快决定对牟执行劳动教养，把他送到了当时的四川省沙坪劳教所，执行为期两年的劳教。

劳教期满出来，牟成模又重操"旧业"——吸毒。

父母觉得他已经没有人性了，就四处请人逮他，可谓一切办法都用上了。

"儿子呀，你在外面过得好不好？现在天气冷了，你回来吧。妈妈拿点钱给你买衣服穿！"为了抓住儿子，牟母不得不使"阴招"。

当牟成模怀着侥幸心理回到家中时，民警一跃而上，将其控制住。他又被送进了后来的四川省眉山强制隔离戒毒所。在这儿，他已是四进"宫"的"老人"了。

每当夜深人静，牟成模躺在戒毒所的床上想：一名警察怎么会变成这样？过去自己有令人羡慕的工作和幸福美满的家庭，可现在呢？什么都没有了。他曾在戒毒人员寄语卡上这样写道："何此一生？"似在问苍天，更像是问自己。

对于毒品，他戒了吸，吸了又戒，反复数次，牟成模对自己完全丧失了信心。他悲观地说："这一辈子，也许就在吸毒和戒毒之中，了此残生。"

第三节 他被"毒猫"害得昏天黑地

2016 年 3 月，春寒料峭，清晨的空气，沁着微微的花香。天，渐渐亮了起来。在高亢的诵读声中，泸州市强制隔离戒毒所的戒毒人员迎来了全新的一天。

"我深信：有力量能使我摆脱毒魔的控制，那就是警官和亲人的关爱以及我自己的毅力；

我决心：接受彻底的心灵洗涤，战胜自我，重塑人生，并在我们生活中持之以恒。"

一大队里，一名戒毒人员腰板挺直，一举手一投足都带着刚毅。很难想象，他会与"吸毒"扯上关系。这名戒毒人员名叫汪平，今年 42 岁，是古蔺县水口镇人。

水口镇是黔北人川第一重镇，素有"泸州东大门"之称。提及故乡，汪平眼里透出浓浓的情意。

他高中毕业去辽宁某部服役。三年的军营生活，磨炼了坚强意志。他带着满腔热血回到水口镇，当了一名城管工作人员，并结了婚。

烦琐的工作，让汪平产生了换一种活法的念头。2000 年，他辞职在镇上开办了一家酒楼和修车厂。四年时间里，赚了很多钱，日子过得有滋有味。但年长3岁的妻子整天唠叨，除打理生意外，汪平去哪儿都要向她"打报告"。自己的生活被人控制，他很不开心。

渴望自由的汪平为了摆脱这种控制，将酒楼和修车厂转让，"逃跑"到浙江，做起了酒类批发生意，但他始终牵挂着家乡的人和事，每隔两个月就回家一次。

在逍遥、自在的异乡，汪平以"四海之内皆兄弟"为蓝本，朋友遍布大江南北，其中，也包含吸毒人员。

为了做生意，汪平必须和他们打交道。没想到，却将自己推入毒品的深渊。

他第一次吸毒缘于好奇。

深夜，汪平在睡梦中被急促的电话铃声惊醒。

"帮我去机场附近接一个人。"义乌市的朋友打电话称，对方是一位美女。

"好！"

汪平满口答应，迅速穿好衣服，开车前往机场。一会儿，他又接到朋友电话，"行程改为明天"。

第二天，汪平按朋友指引的路线，在机场附近的巷道，与美女对接上，她让汪平将三箱酒盒转交给朋友，并迅速消失在人群中。

汪平没有多想，载着酒盒就往朋友指定的宾馆疾驰而去。

昏黄的灯光，让他感觉气氛有些沉闷。朋友打开一个纸箱，白色粉末，亮得刺眼。

"你尝一下。"朋友甩一小包给他。

"这是啥子？"

"吃了就知道。"

好奇害死猫，汪平被这只"毒猫"害得昏天黑地。当他吸食第一口时，整个房间都在旋转，一会儿，又感觉口干舌燥，难受并干呕。

"这是冰毒。"朋友告诉他，在外面混，离不开这玩意。

在朋友的"引导"下，汪平很快对冰毒产生了依赖性。

两月后，他开车回家，吸毒的事，还没被人察觉。直到一年左右，镇上的老百姓议论纷纷，看见汪平就躲闪，不敢靠近。

"汪平吸毒了。"

"就是，我听人说，他毒瘾发作时，要死要活，还以头撞墙！"

"那么懂事的一个娃，咋就吸毒了呢？"

议论声很快传进了妻子的耳朵里，她哭诉着让汪平戒毒。

"好，我戒！"

2015年2月，为了戒毒，汪平将电话关机，把所有毒友的QQ全部拉黑，与外界断绝联系，在贵州仁怀市的一个宾馆内"闭关"。

他请来两个朋友帮忙，把自己捆绑在宾馆的床上。每天只吃两个馒头，实在熬不住了，就服用大量的安眠药，强迫自己入睡。

第一天，汪平自戒时毒瘾发作，着实让两朋友吃惊不小。

他忽然口鼻流涕、周身抽搐，痛苦呻吟，歇斯底里地叫喊："难过死了！杀死我吧！"汪平嘴唇上下不停地抖动着。朋友见状，迅速拿安眠药让他服下。片刻，他抽搐的身体开始放松，慢慢地平静下来。

这一幕，令人心惊肉跳，两朋友不断唏嘘感叹。

自戒7天，汪平目光发呆，全身无力，灵魂出窍。当他走出宾馆时，人几乎站立不稳，仿佛刚从死亡线上爬了出来。

半年后，老家一朋友的母亲去世。汪平购买了12000元的烟花去"打丧火"（四川方言：祭奠的意思。作者注），但令他没有想到的是：在这儿，一些毒友也来了。

大家围坐在一起，回忆曾经搞过的"事"。一会儿，犯瘾的毒友递给汪平一小包冰毒说："吃一口，才算为老母亲送行。"其他人员也纷纷游说，汪平不好推辞，复吸了。

第二天一早，他开车去古蔺县城购买车辆保险，在宾馆里，忍不住又吸食了冰毒。

汪平被民警当场抓获，2015年8月，送进泸州市强制隔离戒毒所强戒。

刚进所的一个月里，他心情沮丧，坐卧不安。

"你的情况，我知道。"一大队大队长罗冰鼓励他说。

因汪平曾在部队当过兵，言行举止很规范，罗冰让他加入互助委，敦促新人所的戒毒人员做广播体操、队列训练、背诵示范等，纠正其他人员的一言一行。

"好，我保证完成任务！"汪平回答得很干脆。

他认为，这是大队长对自己的信任，凡交代的事，每一件必须完成。

从此，在新人所的戒毒人员中，如违反所规队纪和擅自离座者，汪平及时纠正并报告民警作相应处理。每逢周一，他认真登记戒毒人员的报告，购买生活用品等，从未出现任何错漏。

"虽然进入强戒所都是违法者，但相遇也是一种缘分。"汪平说。在登记生活报告多次后，一名人员从未购买物品，无汇款，无家人探访。汪平断定，他是"三无人员"，便主动掏钱数次为其购买生活用品，两人成了哥们，并互相鼓励对方，努力戒治，早日回归社会。

强戒半年过去了，据汪平观察，"白色"毒魔吞噬着家人的信任和包容，复吸三次的戒毒人员，多数都已离异；三次以上的，均家破人亡。

汪平意味深长地说："好在我还有家！"

第四节　戒毒兄弟的沉浮人生

说起过去的辉煌岁月，泸州市强制隔离戒毒所戒毒人员付崇高如数家珍。

今年 61 岁的他，看上去只有 50 多岁，身材瘦小，闪动的目光里，依旧充满了商人的睿智。有趣的是，在他们 6 兄妹"高尚品德喜秀"中，只有他和老五付崇喜传承了父亲会做生意的基因，且两人走得最近。

付崇高逢人便说，自己原本有一个幸福美满的家庭。有车有房有儿有女，还有一个 10 多岁读小学的孙子……落到现在这步田地，完全是吸毒造成的。

他是改革开放后，泸州市某镇第一个先富起来的人。

1978 年，付崇高就是他们当地远近闻名的万元户，倒腾化纤，生意越做越大。

到 20 世纪 80 年代中期，他赶紧摘掉了"个体户"的帽子，鸟枪换炮，办起了化纤纺织品公司，愉快地登上了总经理的宝座。

1987 年，付崇高把生意从省内做到了省外。带着 20 岁的兄弟付崇喜到云南昆明搞起了化纤批发。

会挣钱的付崇高走路带着风声。但钱来得快，去得也快。

1989年9月23日，他在广州某宾馆，因好赌成性，被设赌的老板"烫"了1000多万元。

1990年，他又带着兄弟付崇喜进军新疆，做起了服装批发。一天赚数万元。

天有不测风云，人有旦夕祸福。正当付崇高兄弟俩在新疆生意做得风生水起时，不幸又降临了。

那是1993年正月间，大年还没过完。由于新疆气候寒冷，孩子感冒烧成了肺炎，晚上睡觉时用电炉烤火取暖，不慎将室内堆放的物品点燃，整个农贸市场20多间门面的货物被烧光，兄弟两人赔了数百万元。在这种情况下，付崇高兄弟俩又"转战"广州，做化纤批发。不到半年，又各自挣了数百万元。钱对他们来说，来得太容易了。

1994年8月6日，他们的母亲生病，住进了泸州医学院；同一天，付崇喜的老婆也在泸州为他生了一个千金。这一喜一忧之事，让付氏兄弟伤透了脑筋。二人经商议，决定由大哥付崇高留守广州照看生意（兄弟两人批发化纤的门市仅一墙之隔），弟弟付崇喜立即回泸州照料生病的母亲及他的妻女。

一月后，当付崇喜赶回广州时才发现，大哥因赌博竟然将两间门市货物输了个精光，还外欠一屁股赌债，人跑得不见踪影。

付崇喜只好又从广州打道回泸州。当他一进家门，看见躲藏在家里的大哥时，气就不打一处来。但他还是忍住了，毕竟兄弟一场，多年在外打拼，经历了从无到有，从有到无的人生沉浮。

大哥说要去贵州开煤矿，兄弟不吭声。

可母亲发话了："老五呀，你有钱，就看在当妈的面上，无论如何这回都帮你大哥一把。"付崇喜白了一眼正在抽烟的付崇高说："我给，我给200万元，不分红，也不要本钱。但丑话说在前面，亏了我不管。"

于是，付崇高拿着兄弟的钱，高高兴兴地跑到贵州遵义与几个股东开了一个小煤矿。由于采煤技术不过关，出事故又赔了个精光。

一向为人仗义的付崇喜，不可能不管大哥的事。他不愿看到付崇高跌倒了爬不起来。在为大哥开煤矿失败找原因时，他发现是不懂这个行业吃了大亏。于是，他决定自费到贵州大学去读书，专门钻研和学习关于煤矿开采的知识。待一切都搞懂后，他投巨资，向煤矿进军。

2001年，恰逢煤矿资源整合，政府关小扶大。付崇高兄弟两人联手把握住了时机，一车车黑金拖出去，眼里只见钞票在飞。

2007年春节，付崇高兄弟两人决定不再经营煤矿，把股份转让给了其他股东，拍屁股一走了之。付崇喜回泸州投身房地产开发，而付崇高则怀揣着数千万元的银行卡，从遵义抽身回到故乡养老。他回家后，儿子和女儿喜笑颜开，都不许老爷子出去上班了，在家一天耍到黑。他们心想：老爷子反正有钱，一天到晚耍起也用不了几个钱。嘿嘿，多余的，将来是没法带走。

但他们哪里知道：人耍起是要出事的。

付崇高在家耍了半年，周身磨皮擦痒（四川方言。指浑身不自在。作者注）。他渴望过去叱咤商界的风云时光。

一天，朋友姚旭魁打电话给他："付总，出来耍嘛，我给你介绍一个妹妹，好耍得很。"一听这话，付崇高心花怒放。赶紧收拾一通，往本来就稀疏的头发上，抹一层进口发油，从镜子里看过去，还有些反光。

付崇高如约来到了大山坪一家高档茶楼。见朋友姚旭魁果然带了两个小妹，他心里喜滋滋的。

整个上午，付、姚二人在茶楼相互吹捧，嘻哈大笑。把两个小妹的心逗得发痒，终于碰到了一个有钱的主。

到了吃午饭的时候，付率先提出由他做东，请大家到酒城宾馆吃饭喝酒。

比付崇高女儿还小的两个小妹，轮番上阵劝他喝酒。大家酒足饭饱之后，姚旭魁邀请付到他开办在龙马潭区的"休闲苑"打牌喝茶娱乐。

这是一个鱼龙混杂的场所，系泸州社会闲杂人员的聚散地。付崇高在这儿有吃有喝，喜欢打"大贰"（一种当地人用于赌博或娱乐的长牌。作者注）。累了，有小妹替他揉肩捶背；困了，有提神的香烟和饮料喝。在姚旭魁的鼓动下，他与其合伙投资数百万元，将"休闲苑"重新翻新装修。久而久之，付崇高不抽姚旭魁给的烟，日子就很难过。他主动问姚要烟抽。这时，姚就笑着挑明了对他说："付总啊，这烟贵得很哟，一般人是抽不起的哈。"原来，在他抽的烟和喝的饮料中，有人放了"冰毒"和"K粉"，无色无味。烟抽起来，人很舒服；饮料喝了，感觉也很好。有人故意为其下套，让他上瘾。"好多钱吗？再贵也要给我弄点来啊！"付崇高心头毛焦焦地说。

姚旭魁举手打了一个响指，很快就有小弟给他送来了想要的"东西"。付崇高又怕又想，内心很矛盾。但转而又想：怕啥呢？一天不就是花数百元嘛。这对他而言，不过是九牛一毛。于是，他心安理得地吸起了冰毒。

后来家人知道了，几经劝说无效，其妻干脆就不让他回家了。儿女们见了，都躲。有时还打报警电话抓他。

成了"瘾君子"的付崇高，在家人眼里，已经不再是从前受人尊敬的人了。他成了一只过街老鼠。好在女婿不错，在龙马潭区和江阳区等地为其租房，请保姆照顾他。家人替他保管着过去开煤矿挣回来的钱，每月通过银行卡限额打2万元给他。

2010年后，付崇高的日子越来越不好过。家人为了惩罚他，从原先的2万元，直接缩水变成了1万元。

他心里不服，经常躲藏在暗处打电话回去吵闹和威胁家人。自己又不敢回家，怕报警抓他。

2013年5月26日，离世界禁毒日还有一个月。

天还没亮，姚旭魁就打电话给付崇高说："老付呀，我订了晚上的飞机票去广州进一批货。现在家里还有几十克'东西'，便宜点给你，要不要？"付满口答应"要"。

于是，姚开车到付住地把他接上，绕了一大圈，从泸州三星街到龙马潭区再到王氏大酒店旁一僻静处停车，把冰毒给付后叫他自己打车回去。姚怕有警察盯自己，一并将付带了进去。

当晚，付给姚打电话，询问他是否到了广州？结果电话打不通。紧接着，又听人说姚出事了，被警方抓了，"休闲苑"也被查封。付吓得坐卧不安，怕牵扯到自己，想把姚卖给他的40克冰毒丢了，但又觉得可惜。最后，他找了一个隐秘的地方，把那"东西"藏了起来。

陪伴

2014 年 11 月，久走夜路的付崇高终于撞"鬼"了。他在家中吸食毒品时，被警方当场逮住。随后决定对其强戒，投到泸州市强制隔离戒毒所执行。

而与付崇高早年"南征北战"的弟弟付崇喜呢？

他回泸州后，搞起了房地产开发。票子"哗哗"地流进口袋，腰包更鼓胀了。

2009 年春节期间，他在泸州有名的裕红阁酒楼参加一个朋友的宴请时，喝了一斤多白酒。之后，他们又到一个会所娱乐。

躺在包间的沙发上，付崇喜很不舒服。有人就叫他吃点"麻果丸"，说这东西特别解酒。付崇喜吃了，人真的就清醒了。但回家就想，后来就这样染上了毒品。

染毒后，付崇喜脾气变得越来越古怪，谁的话也听不进去。他同他大哥一样，好赌，喜欢打泸州长牌"大贰"，一晚输得最多时输掉 1000 万元。他打牌最长的一次时间，连续打了七天七夜，在泸州一家大酒店包房，吃喝拉撒全在里面。困了，就用毒品提神。普通百姓买车买房，比登天还难，但这些在他眼里，就像买包香烟那么简单。

俗话说：出来混，迟早是要还的。付崇喜没想到，自己还得那么快。

当警方抓获他现场吸毒时，执行的民警发现他是上级某领导的朋友，就打电话请求如何处治。该领导火冒三丈地说："把他丢进去强戒，喊他不要碰那东西，就是不听！"

于是，付崇喜也被送到了泸州市强制隔离戒毒所。

一天，他在上厕所时，碰到了大哥付崇高。两兄弟均吃惊不小。付崇喜问："大哥，你咋进来了？！""嘘，在这里不要叫我大哥，我没脸啦！""大哥，我们两兄弟出去后，绝对不能再沾那东西了！如果你还吸，我一辈子都不认你这个大哥了！"

付崇喜用手揉了揉有些湿润的眼窝。两兄弟开始在厕所里赌咒发誓："哪个龟儿子出去了还吸毒！"

第五节　小山村飞出"舞凤凰"折翅毒海

我愿为他建造一个美丽的花园

我想要紧紧抓住他的手

妈妈告诉我希望还会有

看到太阳出来

他们笑了

天亮了

随着一曲《天亮了》，四川省女强制隔离戒毒所四大队戒毒人员张红，在2016年3月8日第六届"红花楹"杯评选"美丽女性"初赛的舞台上，通过力与美的结合，演绎着自己痛失家人的过往，其母在台下喜极而泣。

那一刻，张红似乎回到了家乡，眼前油菜花一片金黄，离世的父亲，在花丛中向她露出浅浅的微笑。

今年45岁的张红出生在成都郊区的农村，从小热爱舞蹈，家里的黑白电视机是她唯一学舞的"老师"，乡间地头就是舞台。初中时期，张红沉浸在自己的舞蹈梦想里，希望通过跳舞，走出"农门"，成为一名舞蹈家。

张红15岁时，出入镇上的舞厅，她一边看别人跳舞，一边在一旁学习，回家把自己关在屋里，反复训练。

为了舞蹈，张红可以舍去一切。她曾在舞池中放言：谁教她跳舞，就为对方购买一件90元的名牌衣服！

张红放学就往镇上跑，招来村里人不少流言蜚语。

"这女娃子疯得很，吃饱了没事干。"

"不正经，长大了花样更多！"

"看她要跳出啥名堂，我等着看她出洋相。"

村里人背地里骂张红是野丫头，摆弄身段是坏女孩。这话不胫而走，传进张父耳朵里。

在一个月光皎洁的夜晚，父亲将张红叫到身边，进行威逼。

"女儿，我是村干部，你跳舞就是给我丢脸！"

"我爱舞蹈，它是我的梦想，谁也拦不住！"张红顶嘴父亲，村民们的议论声，她早已知晓，自己根本不予理会。

"爸，你宁愿相信他们胡编乱造，也不相信你的女儿。"

父亲的话，刺痛了张红。她号啕大哭，央求父亲，让自己实现舞蹈梦想，别再阻拦她。

"你太让我失望了，唉，我咋个说你呢！"父亲一声叹息，很无奈。

深夜，寂静无声。

张红躺在床上，无法入睡，想到破灭的舞蹈梦，她一次次湿润了眼眶。

初中毕业，张红辍学在家，帮母亲照看麻将馆生意。可是一有空，她就悄悄潜进自己的房间，翩翩起舞。

日子在失落与绝望中度过。

张红在父母的安排下，与邻村做床垫弹簧生意的男子认识，并生下一女。那一年，她才18岁。

在常人眼里，女人的归属就是在家相夫教子。张红也不例外，她将舞蹈梦停靠在心间，以家庭为重，照顾丈夫和女儿，每天有做不完的家务。

女儿上幼儿园，张红感觉生活空洞和迷茫。舞蹈的火苗，在她心中蹿动。终于有一天，被再次点燃。

三年的城市变迁，让张红措手不及，好似自己走在时代的末尾。她到镇上寻找当年的舞厅，被告知大多歇业，尚留存一家。

张红再一次踏入舞池，将尘封多年的梦想，尽情挥洒。

当她第四次走出舞厅时，巧遇送货的丈夫，其惊讶的眼神，令张红心里发慌。

丈夫回家，张红立即上前解释，却遭到一阵痛骂。

"我只是去跳舞，又没有做其他事。"

"骚货，进舞厅就不是什么好人！"

劈头盖脸地咒骂，让她伤透了心。爱情这根丝线，一绷就断。女儿归了丈夫。

2004年，张红收拾行李，去山西太原投靠姑姑，并四处寻找工作。

闷热的一天，她来到冷饮店，两名女子在一旁聊天说，有一家演艺吧，正在招收学徒，不仅有钱挣，还能学跳舞。

张红听得脸热心跳，立即凑过去搭话，并留下了电话号码。那一晚，她兴奋得睡不着，觉得梦想离自己很近。

第二天一早，张红给女子打电话，两人碰头来到一栋大厦的演艺厅，偌大的舞台上，几名工作人员正在调试灯光，五颜六色的光忽暗忽明。

一个身材高挑的中年女人款款走来，询问张红的舞蹈从业经历。

"我从小爱跳舞，但没有经过专业培训。"张红低头说。

"没关系，我们可以教你。"

中年女人让她做几个舞蹈动作，查看肢体是否协调，并称，白天排练，晚上7点钟上班，凌晨2点钟下班，每天50元的实习工资，包吃包住。

"只要能跳舞，再苦我也乐意。"张红连声道谢。

回到家里，张红将当天应聘的事告诉了姑姑。张红在培训期间，姑姑还专门抽空到演艺吧"考察"，正巧赶上张红压腿、下腰、开肩，姑姑也就默许了。

训练和排舞，张红一个动作没做到位，就反复几十次，直到自己满意为止。

付出总有回报。张红第一个月工资3000元，拿着沉甸甸的钞票，她买了一套护膝。

能跳舞，又能赚钱。张红爱上了这个职业，与同事们相处很和谐。

太原的秋天，过早地刮起了萧瑟的秋风。

一天下班后，张红与同事打牌，哈欠连天。同事小陈见状，拿出一包黑黄的粉末和锡箔纸。

"红，吸口'土料子'提神。"小陈很神秘地说。

张红不知"土料子"是什么东西，就吸了几口。一个月后，她每天必须吸食，与小陈成了"好朋友"。

临近春节，小陈离开了演艺吧。刚走第一天，张红便全身无力、流鼻涕、流眼泪，伴随干呕。人很难受。

另一个同事看出了猫腻，将张红拉到过道，小声耳语。

"你被骗了，小陈给你吃的是毒品。"

张红瞪大双眼，惊恐地说，海洛因是白色的，她所吸食的是黑黄色的。同事解释，"土料子"就是土制海洛因。她带着张红到房间，从床下拿出锡箔纸和"土料子"，告诉她一个公开的秘密——演艺吧有60%的人在吸食毒品。

已上瘾的张红心想，反正跳舞能挣钱，工资最高可拿12000元，每天花200多元买毒品，自己能承受。

由于长期吸食毒品，张红脸色泛青，抵抗力逐渐下降。一次重感冒，她请假回姑姑家休息。姑姑刚出门，她便拿出毒品，正吸时却被折身返回的姑姑撞见了。

"海洛因是白色，这个是黄色，不是毒品。"张红争辩道。

姑姑立即给张红的父亲打电话，让她迅速回老家戒毒。

2007年，张红在家禁足进行自戒。

那段日子，让张红痛不欲生。

她开始戒毒时，一阵阵发冷打颤，接着浑身剧痛，像杀猪般号叫，满地打滚。"咯咯"的干呕声和绝望的叫声，令人毛骨悚然。

母亲抱着她的头，不住地抽泣，眼睛哭得通红，像哄小孩子似的："红儿不哭，红儿真乖。"

张红吸毒的事，让村民们知道了，其父碍于面子，不得不辞去村干部一职，一心在家守着女儿，安心戒毒。

40天过去了，戒除体瘾的张红得到父亲的准许，去镇上散心，却路遇吸毒的表哥，邀她去家里玩。

刚一坐下，表哥就拿出冰毒递给张红，她眼神空洞地说："我戒了。"

"来嘛，整几口。"

那一瞬间，张红迟疑了，全身发抖。毒品的魔力，超出了她的想象。张红复吸了。

从此，她又开始不回家，留在镇上，替表哥看管游戏厅，并一起吸毒。

在毒品的侵蚀下，她一口整齐的牙齿，逐渐脱落。有时，回到家里，满头白发的母亲见了，悄悄伤心抹泪。而一向老实、稳重的父亲，则性情大变，每天喝酒。酒劲一上来，莫名其妙地将桌子掀翻。张红更少回家了。

2013 年 5 月的一天，下着蒙蒙细雨，正在游戏厅收钱的张红接到通知，她父亲因酒精中毒走了。

"爸，我错了，我再也不吸毒了……"张红站在父亲灵堂前，放声大哭。前来悼念的村民纷纷落泪，她在大家面前起誓：一定戒掉毒瘾，做一个正常的女人！

又一次自戒。乡亲们伸出援手，有的给她送来猪肘子，有的送来水果，临走时，都说："红儿，今后一定要好好生活。"

在往后的一年里，张红一直在家帮着母亲打理麻将馆生意。

毒魔可怕，但毒圈更可恨。

农忙时，没人来打牌和喝茶，张红就到镇上去玩耍，碰见游戏厅的"朋友"，她再一次被卷入毒海中，无法自拔。

2015 年 1 月，张红在宾馆吸食冰毒时，被公安机关当场抓获，送到了四川省女子强制隔离戒毒所强戒。

来到女所，由于失眠，张红又黑又瘦。两只眼睛无神，且深陷下去。大队民警试图走进她的内心世界，可她一直沉默，不愿交流。

四大队大队长邹潜丽急得上火，决定亲自出马，对张红进行个别谈话。反复多次，她终于被耐心和关怀打动。原来，她一直闷头不语的原因是与年迈的母亲有了隔阂。

张红说："我不孝，我爸是被我气死的，我妈恨死我了。"

在掌握这一情况后，大队民警专程前往成都张红的家里，与其母交流沟通，告诉她女儿在女所的状况，张母最终原谅了她。

得到母亲的原谅，张红对戒治有了更大的信心。从此，她主动与人交往，关心其他戒毒人员，分享戒治生活中的点滴。为巩固前期戒毒成果，大队通过民主选举，她当选分队组长，对新下队的戒毒人员，张红以自己的过往，帮助她们摆脱心灵的阴影。

张红恢复到以前开朗的性格了，还积极参加大队组织的各项特色教育活动。

为让戒毒人员发现自己的闪光点，全情投入到戒毒矫治中，塑造全新自我，并拥有一技之长融入社会，降低复吸率，女所举办了"美丽女性"大赛，大队民警鼓励大家积极报名参加。

教育助理刘明娇提高嗓门说:"报名不受限制,啥都可以,我们大队内容一定要丰富。"

"报告警官,我牙齿掉了,能不能参加'美丽女性'大赛?"张红仔细询问其参赛条件。

"不关事,这个比赛不看长相,而是我们要遇见、发现、找回最美的自己,只要有才艺,都可以参加!"

"我想跳一个舞,需要音乐。"

"这个事好办,我替你下载!"

张红提的"条件",刘明娇全部记录在笔记本上。

排练期间,大队副大队长王洁和明靓、分队长蓝沁薇像观众一样,给予她鼓励和掌声。

张红在周记中这样写道:

> 人生是什么,人生是旅途;
>
> 放纵陷白雾,迷途堕深渊;
>
> 寻求刺激上贼船,挥霍青春倾家产;
>
> 毒品丧失父母爱,天人相隔永难全;
>
> 浪子回头金不换,生命昂扬起新帆!

第六节　驾驶员在宾馆止泻染毒坠深渊

柔媚的阳光下,杨柳低垂成荫,略带甜味的风,将无限生机送回人间。

四川省资阳强制隔离戒毒所"蓝莲花家园"内,三大队大队长谭兵与"艾感"戒治人员张光勇正在促膝谈心。

"人不能只看眼前,生命的长度或许短了,但要延展宽度。"谭兵眼神里充满鼓励。

2015年4月,43岁的张光勇来"蓝莲花家园"10天了,从不与人交流,对体能训练反感,他悲观厌世,脑子里只有一个念头:反正活不长,听天由命吧。

民警看出了他的心思。大队长谭兵亲自出马，准备攻下这座"堡垒"。

"我们对你永不抛弃、不放弃。"谭兵拍着张光勇的肩，"现在，全世界都在研究针对艾滋病的药物，说不定哪天就研究出来了。我们要活着，坚持到那一天。"

"如果你感到委屈，证明你还有底线；如果你感到迷茫，证明你还有追求；如果你感到痛苦，证明你还有力气；如果你感到绝望，证明你还有希望。从某种意义上讲，你永远都不会被打倒，因为你还有你。所以，你不要纠结！"

再铁石的心肠，听了这番话，也有动容的时候。

张光勇缓缓收回游离的目光，抬起头，哽咽着说："我对不起父母，对不起关心我的民警……"

出生在云南丽江的张光勇，其母在当地小有名气，在紧靠旅游区开了一家超市，成为第一批有钱的个体工商户。他身为独子，在家应有尽有。

张光勇传承了父亲的勤劳和节俭的品质。在生活中，他敢闯、敢拼。

16岁那年，他技校毕业，不甘心在云南某事业单位做驾驶员，在父母的支持下，花14万买回一辆东风牌大卡车，跑丽江到腾冲、下关镇等边境线，替人运送煤炭。21岁时，他积累了60多万，并娶了青梅竹马的同学做妻子。

就在张光勇享受美好幸福生活时，却没能逃过命运的捉弄。

1995年7月，他拉货到下关镇，行至驾驶员的中转站某宾馆。临近睡觉时，腹泻不止。一名来自保山市的驾驶员见他难受，便递给他一小包白色粉末。

"没吃过猪肉，但见过猪跑"的张光勇一眼便看出，那包粉末是海洛因。他一手捂着肚子，一手慌忙摆着。

见他那样子，同行接着又劝说："吃一次不会上瘾的，先把拉肚子止住。"随后，他拿出"烟枪"，将海洛因掺入烟丝，让张光勇吸一小口。

为了尽快止泻，张光勇尝试着吸了三口，立马头晕目眩，整个房间都在旋转。他冲进卫生间，一阵干呕。出来时，居然不再拉肚子了。这位同行又数次"光临"他的房间，声称多吃几口，腹泻就会痊愈。

陪伴

张光勇临走时，同行还给了他一包拇指大小的海洛因。

回到家里，张光勇一遇哪儿不舒服，就"享用"那包白色东西。慢慢地，他上瘾了。有一天早晨起床，他全身瘫软，心里发慌，立即联系那位同行，询问他在什么地方，对方称自己在西双版纳。张光勇开着空车，一路狂飙。他拿到毒品，迫不及待地到宾馆房间里吸食起来。心，才逐渐平静。

以前张光勇有货就出车，但吸食海洛因后，他总想在家躺着。犯瘾时，像只无头苍蝇，四处乱撞。母亲发现他有些异常，旁敲侧击地问，是否需要去医院检查。张光勇知道，母亲开始怀疑他了。

世界上没有不透风的墙。父亲知道了，大发雷霆，以命令的口吻，叫张光勇卖车，在家自戒。

一个月后，张光勇从毒瘾中挣脱出来。第一个礼拜，他又复吸了。

张光勇自戒4次。身为警察的妻子，无法忍受旁人异样的眼光，辞了工作，与他大吵一番，离婚。两岁的女儿跟她走了。

1997年，24岁的张光勇将十几万存款一并交给了毒品，开始浪迹"江湖"。一次，他吸食海洛因，在丽江与人打架，被判刑三年。

父母怕儿子再走上老路，2000年，老两口带上刚出狱的张光勇，从云南搬家到张父老家重庆。

崭新的生活，让张光勇看见了曙光。9年时间里，他在建筑工地开车，往返河南、广西和贵州等地，一年能挣7万多元。同时，经人介绍，他与重庆当地一名女子结了婚。

看着儿子走上生活正轨，父母心中大喜，就在一家人商量在重庆买房定居时，张父却患了肺癌和骨癌。

为挽救父亲，张光勇让医院全部用进口药品，由于跨省，其他医药费又无法报销，一个月便花去5万多元。张光勇又有压力了。

深知儿子的心性，父母决定带上儿媳，搬回云南继续治疗。

两年后，张光勇失去了父亲。他非常痛苦，又去找"朋友"，吸食并注射海洛因。

一次，张光勇从重庆坐车到成都火车北站，路过荷花池的一条小巷时，一个中年男子神秘地凑上前来问："要不要？如果要，跟我来。"

张光勇摸了摸脸，原来，自己已经成为一眼就能让人辨认的"瘾君子"了，他跟着中年男子来到一间旅店内。

刚交易完成，两名警察冲了进来。张光勇被当场抓获，送到了四川省成都强制隔离戒毒所。4个月后，正在车间劳动的张光勇被民警送上车，转送到四川省资阳强制戒毒隔离所"蓝莲花家园"，进行集中管理治疗艾滋病。

为了让他融入这个"家"，大队长谭兵安排他当室长，并告诉他，人不能懒散，要多活动，增强抵抗力。

当上室长的张光勇渐渐开始关心身边的"艾感"戒治人员，慢慢地，他又担任起三大队学习委员，带领大家学习艾滋病的相关知识，怎样与人相处，承担哪些义务和责任等等。心灵手巧又有乐感的张光勇，还成了文艺培训班的吉他培训员。

充实而忙碌的戒毒生活，让张光勇忘却了烦恼。

主管教育的民警李小波上课时，专门宣讲各国针对艾滋病的研究成果，让"艾感"戒治人员放下思想包袱，帮助他们回归社会。

2016年3月，张光勇突然左耳听力下降，周身酸痛，经医务室测量，体温达40摄氏度。值班民警朱勇立即向大队汇报，并将他带进所部医院治疗。

待他回到"矫治苑"，不知是谁，将他的午饭放进保温室，吃着热腾腾的饭菜，张光勇觉得这儿有家的温馨。

第七节　家人溺爱的"孩子王"染毒又任性

今年30岁的陈晨，长于重庆，具有山城人的火爆脾气。在小伙伴里，他是出了名的"孩子王"。父母的溺爱，和比他年长12岁的哥哥陈阳的顺从，让他从小就生活在家庭的蜜罐里。

16岁那年，他父亲因车祸去世。匪气较重的陈晨，初中刚毕业，母亲担心他走上歪路，就举家搬迁到泸州市，与正在做房地产工程的大儿子陈阳住在一起。

来泸州后，陈晨整天东游西荡。他把哥哥陈阳当"提款机"，一个星期不花上几万元，浑身不自在。

正因为陈晨花钱如流水，很快就结交了许多玩伴，经常进出各大 KTV 场所的慢摇吧。但是，不管玩得多疯狂，他那时都不触及底线——吸毒。

哥嫂的溺爱，朋友的抬举和奉承，让陈晨飘飘然。就在他得意忘形之时，一个晴天霹雳，将他击得粉碎。23 岁那年，疼他爱他的母亲病重去世。

在他心里，母亲的死是哥哥失职。所以，他对哥哥很有成见。

但长兄为父，长嫂为母。

母亲过世后，陈阳和妻子商定，放弃生孩子的计划，让弟弟感到有家的存在。夫妻二人整日围着陈晨转。

哥嫂一番苦心，未得到陈晨理解。失去母亲的他，心里充满怨恨。

24 岁生日那天，他和几位朋友相约去 KTV，唱歌、喝酒，发泄内心的烦闷，他第一次尝试了 K 粉。

有一次，成都一个姓唐的朋友带了几个陌生人到泸州来，陈晨请他们吃饭时，听见朋友在与他们讨价还价。事后，他问朋友，原来那几个陌生人在跑"白粉"生意。朋友为了封他的口，送他 10 克海洛因。陈晨听说过这玩意儿挺厉害，包医百病。在一次重感冒中，他悄悄试了一下，灵是灵验，吸了的感觉想吐，人昏昏欲睡。他哪想到，慢慢地自己却上了瘾。仗着有钱，陈晨每天优哉游哉要吸好几次。

冰毒让他冲昏了头脑，干出一系列令人不可思议的事。

一天深夜，陈晨吸食冰毒后，与朋友去游戏厅打抓鱼机，几个回合下来，屏幕里的动画鱼儿层出不穷。他冲出大门，打的到一个朋友家拿了一把仿真枪，折身转来，瞄准抓鱼机"嘭、嘭、嘭！"连发几枪，将游戏机打出几个大窟窿。

陈晨"发疯"的事，在同学和朋友中疯传，大家开始纷纷远离他。

第一次尝到被人冷落的滋味，陈晨心里很不好受。

2014 年 1 月 26 日，在泸州一家宾馆的套房内，他与 37 个"朋友"集体吸食冰毒，一直闹腾到第二天早上 9 点多。几名警察冲进房间，将所有人带回派出所。经尿检，陈晨吸食毒品证据被锁定。待他逐渐清醒时，才知道自己闯了大祸。随后，他被送至四川省新华（绵阳）强制隔离戒毒所进行强戒。

在第二次抽血化验复检时，戒毒人员向他投来异样的眼光，议论纷纷。陈晨摸不着头脑。但班组长悄悄告诉他："你有可能感染了 HIV。"

"是什么病？"他问。

"艾滋病。"

陈晨仿佛被人猛击，脑子里一片空白，吓得周身发抖。

九曲河蜿蜒而去，灌木丛里散发出花香。

2015年1月28日，陈晨被送往四川省资阳强制隔离戒毒所"蓝莲花家园"艾滋病病毒感染者集中管理区。

川西民居风格的四合院内，鸟儿飞来飞去。

来到一个全新的环境，陈晨异常孤僻。他沉默寡言了。

第三天，一位鼻梁挂着眼镜的民警找到他，主动与他说话交流。

民警轻言细语，字字中肯。他说，能单独谈话就是朋友，陈晨内心的压力，他懂。"既然来到这里，大家人人平等，因为这里是一个大家庭，是'艾感'戒治人员共同的家园。"

陈晨低着头，像犯了错误的孩子，不时偷瞄他一眼。为了应付这次谈话，他以"你问我点头"的方式，不冷不热地面对民警。谈话持续了一个小时。

"你要相信，我是你的倾听者。如果你愿意，随时都可以来找我。"民警又诚恳地说。

"人生或许不是我们期盼的那场宴会，但既然来了，就该跟着大家一起奔跑。"

"不管事情变得多坏，在不远的地方，你要相信总会有一些美好的事情即将到来。"

"你的人生，应该有你自己的精彩！"

经过一番坦诚交流，陈晨慢慢打开了话匣子，从自己家庭到对病情的担忧，他像找到了知己，将压抑了几个月的不快和恐惧，一股脑儿地抛了出来。

事后，他才知道找他谈话交流的民警竟然是他们三大队大队长谭兵。

陈晨开始观察谭了，他对这人的一举一动，产生了兴趣。

晚上熄灯休息时，他躺在床上，目光投向窗外。凌晨2点，二楼民警办公室内，活动着谭兵忙碌的身影；第二天清晨6点，他又看见谭兵站在院子里，向其他民警安排当日工作。

谭兵像一名"钢铁战士"，战斗不停，冲锋不止。是他心灵依靠的港湾。而哥哥陈阳，则是他打开幸福之门的钥匙。

在通亲情电话时，他主动向哥哥提及自己感染了艾滋病病毒，陈阳却立马转移话题说："你是一个男人，要有男人的担当。不要多想，好好戒毒和治疗，我们等你回家。"

他在民警和哥哥的鼓励下，慢慢地走出了"艾感"的阴影。

值得高兴的是，2016 春节期间，嫂子产下一名 7 斤重的女婴，陈晨要为孩子打一把金锁，祝福侄女健康成长。他在接受采访时表示，自己将终身不娶。

为啥？他说："艾滋病感染，到我为止！"

第八节　丧母悲伤吸毒品

"爸，你身体咋样？还好么？"

"好着啊，我没事。"

"姐姐寄来的毛衣，我收到了。"

"收到就好，就好……"

话筒里传来哽咽的声音。

这是四川省资阳强制隔离戒毒所专为戒毒人员每月按时安排的一次亲情电话。

来自凉山州美姑县的戒毒人员阿吉，在与父亲通完电话的瞬间，快步走出亲情通话室，眼里噙满了泪水。

爱好读书、写作和书法的阿吉，今年 27 岁。2010 年毕业于西昌学院。他曾在校报上发表过一些小说和诗歌等文学作品，是学校文学社有名的才子。

但毕业后，他被分到木里县当特岗老师。由于阿吉在校时，交际"广泛"，认识了一帮社会朋友。在朋友的鼓动下，阿吉对待这份工作，打心眼里看不起。

于是，他到了朋友高飞开的"水"公司（设赌放高利贷）上班，一月轻轻松松挣万把块钱。

半年后，身为政府公务员的父亲知道阿吉的所作所为，坚决阻止和反对他在"水"公司鬼混，其父骂他"不务正业，整天游手好闲"。

迫于压力和父亲的声威，2011年5月，阿吉离开了"水"公司，搞起了劳务输出的事。他带着一帮打工仔，远离故乡，赴南京打工。

颇有头脑的阿吉找到用工单位谈妥工时费，他按人头计时提取费用，每人工作一小时，除去打工仔应得的报酬，阿吉每人每小时提取1元至1.5元不等。

当时，每个打工仔一天几乎要工作12小时，阿吉带工最多时达一百多号人。不薄的收入，让他喜不自禁。

天有不测风云，人有旦夕祸福。

同年12月，阿吉母亲病逝。

家里父亲、哥哥和姐姐，纷纷打来报丧电话，催他火速赶回。

当阿吉心慌意乱从南京赶回家时，母亲已火化。他在悲伤中，抱着母亲的骨灰盒，哭了两天两夜。

在西昌市区开"水"公司的朋友高飞，开着车子来接他出去喝酒散心。当天，阿吉喝得大醉，就向高飞诉苦，说母亲走了，自己常常整夜睡不着觉。高飞眨动着一双老鼠眼睛，低声告诉阿吉一个电话，叫他找一个叫汪楷的人。电话打过去，汪楷拿了一点东西给阿吉吃。他得知，汪给他吃的是海洛因。

阿吉上瘾后，每天要吸食，且量越来越大。一天，阿吉把买10克海洛因的钱从银行卡上给汪楷打过去，结果此人与他玩起了人间蒸发，消失得无影无踪，打电话不接，发短信不回，再打，已停机。

没办法，阿吉只好找到介绍人高飞。高飞大倒苦水，声称汪楷欠自己公司的"水"钱，想挖地三尺，也找不到人。

毒瘾发作，万蚁钻心。阿吉痛苦不堪，像一只无头苍蝇，四处乱飞。

他来到成都罗马广场一带，与凉山州来此做生意的女人一起吸毒鬼混。

2015年3月23日清晨，阿吉昏沉沉地从西昌大树子一个毒贩手里买了1克海洛因，拿回家正吸食时，被赶来的警察抓了现场，且查获未吸完的毒品及用具。

当天，阿吉就被送往西昌马坪坝强制戒毒所。两月后，又被送到四川省新华（绵阳）强制隔离戒毒所执行强戒。在血检中，发现他感染了艾滋病病毒。

2015 年 8 月 11 日，阿吉被转送到四川省资阳强制隔离戒毒所"蓝莲花家园"戒毒治疗。

阿吉性格孤僻，不善言语。

他来到"蓝莲花家园"九大队"更生苑"的第一天，有"艾感"戒治人员嫌弃他身上有异味，有意说话挖苦和刺激他。阿吉怒火腾腾直冒，心跳加速，两只手紧握拳头，想冲上前去，打倒对方出一口恶气。就在此时，民警朱才发突然挡在了他的面前，大声呵斥："不许乱来！"由于朱才发的及时出现，才免去了这场"厮杀"。

当晚，阿吉就病倒了，发高烧，嘴里喊着糊话："我要杀死你，杀死你！"

副大队长张达和朱才发吓了一跳，立即将他送到所部医院吃药、打针和输液。

待阿吉病情好转后，朱才发守在他的病床前，捏了捏他瘦弱的肩膀关切地问："怎么样，好些了吗？"阿吉点点头，想要坐起来致谢，却十分吃力。

朱才发示意他别动，好好休息。"阿吉啊，你有什么心结？能不能给我说说，大家想办法一起解决。"看着朱才发一脸真诚，阿吉用生硬的汉语回答："我梦见了给我吃'粉'的人……"朱才发又伸手拍了拍他的肩膀："不要想那些了，到'蓝莲花'来一切都会过去，也会好起来的。我相信你。"

"无论遭遇什么，你都要从跌倒中爬起来，重振旗鼓，继续保持微笑，就像从未受伤一样！"

顿时，一股暖流涌遍阿吉全身，他的眼泪止不住地往下流。

都这样了，警官还相信自己，不断地给自己打气和鼓励，阿吉很感动。

在往后的日子里，阿吉像变了一个人。他每天与"更生苑"的"艾感"戒治人员朝夕相处，一起学习、生活、康复训练，让受伤的身心得以复苏。他对"更生"一词的含义，有了更深的理解。

坐在"蓝莲花家园"的屋檐下，阿吉静静地想：朱才发警官不正是门前池塘里一朵圣洁的蓝莲花吗？

第三章
警　魂

他们把爱，拿去换命
从深渊，从魔鬼的手里
换回一个个鲜活的生命
人格和尊严，在平等的对话中
延伸依靠和信任

为了"瘾君子"，他们的身影
常常活动在第一缕晨曦中
消失在最后一抹夜色里

第一节 唐旭峰——一个平凡而伟大的人

2014年12月27日晚8时13分，四川省新华（绵阳）强制隔离戒毒所"绿色回归家园"副大队长赵强接到好友唐旭峰的妻子杨丽哭着打来的电话说："老唐走了！……"

正在组织戒毒人员朗读所部教育科科长唐旭峰写的《戒毒誓词》的赵强，强忍悲痛。

可不知道怎么的，读着读着，他的声音突然变了，变得沙哑和哽咽。一下子蹲到地上，"呜呜"地哭了起来。

当时，在场的戒毒人员全都蒙了，很诧异。平时，铁骨铮铮的赵副大队长为何变得如此脆弱？

他们立即围了过来，关心地问："咋啦？赵队，你咋啦？！"

赵强再也忍不住内心的悲痛，冲出戒毒人员的包围，跑向黑暗的山腰，面朝仙山，双手抱着头颅，失声大吼："什么？老天爷呀，你太狠心啦！"

空旷的山涧，回荡着他撕心裂肺的哭喊。

面对追赶过来的戒毒人员，赵强抹了一把眼泪，哽咽着说："你们知道吗？每天勉励你们戒断毒瘾的誓词是谁写的？就是他——唐科长啊！可刚才他走了，永远地走了啊！"话音刚落，有人也跟着哭了起来。

片刻，不知是谁轻轻地背诵起了"我宣誓：摆脱毒魔的纠缠，重塑自我……"声音越来越多、越来越大、越来越响。

戒毒人员自发地、用比平常大了好几倍的声音，一遍又一遍地背诵着《戒毒誓词》。

赵强觉得天空好高好远，震耳的余音仿佛在为唐旭峰送行。

仙山悲恸，涪江呜咽。

当晚，四川省新华（绵阳）强制隔离戒毒所，一夜无眠。无数人以泪洗面，细数着唐旭峰的动人事迹。

他从警19年，有18个春节是在工作岗位上度过的；单位成立艾滋病戒毒人员专管大队，他主动请缨，通过探索实践，总结形成较为成熟的《艾滋病病毒感染者集中管理办法》；他累计教育矫治戒毒人员 2400 余人次，开展个别谈话 11000 余人次，教育转化危重人员 100 余人，用微薄的积蓄资助戒毒人员 200 余人；他身患消化功能紊乱、肝硬化等多种疾病，却一直坚持工作。

唐旭峰走了，年仅 38 岁。在他年轻的生命里，激荡着无限的荣光——

他 1998 年 12 月加入中国共产党。担任过民警、副中队长、中队长、副大队长、大队长和教育科科长。2015 年，司法部追授他为全国司法行政系统二级英模，号召广大司法行政民警向他学习。

同事们还记得：他来自英雄黄继光的故乡——四川省中江县。

2006 年 4 月，绵阳的月季花，遍地开放。

上级决定在"新华所"成立艾滋病病毒感染者专管大队。在谈"艾"色变的环境里，唐旭峰主动请缨，提出到艾滋病专管大队工作。

当亲人、同学和朋友知道后，都纷纷阻止和劝告他："旭峰，你这是何苦呢？上有老，下有小，万一被感染了，怎么办？"可是，他却说："如果大家都逃避，都不愿意干，这些人放任到社会自暴自弃，或报复他人，会有更多的人受害呀。"

一些亲友和同学不理解他，渐渐开始疏远他。

面对这种疏远和尴尬，唐旭峰总是笑着说："迟早有一天，他们会理解我。"

带着这份真情，他一路前行。

由于"艾感"戒治人员时刻面临着死亡威胁，对未来充满绝望和恐惧。唐旭峰为了排解他们的悲观情绪，以心换心，与他们交朋友，组织他们弹吉他、吹口琴，一起坐在草地上拉家常、晒太阳。在这个危机四伏的特殊人群里，只要有唐旭峰的身影，就会有欢声笑语。他们互相尊重，没有歧视。

唐旭峰以自己的羸弱之躯，扛起了教育矫治的戒毒大旗。

为了进一步帮助"艾感"戒治人员树立战胜病魔的信心，他放弃休息时间，上网搜索防治艾滋病的相关资料，并下载最新的科技进展和感人事迹，打印成册，分发给"艾感"人员阅读；宣传党和政府对艾滋病病毒感染者的"四免一关怀"政策，引导他们要有宽容、积极、向上的心境和社会责任感，关爱生命，关爱自己，关爱他人，树立"艾滋病感染到我为止"的理念。

与此同时，唐旭峰还与大队其他民警一起，积极探索和实践"艾感"戒治人员集中管理陪伴模式。在这项工作中，他身先士卒，带头学习研究，参与科学实践和总结提炼，大胆提出了"从纠错到鼓励，倡议正性文化，生命教育与感恩教育，艾滋病感染到我为止"的理念，形成了雏形。

2007年1月，在全国劳教场所"艾感"戒治人员集中管理经验交流工作会上，"新华所"的管理模式研究和实践效果得到上级领导、与会专家的肯定。唐旭峰提出的理论填补了这项工作的空白。

"想我们戒断毒瘾，除非世界上没有毒品。"在给戒毒人员做思想工作时，一名戒毒人员的话，深深刺痛了他。

2008年，唐旭峰在总结场所10余年戒毒工作经验和国内外先进的戒毒理论成果的基础上，创造性地形成了以"多元整合、积极戒毒、生命复原"为理念的戒毒思路。

2010年，这一思路经上级机关提炼、深化和总结，被确定为四川司法行政戒毒场所统一的戒毒模式，得到司法部的认可。在实践中，唐旭峰还根据戒毒人员出所后回归社会困难、就业难、家庭接纳难的问题，大胆建议利用单位场地优势，建立了一个专门用于戒毒人员回归社会之前的考验基地——"绿色回归家园"。唐旭峰竭尽全力，不仅全程参与了"家园"建设和管理，还为"家园"的发展提出了许多颇有成效的建议。

2013年4月，"绿色回归家园"投入运行以来，深受戒毒人员家属的拥护和支持。至今先后有600余名戒毒人员入住参加戒毒康复和就业，留园就业达50余人。跟踪回访显示，从"家园"回归的戒毒人员，操守保持率比直接从戒毒所回归社会的人员提高了许多，就业率提升了不少。其开放戒毒理念和成功就业的做法，得到国家禁毒办有关领导和国家药物滥用监测中心专家、学者的好评。

2014年上半年，四川省戒毒管理局组织全系统科级以上干部开展业务培训，要求唐旭峰担任戒毒康复知识教员。他制作课件、收集资料，在做好所有课件准备后，在大队里进行课前演示，请同事们提意见，反复对课件进行修订，一堂课就是半天。后来，同事们在整理他的遗物时，发现他的病历才知道，当时他的病情已经相当严重，可他没告诉任何人，而是默默地与病魔抗争、与时间赛跑。

同年8月，唐旭峰积劳成疾，因肝硬化住进了华西医院，就在他去医院的前一天夜里，还打电话详细询问民警罗东：戒毒人员"创业培训课"的教学进展情况，用手机编写短信起草教案，一条条地发给罗东。

如今，读着这些短信文字，罗东依旧感叹啼嘘。他这样评价唐旭峰："工作兢兢业业、勤勤恳恳，务实又创新。"

在唐旭峰病重时，单位曾准备为其捐款。虚弱到无法说话的他，在纸上艰难地写下："不要组织捐款，不麻烦同志们了，他们有的比我更困难。希望尊重我的决定。"一想起这事，时任新华所政委的张卫国就伤心流泪和自责。他说："唐旭峰的离去，是我们四川司法行政戒毒系统最大的损失。"

唐旭峰走了。但他教育矫治过的戒毒人员来了，曾经和现在的同事来了，数以百计的当地干部和群众来了。他们自发地来为他送行，默默流泪，对他充满了崇敬和怀念。

当回归社会的戒毒人员李刚得知唐旭峰不幸去世的消息，在家设置灵堂悼念，并携妻专程从上海赶赴绵阳祭拜。他带着自己公司新开发的猕猴桃，长跪在唐旭峰的墓碑前，声泪俱下："恩人啦，您咋就走了呢？17年了，我忘不了您替我的烂脚擦药水的情景，更忘不了您与我日夜促膝长谈。每当我想放弃时，就总想起您的教诲。尝一尝吧，恩人啦，这猕猴桃可甜了。呜呜呜……"

如泣如诉的哭喊，令在场的人肝肠寸断。眼泪立即滚了出来。

这奔流的泪，表达了人们对唐旭峰无尽的哀思。

唐旭峰走了，悄悄地走了。

但他留给家人的念想，实在太多了。

在唐旭峰参加工作的19年时间里，他有18个春节是在工作岗位上度过的，其中有12个是为同事替班。妻子杨丽在他的追悼会上哽咽着说："我们婚后10个春节，老唐有9个是在所内与戒毒人员们一起过的，没想到在第11

个春节即将来临时，我们却阴阳相隔了。"

唐旭峰的妻子杨丽也是"新华所"的一名警察，他们 1999 年相识相知相爱后，于 2003 年结了婚，两人感情很好。如今，唐旭峰走了一年多了，杨丽每天下班回家，总是自觉或不自觉地把目光投向那间主卧室，看看唐旭峰回来没有。

现在杨丽一闭上眼睛，满脑子就是唐旭峰的影子。她总觉得这间和他共同购置、生活了 8 年的房子里，有他欢乐的笑声。他拥抱着她的情景历历在目，甚至还能嗅到他身上的味道。但这一切，已成为杨丽最甜美的回忆。

"老唐在的时候，一回家，无论多累，厨房里的活，他全包了。我们的生活虽然很平淡，但有他，就充满了快乐……"

在唐旭峰病逝前两个月的一天，他突然给杨丽商量说："女儿一晃都 6 岁了，快上小学了，我还没有好好地陪她出去旅游过一次。女儿说她最大的愿望是想让我带她到'天涯海角'（海南）去，看看真实的大海。我抽个时间，你也请个年假吧，咱们一家三口到海南去走走！"

当时，杨丽以为他是在跟自己开玩笑，逗她开心，就随口说："你发什么神经，舍得放下工作，带我和女儿去旅游？"唐旭峰认真地告诉她："我没开玩笑，我觉得自己亏欠你们母女俩的太多了。"

可是，那段时间新华所正忙于安全工作检查，唐旭峰没有向组织请假。等他病情加重，走路都很吃力时，他突然发现：带女儿去看大海的愿望已经无法实现了。

当家人准备把住房卖掉，筹集医疗费挽救他的生命时，唐旭峰躺在医院的病床上，颤抖着手，吃力地写下："如果卖掉房子，女儿就没有家啦。我还配做父亲吗？我内心会不安的呀！"末尾，他用尽全身气力，重重地写了"放弃（治疗）"二字。

这两个字，凝聚了一个丈夫、一个父亲，在生命最后时刻，对家人深深的爱恋和沉甸甸的责任。

那一夜，杨丽守候在唐旭峰的病床前，她轻握他消瘦的手，再也无法控制自己悲痛的情绪，泪水决堤。

唐旭峰微微睁开了眼睛，他渴望生命而又无助的眼神，像针一样扎在杨丽内心。她看见他的嘴唇动了一下，赶紧把头伸过去，轻声低唤："老唐，老唐！"

但唐旭峰一个字也说不出来，病魔将他折磨得只剩下微弱的呼吸。

几分钟后，唐旭峰的瞳孔慢慢放大，杨丽叫来医生。她看见唐的脸色突然暗沉下去，哭着大喊两声："老唐，老唐呀！"，人便昏了过去。

唐旭峰走了，杨丽的魂，仿佛也被他带走了。他们结婚多年，唐留给她的印象：执着、坚强和玩命！工作没日没夜地干，从不叫苦。

在家里，杨丽常常看见唐旭峰伏案加班，写材料，怕他累倒就劝他早点休息，可唐却总是笑着说："没事，我做这些，是一种享受。"

2014年6月，唐旭峰岳母的腿摔伤了，7月他给她买了冰箱和空调，8月还为她从网上买来护膝和护颈棉套，用来治疗老人的老寒腿和颈椎病。可是，12月27日，积劳成疾的唐旭峰走了。现在每当老人撩起裤腿，看着护膝，就睹物思人，伤心流泪。

"宝贝女儿，如果爸爸变成了一颗最亮的星星，你会怎么办？""我会变魔法，把星星握在手里，这样爸爸就永远和我们在一起了。"唐旭峰去世后，杨丽不敢把真相告诉刚满7岁的女儿，每当她问起爸爸哪儿去了时，杨丽就用这种方式哄她。自己觉得眼睛很模糊，眨动一下，豆大的泪珠就滚落出来。

但后来，女儿还是知道了唐旭峰去世的消息。杨丽告诉她："爸爸去了天堂，因为天堂里没有病痛，他永远陪伴我们。你想他时，他就会出现。"杨丽指着天上最亮的那颗星星，告诉女儿："那就是爸爸唐旭峰。"

从此，爱画画的女儿，凭着自己的认知，在纸上画了很多关于爸爸的画，且写下一些文字，字里行间透露出她一直认为爸爸还活着，陪伴着她和妈妈。她在小本子上写得最多的是："我的妈妈像美丽的公主，爸爸像蓝天，我像一只小白兔。我们是一家人，要快快乐乐地生活。"

女儿在画唐旭峰时，总是把他涂抹成绿色。杨丽问她为啥？女儿扬起稚嫩的小脸回答她："你不是说绿色象征生命吗？我要画一个绿色的爸爸！"女儿的天真，伴随着杨丽的泪水，在无数个夜晚，静静流淌。

第二节　王晓涛——真情陪伴融化坚冰

2012 年 8 月 17 日，是四川新华（绵阳）强制隔离戒毒所八大队民警王晓涛从警 21 年生涯中极为普通的一天。

他同往常一样来到大队，办公桌上有一封他的信。拆开，原来是曾经陪伴过的戒毒人员漆宏剑写给他的。信中，漆称自己在老家德阳市某工厂当技术员，过着赡养父母、安居乐业的幸福生活。

看着信，王晓涛的思绪回到了两年前。

"他来队后，情绪低落，不与人交流；经常违规，爱和其他戒毒人员发生冲突；习艺劳动任务不完成，民警拿他都喊头痛。"2010 年 7 月 28 日，王晓涛在接手漆宏剑的主教任务时，副大队长彭源这样说。

王晓涛想：漆被大队列为重点关注人员，再恼火也得上！

他查阅档案得知，漆 37 岁，家有父母和妻儿，原工厂技术员，吸毒 3 年。

当晚，王晓涛召开了全舍戒毒人员的见面会。漆宏剑低着头，坐在离他最远的位置。

王晓涛让每个戒毒人员做自我介绍，轮到漆时，蹦出简短几个字："我叫漆宏剑，吸毒 3 年多，没了。"王晓涛没有追问，怕树立对立情绪。见面会继续进行，但漆没再说一句话。

三天后，王晓涛找漆宏剑首次个别谈话，他依旧低头，对王提出的问题都采用两个字回答。

"习惯这里的戒治生活吗？"

"还好。"

"是否有话想说？"

"没有。"

"想不想家？"

"一般。"

王晓涛从事管教工作多年知道，面对漆宏剑拒绝与人交流的状况，最有效的矫治办法是——找"软肋"。

一天晚上，王晓涛在监控里看见漆坐在床头，望着窗外，手拿一张纸，多次翻开又折好，临睡前还小心翼翼地压在枕下。

王晓涛眼睛一亮。

第二天，待戒毒人员离舍参加习艺劳动时，他来到漆的床位前。原来，漆写了一封家书，上面多处有泪湿的痕迹。他渴望家人谅解，但又没脸开口，只好用文字赎罪。

找到"软肋"的王晓涛很兴奋，立马向大队领导汇报，共同制定出了矫治漆的方案：通过亲情帮教，树立他积极的矫治心态；之后进行心理辅导，培养对毒品的抵制态度；矫正行为习惯，教他与人相处的技巧；矫治过程中，及时表扬漆的长处；待教育矫治措施见效，再进行相应的训练，恢复其社会功能，降低复吸率。

方案出来，立即实施。

王晓涛打电话到漆宏剑家，刚表明身份，接听电话的漆父情绪激动，且极不友好地告诫他"今后不准再打电话来了"。

王晓涛吃了闭门羹。他再次对漆宏剑人所前的情况进行了解，碰巧戒毒人员谢华和漆是邻居。王了解到：漆宏剑吸毒后，原本幸福的家庭遭殃了。没有毒资，他就逼着家人拿出积蓄，花光又贱卖家电。一个家，很快就被他搬空。家人好心劝告，却遭到他一阵拳打脚踢，直到被警方抓获强戒，这种日子才结束。

针对漆的家庭关系，王晓涛将漆宏剑的家书全部寄给了他的家人，并附了一封亲笔信，介绍漆人所情况及对家人的愧疚，希望他们能重新接纳漆宏剑。

两周过去了，漆宏剑的母亲吴老太给王晓涛打电话，说她每封信都哭着看完，毒品让儿子变成了魔鬼，全家人都很伤心。

"他毕竟是我的亲骨肉啊，我想来见他！"

"好！我亲自带您会见。"

两人约定了探访时间。

那天很快到来。接到漆宏剑的会见通知，王晓涛立即到车间找到他。听说有人来探访自己，蒙在鼓里的漆宏剑突然从冷漠变得狂喜，很快又羞愧起来。

去会见室的路上，漆宏剑走得很慢。快到门口时，腿脚开始剧烈颤抖。刚一进门，他看见白发苍苍的母亲，眼泪就飙了出来。两人拿着话筒流着泪，说不出一句话。

许久，吴老太才哽咽着说："儿啊，你瘦了。"

漆宏剑埋头抽泣，缓缓地将脸贴向玻璃挡板，哭着说："妈，我想您，摸摸儿子的脸。"

吴老太伸出长满老年斑的手，沿着漆宏剑脸颊的轮廓来回抚摸，不停地说："儿啊，你瘦多了……"

这次见面，对漆宏剑触动很大。当晚，他主动找王晓涛交流。

他说，曾经伤害了亲人，入所后，家人没来探访，有种被遗弃的感觉。现在，他想与家人重修于好，却不知如何开口。他渴望王晓涛能再次帮他消除与妻子和父亲之间的隔阂。

王晓涛看见，漆宏剑这座冰山，终于开始融化了。

事后，王晓涛从吴老太处得知，漆宏剑的父亲和妻子罗洁仍然很爱他，因他们被伤得太深，所以不愿轻易地接纳他。

针对这种情况，王晓涛和大队教育干事王雪虹一起，专程赶到德阳市漆宏剑家中当"说客"。

吴老太热情地招待他们，但漆大爷和罗洁却很冷漠。

他们详细讲述了漆宏剑的表现，并表达他乞求家人原谅的意愿。闷了许久的罗洁说："唉，早知今日，何必当初。"漆大爷眼眶微红，一直盯着窗外。两人的态度变软了，答应来所探访。

全家探访那天，漆显得十分激动。

会见时，漆母几次将话筒递给漆大爷和罗洁均被拒绝。漆大爷两手握在一起，大指头一直来回揉搓着，而罗洁则用手不停地摆弄手提包的拉链，两人都将头望向一边。直到会见快要结束时，都没有正面看过漆宏剑一眼。

早已哭成泪人的漆宏剑突然跪在地上，一个劲地磕头大喊："我对不起你们，我对不起你们，爸、妈、小罗，请你们原谅我……"看到这一幕，漆大爷红着眼眶，颤抖着拿起听筒说："儿子，好好戒毒。"罗洁也接过话筒，凝望着丈夫哽咽着说："我们——等你——回家！"

隔在漆宏剑与家人之间的那座冰山，彻底融化了。

漆主动找王晓涛交流的次数增多了，且积极地接受矫治。

细心的王晓涛发现，每次谈到毒品，漆宏剑都会选择沉默。

一次，漆坦诚地说："毒品带给我的诱惑实在太大，我害怕出去了，对它不能拒绝。"

王晓涛静静地倾听。他知道，这是漆对自己的极大信任。在之后的谈话中，王晓涛找来许多吸毒者的资料，对漆进行毒品危害以及吸毒感染艾滋病等相关知识的教育，让他形象地认识到吸毒带来的危害和厌恶感，鼓励漆正确面对吸毒经历，认识以前的无知，勇敢地对毒品说"不"。

为了帮助漆宏剑成功戒毒，王晓涛给他讲了一个发生在二战时期的故事。美军100名突击队员要深入德国后方，要求100天内学会流利的德语，最后都学会了。因为他们知道假如学不会，一旦说话暴露身份就只有死路一条。

这个故事告诉漆宏剑，成功都是被逼出来的。戒毒也是如此。"如果对自己狠一点，成功就会离你近一些。"

在陪伴漆宏剑戒毒的过程中，王晓涛还发现他性格孤僻、好冲动，无法控制情绪，很容易因一些小事与戒毒人员起争执。如室友将鞋放的位置离床过远、洗脸毛巾没有正面朝外摆放等，几乎每次都是漆先挑起"战争"。民警对其进行批评教育时，他存有较强的抵触情绪。

经验告诉王晓涛，除了漆宏剑本身的性格原因外，还和吸毒产生的心理异常有关。王晓涛判定，他急需心理健康维护。

在做自我总结时，漆宏剑坦言，每次遇到看不惯的事，他就想发火。对此，王劝他要持宽容态度面对每个人不同的生活习惯，学会把握情绪，并教他和别人相处的九字真言，即"心大一点，脾气小一点"。

"其实民警和戒毒人员之间，除了管理（陪伴）和被管理外，还包含师生、朋友等多层关系。大队每一位民警都可以交心。"王晓涛说："在交流时要遵循'敞开心扉，大胆表达'八字原则。"

漆宏剑的心，渐渐打开了。他对周围的人变得友善、真诚起来。

随着自信心的不断重塑，他在习艺劳动中变得活跃起来，发挥特长，主动献计献策。

大队习艺生产项目为机麻组装，桌面时常出现桌边螺丝无法归位的问题。漆提议：先固定桌边两对边至同一水平面，再固定其他两边。按照他的建议改进后，果然奏效。经领导同意，漆宏剑习艺劳动岗位调整到调试组，被其他戒毒人员封为"智慧囊"的称号。

漆宏剑戒治期满前半年，经诊断评估，其表现已达到"常青藤戒毒模式"适应性回归考验期，即经诊断评估符合条件的戒毒人员实施在强制隔离戒毒执行期间申请回归社会进行自主戒毒，并按时归所，接受监督检查和矫治辅导的戒治方式。所部批准了他的周归请求。

首次周归离所的那天，漆宏剑忧心忡忡。

临走时，王晓涛拍了拍他的肩膀，鼓励说："回去好好和家人过，加油！"漆宏剑望着他，心里充满感激。

按规定，周归时，戒毒人员每天要打电话回队汇报情况。

当晚7时许，电话打来了。

"你和家人相处情况如何？"

"我们找不到话说。"漆吐出几个字。

"长时间没和家人一起生活，加上吸毒时的不快经历，要回到从前和睦相处，还需要多一点主动和耐心。"

电话那头，漆答应着。

此后几天，漆不断打电话告诉王自己的每一点进步：他第一次帮家里洗碗筷、第一次清洗抽油烟机、第一次陪家人买菜、第一次给父母洗脚……虽然都是生活小事，但对他而言，每一步都是一次突破。

周归回所，王晓涛又找漆进行辅导性谈话。

"时间太短了，我还没给爸爸换新剃须刀，还没给妈妈修买菜的手推车，没把老婆那条手链送去清洗……下次回家，我一定要做到。"他情绪激动，不断地说着回家的那些事。

漆宏剑迎来了第二次周归，他在电话中兴奋地告诉王晓涛，上一次没完成的事，这次全做了，家人也变得更加友善。有一天晚饭后，他和妻子散步时，花20元买了妻子喜欢的蝴蝶发夹，并亲手为她戴上，妻子感动得哭了。那一刻，他觉得自己是世界上最幸福的男人。

第三次周归，漆宏剑不安地告诉王晓涛，他遇到了曾经的毒友，对方提出一起玩，他当即拒绝离开。对他这一举动，王晓涛给予了鼓励和赞扬。那晚，他们在电话里，就今后可能遇到的高危场景怎样应对进行了讨论。

漆宏剑从6次周归到月归，时间由每次回家一周延长至一个月。为更好地融入社会，他到工厂当技术工，遇到与人相处的难题时，就打电话向王晓涛咨询，寻求解决方法。

渐渐地，漆宏剑对回归生活充满了信心。

就在他期满出所的前一夜，漆宏剑将自己的床位擦了又擦，将日用品摆了又摆，将房舍打扫了又打扫，许多戒毒人员都来与他话别。

第二天清晨，王晓涛将漆送至大门口。临别时，王对他说："宏剑，出去好好孝顺父母，疼爱妻儿，做一个对社会有用的人，不要辜负家人和我们对你的期望。还有最重要的一点，千万别再'回头'。"

漆宏剑看着王晓涛，重重地点头。

王晓涛将信件放进抽屉，一股暖流涌上心间。

第三节　刘海——"艾感"戒治人员的大哥

春回大地，千枝展绿。

2016年3月，四川省资阳强制隔离戒毒所"蓝莲花家园"九大队"更生苑"，鸟儿在屋檐筑巢，"叽叽喳喳"演奏着和谐的乐曲。

当年，刘海亲手栽下的黄桶兰嫩苗，如今，嫩枝覆盖着淡黄色的柔毛，从墨绿的枝干中延展出来，形成2米高的绿伞。草丛中，花香四溢，沁人心脾。喷水池里，与"艾感"戒治人员共同堆砌的假山上，两只乌龟慵懒地享受着日光浴。

2008年，所部退休民警魏如山得知儿子刘海主动请缨到艾滋病专管大队，深知事大事小的他，挥毫泼墨，为这个"家"再添一分幸福、关爱和快乐。

他风格迥异的字画，精心装裱，与蓝莲花公约、艾滋病防治条例（摘录）、"四免一关怀"、权益维护中心机构人员等共同悬挂于走廊。如行云流水的草书，苍劲有力；笔透纸背的莲花，在庄重的隶书"春华秋实"的映衬下，凸显出生命的瑰丽，表达了老一辈民警寄予戒治人员的接纳与期望。

他援引《周易》中的卦辞，笔力雄健的"天道酬勤"四个大字，激励刘海在工作中孜孜以求，默默耕耘。

同年5月，刘海踏入九大队（"更生苑"）管理区，担任艾滋病专管大队大队长，他对民警说，必须将"不歧视、不抛弃、不放弃"植根于骨髓，进而延伸，在"依法、关爱、矫治、更生"的集中管理理念中，对"艾感"戒治人员要"以人为本行人道，以爱为媒慰人心"。"家园"有义务和责任将每一名戒治人员关心到位，走进他们内心。

"'更生苑'是一个大家庭。"刘海深情地说，"心灵沟通能战胜死亡的恐惧。"

36岁自贡籍青年丁小峰，扣着艾滋病感染者的"帽子"，身后带着一帮吸毒"小弟"，不定时到当地政府滋事，每月索要5000元生活费，否则他就"护送"街道办女性负责人回家。对这个"刺头"，大家伤透了脑筋。

2009年，丁小峰被当地区政府、公安局及街道办的相关人员专车送至四川省资阳强制隔离戒毒所进行强戒。

"丁小峰是艾滋病感染者，更是吸毒人员，符合收治条件。"当地政府工作人员说。他们唯一要求，就是让丁待在戒毒所里。

为丁小峰办理收治手续，经所部医院检查，他全身溃烂，左大腿有血管瘤。

"把我放出去，不然我弄到谁，别怪我！"在给丁小峰进行抗病毒治疗时，他拔掉手背上的针头，对刘海和医护人员叫嚣。

从医院出来回到大队，丁小峰软硬不吃，叫嚷着"不怕死"。刘海特意安排两名戒治人员对其陪护，可是，性情暴躁的丁见人就打，令同宿舍的人员叫苦不迭。

那段日子，刘海脑里绷着一根弦，丁小峰原本抵抗力差，外加情绪激动，有可能做出更多的过激行为。同时，每一名戒治人员存在个体差异，他担心其他人员效仿。

第二天，刘海将丁小峰安排到一间独立寝室，忙完大队事务，他端着一根小板凳到丁的"单间"与之聊天，让他宣泄心中的不快。

等他发泄完了，刘海却说："我们每个人都是一本书。封面是父母给的，我们不能改变，但我们所要做的事情，就是尽力写好书里面的内容。或许，开始写得令人不太满意，这没关系，只要我们尽力了，就无怨无悔。"

"光是抱怨，不解决问题。生活没有绝对的公平，但相对还是有的。放在同一个天平上，你抱怨越多，得到就会更少。一个人的幸福，其实不需要太多的东西。只要健康地活着，真心地爱着，就不失为一种富有。这种富有，就是幸福。"

"好多事情，要学会换位思考。就像大海，有人说它很漂亮，但也有人说它淹死过许多人。经历不一样，得出的结论就会有所不同。"

"只要是人，都会死，但要看死得是否有价值。比如蝉，它在土中蛰伏十多年，为给夏天增添一抹浓浓的色彩，一生只为短暂的鸣唱。"

其实，丁小峰内心也怕自己死。刘海见他表情复杂，趁机继续攻心。

"我们作为一个男人，最基本的责任要尽到。为人子，对父母要孝顺和赡养；为人夫，对妻子要尽责任；为人父，生养子女要教育。"

提起父母，丁小峰就垂头丧气。毕竟是他做事太绝情，使父母彻底与他断绝了往来，甚至更换手机号码，卖房子，搬离老家。

"都怪我将他们逼得无路可走。"丁小峰开始后悔。十多年的吸毒史将家产"洗白"，直到提刀威胁父母，索取毒资，"我找不到他们，实在没办法，就只好去找街道办那个女领导。"

通过交流，刘海发现丁小峰对父母心怀愧疚，还具有一个人最基本的良知。

随后，他联系到当地公安机关，找到丁小峰父母的电话号码。

"请你们再给丁小峰一次机会，他对以往犯过的糊涂事感到很后悔。"

"他差点把我们杀了！"丁父在电话中咆哮。

"我们非亲非故，但作为一名管教民警，我真心希望，你们不要抛弃他，救救你们的儿子。"

多次电话做工作，丁小峰的父母同意到大队看望儿子一次。

那天，刘海将他们带到宿舍，让所有人员回避。

四个人在寝室里，谁也不说话，大家沉默着。刘海打破僵局，引导一家三口将所有的不满，全都说出来。

他们从相互指责、责骂、抱怨，再到一起痛哭。

丁小峰对父母保证，今后好好戒治，不再给家人丢脸。

后来，他从大队的"刺头"成为模范人员，还当选互助委班组长，他的思想矫治过程，刘海花了两个多月。

2010年夏季，3辆汽车卷着灰土，"呼啦"开进艾滋病专管区，停靠在"更生苑"门前。来自南充的警察跳下车，一把抓住刘海的手说："这个人就拜托你们了！"

此时，一名男子在警车内吼叫："你们快把我放了，不然弄死你们！"

"你们不要怕，放心交给我们。"刘海缓缓走近，探头一看，男子全身套着被单，捆着结实的绳子，裹得像个粽子，横卧在车后座，奋力翻动，警车也随之摇晃。

刘海让戒治人员丁小峰及朱宁上车，将他拖出来。

"肖强，规矩点！你搞清楚，这里全是艾滋病感染者，谁都不会怕你！"刘海严厉地说。

被夹住双臂的肖强试图挣扎，丁小峰在他耳边低吼："不准动！"

午饭时，一同前往的女县长一上饭桌就"嘤嘤"哭泣，肖强与丁小峰过去用的"招数"一模一样，向当地政府要钱，"护送"女性工作人员回家。

在所部医院例行身体检查，肖强突然把手臂上的脓疮挤破，将血淋淋的疤块扯下，丢进嘴咀嚼，吞进肚里，然后张大嘴巴，目露凶光。

看到如此恶心的一幕，随行的南充公安协警拔腿就跑。

刘海意识到，肖即将攻击人。他站在原地呵斥道："你想干啥？！只要你敢动，立马把你拿下！"

丁小峰和朱宁迅速挡在刘海身前，应声附和："不准动！"

陪伴

正当肖强欲扑过来时，二人立即冲上去，一人夹着一只胳膊，怒吼："我们是在救你！"

看到肖强寻死觅活的样子，丁小峰仿佛看到曾经的自己，他主动找到刘海说："大队长，您放心，这个人交给我，我知道他想做什么。"

起初，刘海有些担心，但丁小峰与他通过几次谈话，果真做通了肖强的思想工作。刘海很感激他，因为丁在设身处地地为自己着想。

时光匆匆，丁小峰解除强戒的前一天，他找到刘海，递上一支香烟。

刘海接过烟点燃，笑着说："我从不抽你们的烟，不是歧视，是不想让其他人认为，你在拉关系，想得到照顾。但今天这支烟，我要抽，因为你明天就要回家了。"

"大队长，其实我舍不得离开这里，更舍不得离开您，因为我心里一直把您当大哥。"丁小峰说。回归后，他不能保证不复吸，但他会努力克制，一定孝顺父母，绝不为难地方党委和政府，更不会有意无意地制造事端。

刘海朝他竖起了大拇指。

"我说的是真心话，请您相信我！"丁小峰诚恳地说。

当丁小峰再次进入"更生苑"强戒时，他尴尬地对刘海说："大哥，我确实惭愧，自己又吸毒了，但我和父母住在一起，再也没在社会上动乱事了。"

为消除"艾感"人员戒治生活的枯燥，刘海采用不同的方式进行陪伴，把另一种温情带回家园。

一天，他从朋友家抱回一只小狗，在大队喂养。"艾感"戒治人员为它洗澡，喂食和玩乐。日久生情，大家把小狗当成"家庭"成员之一。有人生病被送到所部医院时，小狗一路摇头摆尾跟随，陪伴其左右。大家做康复训练，它蹲在一旁守候。后来，考虑到场所卫生等问题，刘海将小狗抱离"更生苑"，可没几天，它又跑回来了。

在"更生苑"里，刘海不仅是"艾感"戒治人员的大队长，更是他们无话不说的大哥。所以，大家有啥都愿意对他讲。

有一次，刘海在办公区开会，一个陌生电话打来，他走出会议室接听。

"刘大队，我是孙广源……"虚弱的声音从手机里传来。

"我在开会，请问你有啥事？"刘海轻声说。

"我身体不太好，又是艾滋病人，在外面没人诉说，现在好想和你说说话，听听你的声音……"

刘海不忍心打断对方，在过道里认真听其诉说。

原来，孙广源回归社会后，帮母亲打理茶坊生意，但他一直保持操守，有毒友邀约，他断然拒绝，可自己身边没有一个正常的朋友，大家都用异样的眼光看他。在他生活圈子里，没有尊严，没有理解，更没有谦让和包容。一段时间，他想以复吸的方式重新获得朋友。

"我想回大队，因为那里没有歧视。"孙广源哽咽着，现在他很难受，人几乎崩溃了。

半小时的通话中，孙广源数次请求"回家"。刘海百感交集，但根据相关规定，这一诉求无法实现。

主动申请回队的"艾感"戒治人员不计其数，因医疗事故感染艾滋病的陈炎也是其中之一。

"如果你不同意，我就去吸毒，让公安抓我回来。"陈炎说。

"你千万不能吸毒，感染艾滋病抵抗力差，我想办法争取，因你不是戒毒人员，从法律层面讲，回队不合法。"

戒毒工作是一项社会系统工程，它需要全民参与，国家，政府，社会及戒毒所将意愿转嫁给戒毒人员，却忽略了他们内心真正需要什么，如果没有厚重的爱，无生存能力，也许他们会危害社会。

歧视艾滋病感染者，不仅在社会中存在，一些家庭也是如此。

张磊父亲是当地政协的领导，家境丰实。他回归后，保持操守，没有再沾染毒品。可父母的歧视让他生不如死。

2011年，刘海再次对张磊进行回访。

他家客厅沙发上，摆放着三个坐垫。刘海坐在一个垫子上面，张母见状，一把拉起他，尴尬地说："大队长，你坐这边。"这让刘海诧异。他仔细一看，原来那个座位上有两个坐垫。张母告诉他，那是张磊的"专用"位置。

在卧室里，张磊与刘海单独交流，他哭着说："大队长，刚才你坐的垫子，是他们为我准备的，我简直受不了……"在家中，张磊有着不平等的待遇，自己的衣物分开洗，吃饭在茶几，用过的东西全部消毒。父母向他承诺，只要他这一辈子不吸毒，也不需要工作，他们有能力养他一辈子，一直供他到死为止。但张磊还是出去找了一份工作——替人维护网站。他的父母知道后，怕给他们丢脸，硬逼他辞职。

"刘大队，我实在受不了了，我想'回家'。"张磊眼神中流露出渴求和无助。

午饭时，张磊母亲热情招呼刘海吃饭，而张磊一个人低着头，在茶几吃着。刘海极其难受。动筷之前，他对张母说："阿姨，让张磊跟我们一起吃，我们今天吃汤锅，已经高温消毒，不会传染。"

"不管他，让他单独吃饭！"张母提高嗓音，没好气地说。

刘海微笑着，向张磊父母普及关于艾滋病的传染途径，才勉强同意他上桌一起进餐。

张磊在桌上，一边吃，一边哭。

这件事，对刘海触动很大。他回到所部，立即向所长赵泽勇汇报陈炎和张磊的特殊情况，并形成书面的文字报告。

赵泽勇特批了。以艾滋病感染者自愿回所部治疗为由，给陈、张二人在所部医院安排了一间病房，供两人居住，但他们必须服从场所管理。

这种模式，在四川司法戒毒系统从未有过。

在没有自由的医院生活区里，两人也过得十分满足，因为他们有更多机会和时间看到"家长"和大哥刘海了。

由于工作繁忙，刘海不能时刻陪伴两人。而他们三天不见刘海，心头发慌，就托人带口信说，"我们想见大队长。"

"毕竟我是大队长，还有许多工作要做，只要有时间，我就来看你们，请你们原谅。"刘海对两人说。

"那我们能离你近一点吗？"陈炎说。

征得赵泽勇所长同意，刘海答应了，准备在老管理区的一个平台上，给他们搭建一间房，供两人居住。

"搬出医院，也在管理区，只能在圈内活动。"刘海对陈、张二人说。

刚开始，陈炎和张磊高兴惨了，他们终于可以天天看到大队长了。但很快二人又有一种失落：怕再给所部和刘海添麻烦。经商量，二人决定：为了不影响大队长工作，各自回家算了。

刘海常说，戒毒工作是职责所在。他在了解"艾感"戒治人员所思所想后，愿意为他们做更多工作。因为多数人员回归社会，常常找不到家的感觉，或被家人抛弃，或被社会歧视。

在"更生苑"戒治三次的张少华，解除强戒回到老家自贡，因工作努力，老总让他负责管理工作，还被公司派到康定县某矿山负责保卫工作，每月工资 3000 多元，只有逢年过节、父母和妻子生日时，他才回家一次，平时都待在海拔几千米高的矿山上，工作愉快又充实。

张少华常给刘海发短信，汇报积极参加抗病毒治疗。他说，自己在诵读"生命感言"时，经常漏掉一两个字，怕忘记，请刘海将全文通过短信发送给他。此外，他每天清晨都在练太极拳，身体恢复得很好。他多次邀请刘海到他家做客。

2014 年春节前夕，刘海按约赶到张少华家。很普通的一个家庭，父母退休、妻子打工、女儿上小学，一家人其乐融融。

张少华的母亲和刘海聊起了儿子的过去和现在。午餐就在张家进行。

吃饭时，张少华给自己准备了两双筷子，一双用来夹菜，一双用来自己吃饭。

刘海笑着对他们一家人说明了艾滋病感染的途径，并要求张少华只需用一双筷子和大家一起用餐时，张父母脸上的惊讶，让刘海得知他们已习惯了这种就餐方式。张父说："既然大队长都说了，以后我们张少华就不用单独用餐了，像今天一样与大家一起吃。"一家人会心地笑了。

张少华端起酒杯，向刘海敬酒。他无限感激地说："今天这杯酒，我盼了很久，非常感谢您能给我这个机会，我们一家对您的到来很高兴。在您的教育下，我重新认识了人活一世的意义，明白了自己的责任，我不能在自己离开这个世界的时候再有遗憾。从这个角度，我应该叫您一声'老师'，因为您教会了我什么是一个男人的责任；在所里，我得到您无微不至的关心和爱护，就像兄弟一样，从这个角度我想叫您一声'大哥'；不论是在所内还是我出所后，您一如既往地关心我，所以我感觉最亲切的还是叫您'大队长'。"

这番发自肺腑的话，令人心潮起伏。

张少华哭了。

"就让我再叫您一声'大队长'吧。来，我敬您！"

刘海端着酒杯的手不停地颤抖，他与张少华碰响酒杯的瞬间，也哭了。

他们彼此，都在为没有歧视而感动着。

第四节　付涛——"艾滋病"戒治者的贴心人

毕业于四川工业学院、曾在四川省广元监狱工作过两年的付涛，今年39岁。

2000年年底，他为了照顾年老体弱的父母，申请调到四川资阳强制隔离戒毒所，负责所里机械厂技术指导工作。

2009年，所部党委经研究决定，将付涛从机械厂调到艾滋病病毒感染专管大队，即"蓝莲花家园"——"更生苑"第九大队担任副大队长，与大队长刘海搭档。

当所部向其宣布这一决定时，付涛思想毫无准备，内心起了波澜。

那晚，他失眠了。自己工作变动，要不要告诉妻子杨丹丹？他翻来覆去睡不着。心里总是在嘀咕："艾感"戒治人员会不会传染自己？要是被传染了，那该怎么办？一辈子不就完了？

第二天清晨，付涛吃完早餐，与妻子讲了一件发生在2005年渠县籍尤姓戒毒人员身上的事。当时，尤专门为民警们煮饭做菜，搞了一年多。突然，所部对全体戒毒人员进行血检，结果发现尤感染了艾滋病病毒。此事，在民警中引起恐慌，大家议论纷纷。

"咋会这样呢？万一感染了怎么办？"

"想起就害怕，怎么安排他煮饭？"

"简直拿我们的生命当儿戏？"

面对这些恐怖和议论，所部医生跟民警们一起开了一个座谈会。接受咨询这种情况会不会感染艾滋病。医生从医学角度给大家进行了讲解，这才打消了民警们思想上的顾虑。但医生还是建议大家去做一次血检，以防万一。奇怪的是，没有一个民警表示要去做血检，大家心里充满了疑虑。

　　半年后，有民警陆续背着所里悄悄跑到外面的大医院进行血检，结果没有发现一例艾滋病病毒感染者。大家喜出望外，多日的担忧烟消云散。

　　付涛绕了一大圈，最终向妻子讲明自己调到艾滋病病毒感染专管大队。他渴望得到妻子的理解和支持。

　　杨丹丹深情地看着他说："你最好还是别去，我们毕竟还没有孩子哟。我很担心，万一感染了怎么办？"

　　付涛低下头，不敢面对妻子的眼睛。杨丹丹已明白他心意已决，于是又说："如果你真要去，就要注意加强防范。"

　　付涛起身，冲上去，捧着妻子的头，在杨丹丹脸上重重地亲吻了一下，充满感激地说："谢谢老婆大人，我会的！"之后，一溜烟朝门外跑去。

　　第一天来专管大队，付涛躲得远远的，观察其他民警怎样与"艾感"戒治人员相处。一连几天，他都这样，担心被这些病人攻击。

　　当他在大队第一次值班时，陈福明副所长来了。他在大队巡查一番后问付涛："哪一间宿舍的病人较多？"付把他带到一间屋子门口，自己心里还在打鼓时，陈福明毫不犹豫地走了进去，且直接坐到病人的床上，有说有笑地与他们一起摆龙门阵，拉家常。看到这一幕，付涛也跟着进屋子。

　　待离开时，陈副所长又与这间屋子的病人一一握手话别。付涛也伸出了冒汗的手。

　　走出门，陈福明回头朝跟在后面的付涛笑了笑。这一笑，在付涛看来，意味深长，是一种坦然和言传身教。

　　到专管大队第三天，付涛碰上一名"艾感"戒治人员患病。由于所部医疗条件有限，他只好与另一民警将其带到资阳市人民法院治疗。在化验抽血进行检查时，这名患者小声提醒护士："我是艾滋病病毒感染者，你要小心注意。"护士抬头看了他一眼，目光很感激。通过这件事，付涛明白："艾感"戒治人员也有一颗善良的心。

　　一周后，付涛又遇上了一件事情。队里两名"艾感"戒治人员发生打架抓扯。付涛与民警肖建华跑过去制止。两人见了他们，立即分开。付涛问："你们怎么不打了呢？"两人回答说："我们怕打伤了流血感染到你们。"付涛很感动，发现戒治人员处处替民警着想。在经历类似的几件事后，付涛完全放下了思想包袱，接受了眼前这份每天与"艾感"戒治人员亲密接触的工作。

2009年8月的一天晚上7点过，队里接收了一名叫马海多吉的彝族青年。当付涛按规定告知他感染了艾滋病病毒时，年龄只有18周岁的小伙子，突然间泪如泉涌，一个劲地哭。有经验的民警告诉付涛：晚上要提防小伙子过激，可能会自残自杀。付涛不停地搓着双手，脑海里翻滚着怎么对这"烫手山芋"下手。

当晚7点30分，付涛主动找到马海多吉谈心交流，与他拉家常，让其回忆从小到大的成长经历，想一些幸福又美好的事情。目的为了让马海多吉放松，缩小他们心与心的距离。让他感到不是民警在与其交流，而是一个大哥哥在关心他。

待马海多吉平静放松后，付涛的民警身份又转换成了一名医生。他耐心地给他讲解艾滋病知识与常识，让其正确认识艾滋病。"你未来的人生道路还很漫长，你一定要对自己有信心！"随后，付涛又以一名警察的职责，告诉他要面对自己感染艾滋病病毒的现实，教会他在往后的戒治过程中应当注意防范哪些问题等等。

在经过这三个阶段，耗时近8个小时的谈话交流后，马海多吉脸上露出了笑容。付涛的手，紧紧与他的手握在了一起，他感受到了来自一名警察传递给自己的力量。

当付涛伸了一个懒腰，跨出"更生苑"的大门时，他抬头望见夜空，天上繁星点点，眨动着明亮的眼睛。他拖着疲倦的身子，消失在场所最深最远的那一抹夜色里。

类似马海多吉的"艾感"戒治人员，后来在场所发生过多起。付涛都帮助教育他们"艾滋病感染到我为止"。先讲艾滋病的恐怖，再谈如何防范及医治。

是人，就会有伤心事发生。

2010年4月的一天，内江籍"艾感"戒治人员谢洪良的父亲去世，提出要回家奔丧。经报所部批准同意，付涛等三位民警陪伴着他，回去与父亲见了最后一面。待处理完丧事后，民警们准备带他归队时，谢洪良当众跪在地上，连向付涛等陪伴他的民警磕了三个响头，嘴里不停地说

"谢谢"。

2011年，来自凉山州的"艾感"戒治人员马茨多仁家中因发洪水，房子被冲垮了。他的两个儿子，大的住进医院，小的身体又不好，家庭十分困难。

付涛得知后，在大队民警和"艾感"戒治人员中为其组织了一次募捐活动。当付涛把大家的8000多元捐款送到马茨多仁的手里时，他感动得哭了，一句话也说不出来。

常常有"艾感"戒治人员因病送到资阳市人民医院治疗，需要人员护理时，医院护工一听是艾滋病病毒感染者，立马跑到远处躲藏起，给再多钱，大家也不愿意照顾这类病人。

于是，护理病人的事就落到了付涛等民警的肩上。他们为患者端茶送水喂饭，接屎倒尿，寸步不离地陪伴着。

待患者病愈出院归队，向众人讲起在医院治疗的过程，大家在心里对民警的精心照顾和陪伴，充满了敬意。

火把节是彝族同胞的传统佳节，至今已有一千多年历史。

每年大队面对彝族同胞这一节日，都要为彝族戒治人员准备丰盛的午餐。

2012年的火把节那天也不例外。当天中午，大队为多达70%的彝族同胞按他们的风俗准备了"坨坨肉"，用一个大铁桶装着。正列队准备进餐时，一个彝族"艾感"戒治人员率先跑到铁桶前，抓起一坨肉，用双手捧着递给付涛："感谢副大队长和我们一起过节，请尝一尝我们家乡的味道。"付涛想都没想，很干脆地从这名病员手中接过了这坨肉，放进嘴里，边吃边说味道很不错。现场的300多名"艾感"戒治人员一齐为付涛叫好，热烈的掌声越过了"更生苑"两层小楼，在空中经久不息。有彝族戒治人员还为他这一举动，跳起了欢乐的舞蹈，唱响了优美动听的《祝酒歌》。

晚上，所里又为他们举办了一场篝火晚会。

副政委魏然和副大队长付涛共同拿着火把点燃篝火。副所长邓刚对戒治人员热情洋溢地说："火，象征希望！我希望大家怀着对生命的敬畏，永不言弃，成功戒除毒瘾，顺利回归社会，做一名有责任有担当的男儿汉。"

所长赵泽勇说："蓝莲花家园'更生苑'和'矫治苑'是所里'艾感'戒

治人员集中管理治疗的两个大队，其中彝族同胞占了很大的比例。我们坚持'依法、关爱、矫治、更生'的理念，根据感染艾滋病病毒（HIV）的特点，已摸索出了一套'蓝莲花家园'的管理模式，我们注重人文关怀，其目的是要让大家回归社会后能有一个健康的身心，不报复社会，不恶意传播艾滋病，践行'艾滋病感染到我为止'的承诺，重新承担起自己的社会责任。我想问一下：我们陪大家一起努力，有没有信心？"

"有！"震聋发聩地齐声回答，响彻苍穹。

于是，民警与"艾感"戒治人员一起，手拉着手，围绕着篝火跳起了踢踏舞。有戒治人不愿拉着付涛的手，且小声对他说："大队长，我有病毒。""没事，来，把手给我！"付涛主动拉过他的手跳啊，唱啊。

篝火熊熊燃烧。一些新来的民警，被这热烈的场景打动，也纷纷加入载歌载舞的行列中。

一直到深夜，大家都不愿离去，这享有"东方狂欢节"和"东方情人节"美誉的彝族火把节，把民警与"艾感"戒治人员拉得更近了，心贴得更紧了。

当篝火快要熄灭的时候，一些彝族戒治人想起此时的故乡：一对对有情男女青年，正悄然走进山坡，走进树丛，在黄色的油伞下，拨动月琴，弹响口弦，互诉相思之情。曾经的自己，也如此浪漫着。

2013年夏天，炎热。有两个刚来"更生苑"的民警，在组织一次"艾感"戒治人员到院坝集合清点人数准备用午餐时，两民警躲在走廊的阴凉处，大家晒得大汗淋漓。付涛看在心里，一声未吭。

第二天，在开饭之前，付涛主动与"艾感"戒治人员站在太阳下，他大声说："我陪大家一起站！你们站多久，我就陪多久。"

头天躲在走廊怕晒的两个民警，看见副大队长都这样，赶紧跑过来与大家站到了一起。付涛这一举动，让两民警深感惭愧。从此，二人再也不躲到阴凉处清点人数了。

2015年11月，一个彝族老妈带着两岁多的孙子，满脸风尘赶到大队看望儿子。她找到付涛大倒苦水："求求你啊，好人。你放了我的儿子！我家里穷，又没人干活！"付涛耐心地给老妈妈讲解法律法规和政策。老妈妈依旧听不进去，苦苦求他放人。她很吃力地从衣包里掏出用卫生纸包裹一层又一层的两百多块钱，拿出一张百元大钞，抖着手递给付涛说："好人。求求你放了我儿子。"付涛连连摆手说："大娘，我不能收您的钱啊。"随后，他赶紧找来一个彝族"艾感"戒治人员用彝语给她解释，最后她思想才通了。

在老妈妈离开强戒所时，付涛还摸出 200 元钱送给了老人。

有时，付涛也会遇到一些尴尬事。每次同学聚会，总是有人笑话他："你今天洗澡没有？如果没洗，你赶紧回去洗了再来。我们每个人都害怕你有'艾滋病'。"

付涛往往一阵自嘲，面对这种尴尬，常常一笑了之。

他的尴尬与无奈，也在其他年轻民警身上出现过。耍了女朋友，对方一听在艾滋病专管大队工作，十有八九都要说"拜拜"。

对待家人，付涛十分内疚。作为专管大队的副大队长，他很少陪伴家人。几乎没有节假日和周末。

有一年春节，妻子杨丹丹在外办案，他又在队里值班。大年三十晚，付涛在家煮了一碗汤圆，拍了一张照片通过微信发给老婆，表达了他渴望团圆的相思。

杨丹丹看了，也通过微信给他发了一张吃盒饭的照片。两人均泪流满面。他们多年来，就这样过着一个人的春节。

结婚 10 年，杨丹丹一直有一个梦想：希望老公带她出去旅游一次。就这么一个小小的愿望，付涛也未能满足她。因为，付涛都把时间给了专管大队和那些"艾感"戒治人员。

谁叫他是他们的贴心人呢？

第五节 谭兵——传递爱心和温暖

与"更生苑"一墙之隔的是"矫治苑"，是四川资阳强制隔离戒毒所艾滋病专管大队第三大队。

今年 34 岁的谭兵就是这儿的大队长。他从警 14 年，很少伸伸展展地睡过一次安稳觉。自 2010 年 9 月从四大队（入所大队）调到"矫治苑"后，一

陪伴

年 365 天，基本上有近 100 个夜晚都睡在了大队二楼的民警备勤室里，与这儿的"艾感"戒治人员面对面。家人，他无暇照顾，更别提怎样陪伴了。

他爱人谢洁在所部政治处组织科担任副科长兼任团委书记。两口子都是工作狂，一旦忙起来，谁也顾不上谁。就连他们的儿子，两岁多了，也没抱过几次。为了工作，他们不得不把宝贝儿子送到谢洁老家，由其父母帮带和照顾。

谭兵同九大队副大队长付涛一样，把时间都给了大队的"艾感"戒治人员。他每天脑壳里装的是队里 300 多名"艾感"戒治人员的吃喝拉撒睡等事情。假如哪一个不吃饭了，他要去问一问是什么原因，生病了还是家里有事？抑或与其他"艾感"戒治人员发生了矛盾？凡此种种，谭兵一定要弄个水落石出。

多年来，谭兵对大队里的每个"艾感"戒治人员了如指掌。他们的家庭状况，自身的身体素质，以及他们如何染上毒品、感染艾滋病病毒等等，都熟记于心。

他这样做的目的，便于自己和民警在陪伴他们时更好地交流和沟通，帮助他们戒除毒品，脱离心瘾。走出去后，有一个崭新的自我。

生命，像花开，或安静或热烈，或寂寞或璀璨。

在陪伴"艾感"戒治人员的过程中，谭兵的生命之花开得热烈，也很璀璨。他不仅关爱他们，而且还影响着他身边的每一位民警。

2011 年 9 月 26 日，通过公招新来的民警李晓波第一天到大队报到上班。谭兵与他进行了一番长谈，告诉他工作性质，且一再叮嘱他要把到艾滋病专管大队工作的情况如实告知家人，争取父母理解和支持。他按谭兵大队长的说法去做了，结果遭到父母强烈反对，天天打电话给他："你这孩子怎么就不明白呢？那工作有什么好？你这样做值不值？回老家湖北就找不到工作了吗？"一连串的指责，让李晓波感到压力很大。甚至怀疑自己的选择是不是真的错了。

这时，谭大队来到他身边。给他鼓劲加油和打气。

李晓波吃下了定心丸，开始"对抗"父母之命，搬出了许多医学常识，替父母耐心解释艾滋病感染的三个渠道。功夫不负有心人，在他不懈的努力下，最后以父母"投降"告终。

这一关虽然过了，很快他又面临第二关：自己心里却过不了亲密接触"艾感"戒治人员的那道坎儿！

当他与"艾感"戒治人员交流时。总是站得远远的。他对"艾滋病"的恐怖胜于猛虎。

身为领导和兄长的谭兵。看到李晓波被吓成这样。就以身示范、言传身教地帮助他渡过难关。"我们既然选择了这项工作。就要面对。像你这样与他们谈话交流。别人会是怎样的感受？这不是歧视。又是什么？"谭兵一边批评又一边鼓励："你看看其他民警。他们怎么做你就怎么做。艾滋病感染只有三个渠道：一是血液。二是性交。三是母体。你怕什么？说说话就传染。我们岂不早就遭了？走。我带你去与他拉拉家常。"说完。谭兵就朝一间"艾感"戒治人员的住宿走去。

一进屋子。他就像久别重逢的老友。一一与大家握手。并坐下来与他们拉家常。李晓波看着心里发毛。

随着时间的推移。李晓波终于克服了心理障碍。与"艾感"戒治人员走得更近了。后来。他在简阳市（资阳市管辖县级市）交了一个女朋友。刚开始。他耍了一个小心眼。向女方隐瞒了自己的工作性质。正当两人恋爱得如胶似漆、准备谈婚论嫁时。他觉得不能再隐瞒了。

于是，李晓波向女友和盘托出。对方蒙了。大骂李是骗子，不再理他。李打电话，她不接。

李晓波后悔莫及，非常痛苦。谭兵又来到了他身边，在了解情况后，又教他怎样向女友解释和沟通。当天，李晓波赶到简阳找到女友，真诚地赔礼道歉。他说："我之所以隐瞒自己所做的工作，怕你担心，更怕失去你。"女友一听，脸上露出了笑容，警告他说："仅此一次，没有第二次了哈。"于是，二人和好如初。后来还结婚生子。

不管是"艾感"戒治人员，还是大队民警，凡有困难，谭兵都乐于帮助他们，把爱和温暖传递出去。

来自凉山州的阿依巴扎，曾在西北某部服役，复员转业后回到当地某县林业局当了一名副局长。他吸毒感染艾滋病病毒后，被当警察的儿子送到了

"蓝莲花家园"戒治。阿依巴扎怎么也想不通自己的儿子为什么要抓他，一度时间，他恨得咬牙切齿，儿子也恨他给自己脸上抹黑。父子两人关系一天比一天恶化。谭兵知道了，主动找阿依巴扎谈心，从"一个军人的荣耀再到一个军人的使命"，指出他作为一家之长，不仅没有为儿子做好表率，反而让当警察的儿子有他这样的父亲深感蒙羞。当阿依巴扎认识到自己的错误时，谭兵又打电话与他儿子进行沟通。待双方思想都通了，谭兵为父子俩开通亲情视频通话。阿依巴扎看见视频中的儿子、女儿和妻子哭成了泪人，自己也鼻涕横飞，忍不住用拳头猛击自己的头颅，痛不欲生。最后，阿依巴扎表示自己一定要好好戒治，争取早日回家与亲人团聚。他的家人一再向谭兵道谢，话语中充满了感激之情。

"咚咚咚！"一天夜里，睡在大队备勤室的谭兵，被一阵紧促的敲门声惊醒。

原来是新来的民警向他报告一廖姓"艾感"戒治人员生病，半夜三更喊胸口疼，需要外检。

谭兵立即翻身起床，与这位民警一起，火速将病人送到资阳市人民医院急诊。经检查，发现该病人胸腔内有大量积液，需马上手术抽出治疗。由于医院人手不够，谭兵和这位民警只好打下手，为患者端盆倒水，接胸腔抽出来的积液。新民警从未见过这种架势，一阵恶心呕吐。他做梦也没想到：当警察还要做这种服务性的工作。事后，这名警察很快想法调离了艾滋病专管大队。

谭兵在为其送行时，这名警察很惭愧地说："大队长，对不起，我让你失望了。"谭兵握住他的手，笑了笑："没事，我祝你有一个美好的前程。"

每当这个时候，谭兵心里都很难受，但他表露出来的，是一个大队长的宽容。

2014年6月，队上有一个甘洛县来的阿拉戒治人员，脚流脓厉害，走路一拐一拐的。谭兵带他到所部外医院医治，在检查时，阿拉情绪低落，反复说："我吸毒，又感染了艾滋，肯定医不好。"一名年轻的外科医生听后对他说："你的脚，问题就是很严重，恐怕将来要切除。"谭兵听了很不高兴，当场把这名没有经验的医生请到一边说："你怎么能这样对他讲呢？他是一名艾滋病病毒感染者，我们应当给他鼓励和信心！"随后，他又找到这家医院外科室主任，要求对阿拉的脚制定多种治疗方案，给病人以希望。

当方案出来后，谭兵高兴得像个孩子，给阿拉讲医疗原理和分析治疗产生的效果。渐渐地，阿拉消除了心里紧张，悲观的情绪也没有了。他积极配合医院治疗。"艾感"戒治人员摊上再倒霉的事，凡有谭兵，都会向着好的方向扭转。他"珍爱生命，尊崇科学"的热度，感染着队里的每一位成员。

但人不是万事称心如意，谭兵也有耐烦和苦闷的时候。

每次他看到曾经的"艾感"戒治人员出去后又重新回到大队时，心都碎了。原先的心血白费了，希望他们出去保持操守的愿望破灭了。

这种费力劳心的事，谭兵和他的同事们，做了一件又一件。但他们永不言弃，依旧用真心、用真情陪伴他们。

有一个叫阿海的"艾感"戒治人员，从戒毒所出去后，半年不到又回来了。

谭兵问他是怎么回事？阿海说："大队长，其实我回去后，都按你说的去做了，不再吸食毒品。但别人不信，还很歧视我。只有待在大队，我才能得到尊重和关爱。"谭兵听了，很郁闷。

阿海的家在凉山州的一个小镇上。他戒治回去，不知是谁透露了他因吸毒感染艾滋病病毒的事，整个小镇上的人都知道了。有一天，他到一家面馆吃一碗面，大家看到他，都跑了个精光。这让他和面馆老板都十分尴尬。大家像躲瘟疫一样躲避他。最后，阿海只好回家自己煮了一碗面条吃。在痛苦和挣扎中，他复吸了。

2016年3月15日，阿海母亲给他寄来了300元钱。谭兵找到他语重心肠地说："阿海啊，你省着点花，也许这300元钱是你母亲东挪西借凑成的，也许是她老人家从自己嘴里省出来的。"阿海听着眼泪汪汪，但心里温暖。他频频点头。

日子就这样在陪伴中度过，岁月的年轮在谭兵的脸上也日渐厚重，那些天真的、跃动的、受伤的、抑或沉思与悔恨的戒治灵魂，在谭兵心中，已刻下了深深浅浅的印痕！

第六节　周利——不爱红妆爱武装

"不爱红妆爱武装，不着粉黛也潇洒。"

这是人们对四川省女子强制隔离戒毒所女民警的赞许。

该所教育科科长周利，就是一个"不爱红妆爱武装"的典型女警。她2002年从西华师范大学毕业后，公招来到女所穿上了藏青色的警服，深感无限荣光。

一天，所上收治一个戒毒人员时，从她身上发现地方疾控中心为其办理的艾滋病病毒感染证明。

一时间，全所上下，人心惶惶。

过去只是听说过"艾滋病"如何恐怖，周利没想到如今这样的人就在自己身边。

针对这种"双盲"管理，女所当即对所有戒毒人员进行了血检。结果发现有好几十例吸毒人员感染了艾滋病病毒。

女所召开紧急会议，研究决定成立"艾感"专管中队。为了避免引起恐慌，对外宣称成立一个"文化中队"。

于是，周利从教育科调到了"艾感"专管中队（后来的五大队）担任中队长。

成立中队那天，"艾感"戒治人员要从其他人群中分离出来。女所把所有人员集中在广场上，喊到名字的站在左边，没被喊到名字的戒毒人员，像中了500万元大奖那样，高兴地跳了起来。而喊到名字的，则哭得死去活来。有的当了母亲，有的尚未结婚。

有一个姓甘的戒毒人员得知自己吸毒感染艾滋病病毒后，人一下木了。许久，她问警官："我要不要告诉家人？"民警说："你自己决定吧。"

现场哭声一片。

"艾感"戒治人员哭，民警也哭。她们同为女性，却有着不同的命运。

当天中午，周利带着几十名"艾感"戒治人员去食堂吃饭。"轰"一声，大家见了她们，都跑开了，用异样的眼光打量。有同情，有无奈，更多的目光是恐惧。

那天，大队长任风鸣和周利商量，为了消除"艾感"戒治人员恐惧心理，把工作安排得满满的，将中队室内室外打扫了无数遍，桌椅板凳擦了又擦。然后，又组织大家唱歌跳舞，不停地反复进行。其目的是不让大家有时间去想那伤心又绝望之事。

当晚，中队的灯光通宵达旦，且持续一周。民警们的神经绷得紧紧的，生怕有半点闪失。

后来，还是"艾感"戒治人员主动告诉她们："警官，你们不用那么紧张，我们不会想不开的。""艾感"戒治人员恐怖的情绪在民警们的日夜陪伴下，渐渐恢复了平静。

慢慢地，"艾感"戒治人员开始面对自己感染艾滋的事实，她们均不愿意告诉家人，因为害怕家人恐惧和歧视。

家庭和社会遗弃，是"艾感"戒治人员最大的心病。

为了消除她们的心理阴影，一天晚上，周利又来到她们中间，讲了一个故事：

一个基督徒问上帝：地狱和天堂有什么不同？

上帝带着他来到地狱。他看见一群面黄肌瘦的人，手拿着一个长长的手柄勺子从碗里舀东西吃，可是永远都放不到嘴里。

上帝又带他去了天堂，同样的场景，只是他们互相用勺子舀东西喂着对方，每个人都能吃到，其乐融融。

故事告诉她们，不管是在天堂还是在地狱，大家都要相互帮助，才能达到目的，实现愿望。

听完这个故事，一个队员脸色灰白，她突然抬起头问："周队长，我今后戒治期满，出去还能不能抱我的女儿？"周利坚定地说："能，当然能！你不但可以抱，还可以亲她呢。日常生活中是不会传染的！"

周利看到她眼里噙满了泪花。

为了陪伴这些队员，周利所在的中队民警执行"双班值"（即两天两夜，

48 小时不间断上班），每隔一天，她和队里的指导员吉利都要这样值班——陪伴和守候"艾感"戒治人员。所以，她无暇照顾家庭和 3 岁的女儿。

正因为如此，导致她痛失爱女。在她上"双班值"时，女儿发高烧，烧成肺炎，经抢救无效，不幸死亡。

铁打的女人也有柔情，她哭了一天一夜，将终生后悔没有尽到一个做母亲的责任。

组织上考虑她付出太多，决定为其调换一个环境，把她交流到德阳市警官学校教书两年。现在已回女所担任教育科科长。

如今，一旦有人提起女儿，周利就泪流不止。那种苦与痛，常常伴随着她彻夜难眠。

有天夜里，她梦见女儿哭着跑过来喊自己："妈妈，你抱抱我！"周利怒目圆睁，一掌推开她："不能抱，妈妈感染了艾滋，不能抱你！"醒来，她哭成了泪人。

第七节　王珊——"女汉子"的苦与乐

随着网络语的流行，"女汉子"成为热点名词，泛指个性豪爽"不拘小节"不怕吃苦的女性，而四川省女子强制隔离戒毒所的女民警，用坚定、果敢和持之以恒，肩负着全省女性戒毒人员的教育矫治工作，诠释着司法系统中，别样的"女汉子"称谓。

据统计，截至 2015 年 11 月，在全国司法行政强制隔离戒毒场所收治人员中，女性戒毒人员达 2.5 万人，比上一年同期增加 20%。

四川省女子强制隔离戒毒所分管教育和生卫的副所长唐容说，女所在"常青藤戒毒模式"的理念上，不断探索和创新，针对戒毒人员"问题戒不掉，毒也戒不了"的情况，抛弃"矫治问题"的思路，转向积极面，以女性独有的母爱为切入点，引导戒毒人员肯定自己，接纳家庭，其背后却有着女所一线女民警的苦与乐。

2001 年 4 月，王珊将齐肩的长发束成马尾，换上警服，成为女所的一线民警。她从一朵清幽的百合，蜕变为一支火辣的玫瑰。从警 15 年来，王珊先后担任过副指导员、副大队长、大队长。

如今，身为二大队大队长的王珊，留着干练的短发，笑容甜美，一双灵动的杏眼，透着内敛的气度和对职业的忠诚。

一路走来，王珊感触颇多。

在她陪伴的女性戒毒人员中，大多是"富婆""款姐"和"嗨妹"，在社会上八面玲珑，处事圆滑。但与男性戒毒人员相比，她们内心却异常脆弱，特别缺乏戒掉毒品的信心和勇气，"以烂为烂""破罐子破摔"的事情时有发生。

2011年9月，王珊时任人所大队副队长，分管戒毒人员教育矫治工作。

在入所接收中，一个名叫林雪的戒毒人员，五官标致，但表情高傲，引起了她的注意。

王珊翻看她的档案得知，38岁的林雪，系重点高校毕业，育有一对儿女，她极其聪明。入所后，从不违规违纪，让人找不出纰漏。王珊找她谈心，她采取谈不主动、听不拒绝的态度。

由于性格孤傲，林雪与其他戒毒人员格格不入。在宿舍中，尤其嫌弃家境贫寒、出身农村的张容。

针对林雪的性格弱点，王珊决定按兵不动，等待时机，慢慢把她融入集体中来。

10月1日国庆节，大队举行茶话会，并购买了水果、瓜子、花生等女人喜爱的零食，堆放桌上，大家欢聚一堂，其乐融融，但林雪却在角落里闷头嗑瓜子，不吱声。

王珊见状，提议以宿舍为单位，开展"你话我猜"的小游戏，她还特意放大嗓门说："这是集体游戏，每人都要参加。"

大家高呼"要的！"但林雪的表情依旧冷漠，旁若无人，拍打着衣服上的瓜子壳。

王珊走近林雪，微笑着说："你跟张容一组，好吗？"

林雪立即摆手说："王警官，要我参加游戏可以，但我想自己挑选搭档。"

"不能因为有情绪和想法，就丧失荣誉感。"王珊灵机一动，又善意帮她消除对张容的排斥，"你们年龄相仿，你对文字敏感，而张容肢体语言丰富，保证能获胜。"

林雪不好再推辞，就只好默许了。

游戏中，张容手舞足蹈，卖力地比画林雪身后的词语，逗乐了全场。王珊注意到，林雪脸上有了一丝笑容。在评比中，两人获得该项比赛的第一名。

张容高兴地蹦了起来，向林雪张开双臂，索要拥抱。这个举动，使林雪有些尴尬，她愣了几秒，轻轻抱住张容说："谢谢你。"

张容立刻回答："不客气，我们在一个宿舍，是一家人。"

经过这次活动，王珊洞察到林雪的改变，但始终不愿与其他人员进行交流。

为详细了解林雪封闭的性格，王珊拨通了她母亲的电话。

林母哭诉说，女儿是家中的独女，从小成绩优异，大学毕业嫌工作苦和累，钱少，在男朋友的资助下，开了一间酒吧。婚后，生意越来越好，朋友也逐渐增多，但没过多久，女儿便沾上了毒品。丈夫与她离婚，林雪主动提出抚养一对儿女。

"我知道她恨我们，探访日也拒绝相见。"林母抽泣着说，虎毒不食子，为了女儿能戒除毒瘾，老两口报警，亲手将她送去戒毒。这事，也让他们整天以泪洗面。

王珊长吁一声，终于找到了"症结"：原来林雪亲情观淡薄。

第二天一早，鸟儿在枝头跳跃。王珊端着小板凳，一路小跑，来到林雪的宿舍，面对面聊天。

"听阿姨说，你女儿小学升初中……"提及孩子，林雪的眼泪像断了线的珍珠，止不住往下掉。

"我也是当妈的人，理解你的感受。"王珊递上纸巾，安慰她，"虽然在强戒所，但并未失去自由，只要积极戒治，参加康复训练和'红花楹'女性回归计划活动，有可能提前解除强戒。"

王珊向林雪承诺，自己将请示大队，准许她每月多打一次亲情电话，与父母和孩子多一些交流。

"以前你做生意，没时间写信，电话里不好表达，现在可以用写信的方式表达出来了。"王珊说，"要是想孩子，还可以拿出信件再看。"

此后，林雪笑容多了，每次与宿舍戒毒人员说起儿女，她都开心地拿出信件，分享自己的快乐。信中，女儿告诉她，自己的英语口语成绩，在全班名列前茅。

人们常说，女人是水做的，一颗小石子也能激起涟漪。

为使林雪彻底消除对父母的仇恨，2012 年"6·26"禁毒日，四川省女子强制隔离戒毒所开展亲子帮教活动，王珊和大队民警又为林雪送上了一顿"亲情大餐"。

活动中，有的戒毒人员自告奋勇，上台为现场人员献舞，还有的讲了一段笑话，而此时，林雪退到一个角落，孤单地看着大家与亲人围坐在一起，有说有笑。她心里难过。

王珊抿嘴一笑，漫不经心地走过去说："你也表演一个节目吧。"

林雪半推半就地上台，清唱一首《回家》。正当大家沉醉在曼妙的歌声中时，林雪突然戛然而止。眼前，父母领着她的儿女出现在现场。她立即冲下台，将他们拥在怀里，号啕大哭。

王珊笑了。她看见林雪从"心"回归了。

出所后，林雪带着儿女出国求学，每逢过年过节，她都给王珊打越洋电话，祝福她及家人节日快乐。2016 年春节，王珊通过微信朋友圈看见，林雪左右拥抱着父母，一双儿女在她跟前，他们站在墨尔本唐人街的牌匾下，幸福地微笑。

王珊立即将自己的喜悦分享给当生卫科科长的丈夫毛伟，两人结婚十年，虽然在一个单位工作，但聚少离多，各自在不同岗位上奔忙。

2008 年四川汶川特大地震发生时，已怀孕 7 个月的王珊，当天在家中午休。忽然，感到床在不停地晃动，毛伟从床上一跃而起，对王珊说："地震了，快叫老爸到外面去！"之后，他火速跑向女所。

王珊腆着大肚子，行动十分不便。她叫醒父亲，一起离开了晃动的屋子。

随逃生的人流从室内跑出来，王珊想起中队人员还在地下车间参加习艺劳动，她转身向管理区走去。当她赶到管理区招呼大家跟自己走时，有几次差点被挤倒。待安顿好大家，她又开始清点人数，脸色苍白、气喘不已。由于怀孕且连续值班数日，她的腿肿得像萝卜。

　　这事，让毛伟心里很不好受，特意为降生的儿子取名"久久"，意为他们的爱情长长久久。但这对小夫妻遇到了新问题，孩子谁来带呢？

　　大家忙于工作。毛伟的母亲患有肺气肿，王珊的妈妈又有糖尿病。夫妻两人一合计，请了一位阿姨来照料孩子。

　　三年后的春节前夕，人们沉浸在团圆的喜悦之中，而王珊却大哭了一场。

　　阿姨突然提出辞职，王珊急得团团转。她恳求对方多给一些时间，待找到第二位阿姨后再走。对方勉强答应下来。

　　但第二天晚上，毛伟一开门，看见王珊哭成了泪人。

　　"出什么事了？！"毛伟心慌起来。

　　"我把妈送的金项链给了余姐，但她还是要走，我们都要上班，父母身体又不好，儿子咋办啊？"

　　"你不要急，重赏之下必有勇夫，实在不行，我请假。"毛伟抱住"嘤嘤"哭泣的妻子，责怪自己没能照看好这个家。

　　随后，两人除了上班，就是四处托人找照顾孩子的阿姨，同事们也纷纷加入这个行列。只要一听说是照看女所民警的孩子，阿姨们有的摆手，有的摇头，都婉言拒绝说："这个活太重，给再多的钱也不干。"也有部分阿姨前来尝试，最长的坚持一个星期，最短的干一天。死活不肯干，一抬腿，拍屁股走了。

　　见夫妻俩急得晕头转向，双方父母商量决定孩子由外婆照顾，以解燃眉之急。

　　王珊的母亲也是女所一名退休民警，她深知女儿的苦楚。

　　在这个警察世家，有一个不成文的铁律，每当王珊值夜班回来，在她补睡期间，全家人在屋里走路都会蹑手蹑脚，生怕惊扰了她。而这种状态，会持续到午后王珊起床。

　　"你买再贵的化妆品，一个夜班全废。"毛伟常打趣地对王珊说，别把职业病带回家，懂事的久久也在一旁附和："妈妈，其实你说话小声一点，我们也能听见。"

　　孩子是母亲的心头肉。

　　2013年冬季的一个深夜，时任六大队长的王珊正值夜班，毛伟打电话到管理区说，儿子发高烧，让同事转告。

接到消息，王珊心急如焚，她硬着头皮，向所长朱怀忠打电话请假，朱立即同意，叫她赶快送孩子去医院，不得耽误！她又向值班负责人陈雪打电话，请求带班，对方一口答应了。

安排好工作，夫妻两人连夜送儿子到内江市一医院就诊，由于毛伟第二天要赶回所部参加会议，王珊只能一个人在医院照顾孩子。

又一次值班，儿子半夜呕吐不止，央求父亲为王珊打电话。"妈妈，你在哪儿，回来陪我。"久久哭着说。

"儿子乖，明天妈妈就回来，第一时间回家看你。"王珊含着泪，有苦说不出。

2015年4月29日，四川省女子强制隔离戒毒所搬迁至德阳，夫妻俩跟随所部，卖掉内江的房子，到德阳安家。

由于装修工期延误，他们开始四处租房，离学校附近的房源十分紧俏，所以，一家三口只能"蜗居"在一栋大楼的顶楼。

太阳炙烤着大地，而这个小家，推开门，便有一股热浪扑面而来，需空调降温半小时，人才敢进屋。

6月1日儿童节到来，王珊答应带儿子去海洋动物园游玩，可是当天的排班表正巧是自己值班，她转念一想，与同事换班很自私，因为女所里的民警大多为人母，别人也有孩子呀！

回家后，王珊主动向儿子"认错"，久久却说："没关系，以后有时间。"王珊在工作中，坚强独立，在生活上，更不愿为家人添麻烦。2016年4月3日，毛伟在内江出差，久久偷偷给他打电话，以命令的口吻说："爸，我的睡觉时间到了，你又不回来，妈妈肚子疼得很，太让我担心了。"

挂了电话，久久告诉王珊："妈妈，爸爸回家了，你一定要把我叫醒，我要跟他谈心，要开导一下他。"在久久眼里，妈妈王珊是大美女，谁也不准"欺负"她。

第八节　骆志军——心理矫治"智多星"

夜的潮气，带着缕缕青草味，铺散在各个角落。

四川省眉山强制隔离戒毒所教育科，灯火通明，两台电脑卖力地运行着，骆志军停下敲击键盘的双手，取下眼镜，轻柔眼窝，一脸疲惫。

骆志军16岁考入四川师范大学数学系，是全班年龄最小的，先后在广元朝天高级中学和四川省沙坪劳教所子弟校任教。1999年3月，组织调整他主持教育科工作，远赴河北保定——中央司法警官学院"取经"，学习心理咨询基本理论知识。从此，他与心理咨询结缘，在对戒毒人员心理矫治路上，一走就是17年。

在担任副大队长期间，骆志军继承了老一辈沙坪戒毒民警勤劳、踏实、肯干的品格，与戒毒人员朝夕共处，形成了自己独特的心理矫治方法。2011年，他又考取了国家二级心理咨询师职业资格，正式调任所部教育科，担任心理咨询中心主任。

有同人打趣地说："'骆式矫治法'简单易懂，接地气。"骆志军回敬道："心理咨询其实来源于生活。"

骆志军心思细腻，擅长观察周边事物，一件小事或是轻微的举动，令他脑门大开，以轻松愉快的方式，运用到戒毒人员的心理矫治中。

一次下班路上，他故意绕道回家。这事，让他有了新点子——"路线理论"，让戒毒人员在游戏中，思考对与错。

大队进行集体心理辅导时，骆志军在现场画出A和B，其间距大约15步。他要求300多名戒毒人员从A点走到B点，其路线不得与前一个人重复。游戏开始，有的倒退走，有的绕了一个大弯，还有的干脆爬着过去，每一条路线都不一样。游戏结束，骆志军回放视频，看见各种姿势和路线，大家哈哈大笑。

骆志军清了清嗓子，大家立即安静下来。他环视所有戒毒人员，说："人生平等，但走的路会不一样，我们可以选择，不能因为失败和空虚或其他原因，而选择吸毒这条路。"现场鸦雀无声，骆指出，许多戒毒人员沾染毒品都有不同的心理，偏激地认为，吸毒是身份和地位的象征，吸毒能让人忘却烦恼，或者只是好奇。"他人吸毒，大家不能陷人盲目跟从。今天，你们强戒，这是你们走了别人的路。"

此话一出，有戒毒人员开始忏悔了。

通过多年的心理矫治工作，骆志军慢慢积累和沉淀，将专业知识进一步深化，贯穿到互动游戏，达到寓教于乐。在运用心理学中的投射法时，他让戒毒人员建立自己的想象空间，在无拘束的情景里，显露出其真正的意图和个性心理特征，然后对症下药，展开心理疏导。

"想象一下，自己身处大雪纷飞的东北。"骆志军让戒毒人员闭上双眼，模仿行走在结冰路面上，大家纷纷横七竖八地摔倒在地上，惹来一阵大笑。

随后，骆志军又让他们走回来。

"此时，我们前面是坑洼的路面。"戒毒人员相互搀扶，小心翼翼，生怕跌倒。游戏结束，骆志军说，"光滑的路面容易摔跤，坑洼的路面反而小心谨慎。这说明，有压力时，要锻炼好强大的内心，走这条路才不会摔跤"。

骆志军又抛出一个问题。

"走路时，前面突然有坑怎么办？"

有戒毒人员发问，坑大坑小，有无水等。

"我跳过去。"

"我绕过去。"

"掉头就走。"

……

但即将解除强戒的曾林却说："我想找一个牌子，提醒后来者：这里危险！"通过一年多的强戒，曾林学会了设身处地为他人着想，令骆志军感到欣慰。

"骆主任，标准答案是什么？"

骆志军拍着曾林的肩膀，神秘地说："最好的答案，我也不知道。"

人们常说，机会给有准备的人。骆志军对这句话进行了升华，他还称，机会是给有自信的人。

毒品，让戒毒人员丢失了亲情、朋友和工作，他们自怨自艾，自暴自弃，从而复吸。骆志军针对他们的自卑感，在一次创业培训课上，他抛出"铅笔用途论"。发动戒毒人员，每人举一个例子，说出铅笔的用途，且不能重复。

在这场"头脑风暴"中，各戒毒人员开动脑筋，啥奇思妙想都有。大家说出铅笔的上百种用途，除了普通的写字外，有人还提出，笔屑能作画，笔芯能让锁芯顺滑，更易打开。

"现实生活中，不能整日说自己没用和不行，否定自己，我们要发现自己的长处。"骆志军简单举例说，"力量型运动员，可以举重；腿长能参加跨栏比赛。"他话锋一转，"一支铅笔没头、没手、没脚，无生命。但有上百种用途，我们每个人既能思考，又有手有脚，难道你们不如铅笔吗？凡事都要展现出来，让大家看见你的闪光点。"

现场沸腾，大家鼓掌欢呼，仿佛在自卑中寻找到了出口。

民间有句谚语叫"张飞卖肉——老本行"。理工科出身的骆志军，偶尔也会让戒毒人员做算术题，其中也蕴含了更深的意义。

"2 ≥ 20 的题目，判断正误，为什么？"他向戒毒人员抛出这道数学题，大家挠着脑袋，掰着手指，始终答不上来。一名叫董秋实的戒毒人员说，2角钱等于20分，可以用数学来换算。

"这个答案很好，也可以理解为在强戒所2年，安心戒治，养成良好的作息习惯，出去相当于活了20年。"骆志军说，"有句俗语叫'人上一百，行行色色'。更何况强戒所内上千人，如果能与他们打交道，过好这两年，出去还怕无法应付社会？"

董秋实用这道题作为信条，用"2年"验证骆志军的"20年"论，6年已过，他没有复吸，与家人共同生活在家乡。这是骆志军最想看到的。他认为，爱的最高境界是执子之手，与子偕老，不离不弃。

"铃、铃、铃……"骆志军从上海出差刚回到眉山，便接到民警电话说，戒毒人员阿古突发阑尾炎，做完手术，吵着想见父母，其父亲在外打工，而母在家照料兄妹，无法前来探访，导致阿古情绪低落，不配合医生治疗，百般为难医务人员，要求抱着他去上厕所。

骆志军赶到医院。躺在病床的阿古，见有人来，立即做痛苦状。

骆志军端了一张板凳，坐在他病床前，询问阿古"一日三餐，吃得好不好？""睡得香不香？""民警对你怎么样？"

阿古点着头，表示都很满意。

"那你为什么不舒服？"骆志军推了推鼻梁上的眼镜，笑着又问。

见阿古不吭声，骆志军放慢语速，对他说："如果你父亲来看你，赚不到钱，无法养活一家老小，怎么办？如果你母亲到医院陪护你，家中的兄妹谁来照看？你这样的身体状况，让他们瞧见了，是喜笑颜开，还是痛苦不堪？"

阿古盯着骆志军，若有所思。为引导阿古走出对家人的依赖，骆志军又编了一个动物故事进行疏导：

小猫很可爱，从小到大，猫妈猫爸一直陪伴在它身边。小猫想要什么，它们都给它。可是，小猫慢慢长大了，猫妈猫爸将它赶出家，它们不是不爱小猫，而是小猫需要自己的领地，更需要成长。

一语惊醒梦中人。阿古连声道谢。他觉得自己很幼稚，一定要积极接受治疗。阿古起身，不好意思地说："我去上厕所。"

骆志军顿时笑了。

第四章

炼　狱

在黄昏，在深夜，在梦里
冰毒摇晃着魔鬼的影子
荡来荡去
无力抵挡的花，开在谁的门外
一瓣毒海，一瓣摇摇欲坠

第一节　速写戒毒场景：冰毒致人产生幻觉

"种人参，喂'地龙（蚯蚓）'。"

"我是玉皇大帝，派天兵天将降妖除魔……孙悟空是我徒弟……打！打！打！"

"我又离婚了，娃儿在闹……陈婷，掐死……哪个敢惹我？"

……

四川省资阳强制隔离戒毒所四大队（人所大队）里，有一间名为"保护性的约束室"，20平方米的房间中，4名戒毒人员正在接受毒品戒断治疗。他们的手脚及腰部，分别用尼龙带捆绑，固定在床上，语无伦次，周游在自己的臆想世界里。

"快跑！快跑！快跑！火烧起来了……"一名叫张正聪的戒毒人员突然大吼起来，他双眼紧闭，拳头紧握，急促地喘着粗气，仿佛正在经历一场火灾逃命。

"安静！安静！"

互助委的戒毒人员王成站在其对应的床尾，提高嗓门，向张正聪喊话。

张正聪焦灼的面部，逐渐舒展，突然又"嘿嘿"笑着说："吃回锅肉……"

这样的怪事，在四大队每天都会发生。所里收治的戒毒人员，吸食冰毒等新型合成毒品者占80%以上，而长期吸食冰毒对人的大脑神经产生巨大损害，严重者将导致精神疾病，时常出现幻觉、妄想、躁狂、抑郁、失眠等症状，甚至发生不可预测的自残和伤害他人的行为。

宜宾籍戒毒人员朱明睁大双眼，对前来巡查的副大队长陈祥瑜傻笑，额头上鸡蛋大小的包块，又亮又紫。他因吸食冰毒，产生幻觉，在上厕所的间隙，突然用头部撞墙，通过大队摄像头实时监控，民警立即赶到现场，才得以及时制止。

2小时左右，互助委解开4名戒毒人员身上的尼龙带，让他们伸展筋骨，在室内活动半小时，然后，又将他们捆绑在床上。

面对日益复杂、严峻的毒情，社会疾呼珍爱生命，远离毒品，畸形连体婴儿、双陷的颧骨、干枯的双腿、坏死的器官……厌恶室中，四面墙体及天花板被张贴着吸食毒品后的不同症状图片，通过刺激戒毒人员的视觉神经，产生对毒品的痛恨和厌恶反应。

心若在，梦就在，

天地之间还有真爱。

看成败，人生豪迈，

只不过是从头再来。

高昂的歌声，从综合活动室传来，几十名戒毒人员齐声高唱《重头再来》，激情澎湃。墙面上，张贴着全所戒毒导师一览表，戒毒人员可挑选自己心目中的导师，实施具有针对性的帮助和指导，提升身体素质，改善与亲人之间的关系，掌握正确的沟通技巧等。

如何科学掌握戒毒人员的心理健康水平，评估其戒毒效果？保护性约束室旁边有一间阅读室，里面安放着 10 台电脑，每名戒毒人员将定期在这里完成"作业"，心理指导中心将针对不同戒治进度，以网络形式，传输《心理健康知识测试题》和《心理学量表测量》，戒毒人员只需输入档案编号，即可作答。

戒毒人员在四大队进行 50 天的入所教育，大队会根据每个人的情况，进行分队。吸食冰毒的戒毒人员，大多安排在一大队，又称"言行异常人员专管大队"。

该队由三级管理区组成。

离值班室最近的是一级管理区，即自残自伤行为戒毒人员寝室。他们常有咬舌自杀、吞食异物等行为出现，稍有不慎就出事，所以，该区室内为银白色软包防撞墙，民警们站岗一分钟，责任 60 秒，24 小时摄像头监控，不定时巡查，以防万一。

绿色是生命之色。二级管理区是有自残自伤倾向的戒毒人员寝室。整个房间以绿色为主调，通过色彩的影响，使奔放好动的躁狂戒毒人员宁静、和谐。从安全角度考虑，房间里没有一张床，被取而代之的是床垫。

在三级管理区，每张床的墙体上都有一个相框，里面有戒毒人员和家属的合影，也有人生信条。这里针对心理抑郁的戒毒人员，以色彩鲜艳黄色，象征希望，激发他们的正能量。

"我要说有光，就有光。""水到了无路可走时，便有了清澈的瀑布。""当我失去再也没有可失去的东西，那么将是我得到的时候。"在脑功能区的涂鸦墙上，戒毒人员随意书写各自的内心世界，众多的绒布玩偶堆放在房间，宛如身在童话世界，欢快活泼的橙色墙体，使人联想到金色的秋天和丰硕的果实。

第二节 想找输血人拼命

清秀的脸庞、坚毅的性格，无法让人联想到陈炎是"蓝莲花家园"的成员。关于他感染艾滋病病毒经历，还得从一次车祸讲起。

1999 年，有着经商头脑的陈炎没读完大学，便与朋友一起到海南做电脑配件生意。

2000 年 8 月的一天，陈炎闲着无事，就一个人开车出去兜风，途遇一场车祸，他严重失血。

这突如其来的打击，将他与"HIV"链接在了一起。

车祸后，他被紧急送往海南省某医院救治，由于医院血库没有与之匹配的血型，急需用血的陈炎只好让医院在外买血输进自己的体内。

提及当年输血的事，陈炎捶着桌子说："别人献血为救命，为我献血的人却把我的命也献了。在我离开人世之前，我一定要把献血的人找到。我做梦都想和他拼命！"

在陈炎看来，"命保住了，但回想起当时的情境，还不如死掉算了"。

陈炎混混沌沌地在医院治疗了 2 个多月，又在海南休养了 4 个月。半年后，他从海南回到四川老家，准备迎娶相恋多年的女友。

但回家后，他腹泻不止。一边张罗自己的终身大事，一边翻阅大量书籍，发现自己与感染 HIV 病毒的症状极为相似。

"为求个心安，也是对未婚妻负责，我要求做婚前检查。"陈炎说，化验报告一出来，他强忍悲愤，没对任何人讲。

无法接受感染 HIV 病毒事实的陈炎，立即赶赴四川疾控检测中心进行再次确诊。但是，他没得到自己期盼的结果，确诊报告彻底将他的心击碎，一次输血让他戴上了"死刑"的镣铐。

得到确诊，陈炎怕连累未婚妻，主动向她提出分手。

"得了这病，我不敢对别人说，都是自己一个人扛。"陈炎说，他总是一个人喝闷酒，想借酒精麻痹神经。

他曾经通过司法途径追究海南省某医院的相关责任，院方返还了他的医药费，但另外的经济赔偿一直没有兑现。

"2003 年吸毒之前，我还找过院方两次，律师说，不用找了。到底赔多少一直没有结论。"陈深吸一口气。

作为家中的独生子，他身上寄托着父母的全部希望。几个月后，他将实情向父母和盘托出。

父母得知儿子不幸的遭遇，宽慰他说："我们要求不多，一家人快快乐乐地过就行了，也不需要你为我们养老送终。"

听父母说这话，陈炎眼泪滚落出来，像断线的珠子。他只想自己"两眼一闭，早点离开人世"，那才是"全家人真正的快乐"。

绝望让他与毒品"牵手"。陈炎第一次买"药"时找了一个中介人，把钱拿给对方，让其帮忙，结果那人再也找不到了。后来，陈炎从一个吸毒者那里买到了一点。

亲情和友情在陈炎一次又一次贪婪吸食毒品的过程中消失了，他的名字也很快从家族名单中被"删除"。父母伤心：当没生养他。

"这就是所谓的沉沦吧。"陈炎苦笑，他反复说，"做梦都想找输血的人拼命。"

2008 年 4 月 30 日，陈炎因吸毒品被公安机关抓获，送到四川省资阳强制隔离戒毒所"蓝莲花家园"戒治，通过大队民警的开导，他逐渐走出自暴自弃的阴影。

"在这里人人平等，没有歧视，没有冷眼的家园，所、队领导不是看管我们的警察，而是朋友和亲人。"陈炎向站在一旁的大队长刘海投去感激的目光，两人都会心地笑了。

原来他手臂曾接有一根钢板，创口长期溃烂未愈合，给陈炎的日常生活带来诸多不便，伤口一沾水就发炎。刘海大队长想了很多办法，但效果并不理想。

"解决陈炎手臂不沾水的问题还得感谢我的妻子。"一天，刘海看见妻子戴着袖套做家务，突然找到了灵感，想到了解决陈炎手臂不沾水的办法。随即，他去买了一副塑料袖套交给陈炎。从此，陈洗澡时沾水的问题，彻底解决了。

陈炎在《心语》周记里写道："我的父母早就放弃了我，我没想到警官却这么关心我，想得这么细心和周到，真的像我的亲人一样。请警官放心，今后我一定用积极的决心，踏实做人来回报你们这份无私的关爱！"

后来，陈炎还在该队担任了互助委副主任。

随着回归社会的日子临近，隐藏在陈炎心中的疑虑愈加明显。在所里，他向往外面的世界，但出去，自己又不知何去何从。身体抵抗力下降，又没学历和技术在身，怎么就业？谁愿意和艾滋病感染者一起工作？而作为一个该病患者，要面对来自外界压力，可想而知有多困难。事实上，艾滋病依旧是一道世界难题，到目前为止，依旧没有药物可根治。患者相当于是一个被判了死刑的人，在数着日子等待执行。

在大队里，民警和所领导都与他们正常接触，没把他们当成另类，所以"蓝莲花家园"的每一个成员，都很留恋这里，地方虽然不大，但与外面的大千世界相比，他们觉得这里没有冷漠与歧视。

陈炎准备离开"蓝莲花家园"后，自己要做的第一件事情就是守在母亲的病床前，尽一个儿子的孝道。

在"蓝莲花家园"这个特殊的群体里，除了警察，就是"艾感"戒治人员。他们通常不被世人理解，甚至大家谈"艾"色变，都把他们边缘化，更无从谈及人与人之间的情感交流了，所以大部分成员都存在严重的情感缺失。他们在所内渴求得到社会的理解、尊重和关爱，但又担心回归社会受到冷落或欺辱。这群人迷茫、痛苦、绝望。他们觉得多年的辛苦和努力就这样灰飞烟灭。有一部分人堕落地过完余生，也有人长期隐居，远离原本属于自己的工作岗位，还有一部分心理承受能力较好的，隐姓埋名，躲得远远的，小心翼翼地工作，忧心忡忡地过日子。

其实，"艾感"戒治人员也是疾病的受害者，他们应当得到其他社会成员的同情、理解、尊重和支持。多一点豁达与包容，让他们坦然地站在阳光下和所有人一样分享平等的温度。

第三节　戒毒人员在入所大队板眼儿多

戒毒所就是一所学校，从最简单的吃饭、上卫生间等以寝室为单位，集中纠正戒毒人员的恶习，帮助他们顺利回归。

2015 年 7 月，40 岁的赵理章经家人举报吸毒，被公安机关送到四川资阳强制隔离戒毒所进行强戒。四大队教导员肖炜对其核实身份时，他坐在地上大呼"冤枉"，让其站起身，也无动于衷。

肖炜向所部汇报，只能从赵理章户籍所在地调出户籍信息，对其进行收治。

在做净身检查时，赵理章又倒在地上，肖炜走近他，严肃地说："你不服从，我们将按所里的制度对你进行处理。"

他不屑一顾，蛮横地说："随便你们，我是被冤枉的。"

肖炜宣读入所须知，赵理章总是闭着眼睛，根本不予理会。经四大队研究决定，准备对他施行包控制度，即安排两名稳定的戒毒人员进行监督。第二天吃早饭时，赵理章又想出一个馊主意：绝食！

民警将赵理章带到所部医院，进行液体营养补给。同时，委派民警带领 2 名戒毒人员，每天轮流守候，进行 24 小时护理，对他现身说法，从中开导接受强戒。

三天后，肖炜通过赵理章所在辖区公安机关联系到他的堂哥。

"这个时候，他最需要亲人的帮助和理解。"肖炜诚恳地说，"请你放心，我们绝对不抛弃、不放弃，全力做好他的戒治工作。"

赵理章绝食第六天，声称自己全身无力，眼睛也睁不开。当天，他堂哥和肖炜共同来到医院。

病床前，赵的堂哥苦口婆心地劝说，赵理章仍不搭理，依然紧闭双眼。站在一旁的肖炜注意到一个细微动作，赵虽没吭声，但腹部上下浮动，喘着粗气。肖炜心想，赵爱于脸面，只是缺一个台阶下。他立即走上前去，劝慰说："家人送你来强戒，是关心你，让你好好戒毒。"见没反应，他接着又说，"我们四大队有几百名戒毒人员，民警只有 20 人，照样管理得井井有条，我们的工作目标就是让你们从新原点出发，摆正心态，服从民警，往好方向走，我们就满足了。"

整个病房寂静无声。突然，赵理章睁开眼对堂哥说，自己闭着眼睛，但耳朵不聋。大队民警每天前来看望，精心护理，食堂还专门为他做了病员餐。

他蜡黄的脸上布满菜青色，两眼无光，舌头僵硬，在嘴里不灵活地转动。

堂哥走过去，撩起他的衣袖，看见满是疤痕的双臂：血管周围的皮肤，针眼密密麻麻，像一张爬满蛀虫的兽皮，令人浑身起鸡皮疙瘩。

"你看看，你每天靠注射海洛因过日子，这些疤痕是怎么来的？如果不是家人报警，把你抓来戒毒，我看你迟早就只有死路一条。"

赵理章两眼无光，看着堂哥，不好意思，试着从病床上坐起来。

肖炜示意他别动，拍了拍赵理章堂哥的肩膀说："制度虽冷，但人有感情。我相信他慢慢会明白其中的道理。"

今年 39 岁的戒毒人员左勇，年轻时去往广州打工积攒了一笔钱，2000 年与河南籍女友在深圳开了一家麻将馆。

一天，左勇瞄准了一项新兴产业——开网吧。说干就干，托人买回 19 台电脑，做起了无照经营的黑网吧。每天纯收入上千元，4 年网吧生意，让他净赚 20 多万。

2008 年，老表开车撞伤人，需要赔钱，向左勇求助。接到电话，左勇二话没说，答应借钱。

他将网吧交由女友打理，自己回老家帮助老表解决难事。

一路风尘，左勇赶到老表所在地四川广汉市，一同前往医院"谈判"，愿意支付对方 2.8 万的赔偿金。

事后，老表为感谢左勇，请他吃饭喝酒。

酒后，老表摇头晃脑，哼着不成调的曲子，把左勇带到自己开的茶馆休息。他们穿过茶馆，老表推开一扇门，神秘地问："想不想来点刺激的？"

一股浓烟扑面而来，左勇感觉头晕。老表拉着他，走进房间，里面乌烟瘴气，男男女女身上都有文身，个个画龙刻凤，在翻牌机前"嗨"得正欢。

此番情景，让不胜酒力的左勇感觉头疼，老表叫他吸食一点海洛因，头就不昏疼了。

左勇父母一向不准他喝酒，怕回家挨骂，就吸了几口。顿时，人清醒了许多。但回家后，他明显感到身体有些异样，躺在床上，两只眼睛盯着天花板，心发慌。

没过几天，老表母亲过生日，又邀请他参加。酒足饭饱之后，老表从兜里掏出一大包麻果。左勇开始"品尝"，感觉不到饿。他幼稚地想：吃这"东西"还安逸，连饭钱都可以省了。

从此，左勇瞒着女友，经常与老表搅和在一起，打翻牌机输掉 12 万元。每次接到女友的电话，他都很不耐烦。女友怀疑他生有二心，左勇就冲着电话大吼："把店转让，钱归你，分手！"

不到半年，左勇的积蓄全部花光。

而老表以开茶馆为幌子，私下里干着贩卖毒品的勾当，赚了不少钱。

一天，老表约他去宾馆，准备还他原先借的 5 万块钱。二人在宾馆里正"享用"毒品时，被几名警察当场拿下。

原来，左勇老表在东北的马仔出事后将其供出。因此，东北和成都警方联合将他抓捕归案。在老表车上，搜出 1 公斤冰毒和 2 支仿真手枪。2013 年老表被依法执行枪决。

由于长期吃饭不定时，左勇患了严重的胃病。

2015 年 12 月 29 日，他被公安机关依法送入四川省资阳强制隔离戒毒所。

吃什么就吐什么，左勇想一死了之。2016 年 2 月，大队民警将他送进所部医院就诊，他趁曾玉梅院长打电话时，将腋下的水银温度计吞进肚里。

第一次没成功，卡在嘴里，又吞了第二次。那一刻，左勇只想死。

曾玉梅院长见状，立即采取紧急救助措施，并通知所在大队，送往资阳市人民医院。肖炜立即给左的姐姐打电话，要求她前往医院签署同意手术意见书。

"我不来，是他自己造成的，以前就是没管他，妈妈瘫痪，爸爸又去世，他想死，就让他死好了！"电话中，左的姐姐绝望又愤慨。无奈之下，在他手术意见书家属签字一栏，肖炜写下了自己的名字。

好在温度计没有破碎，被完整取出，左勇与死神擦肩而过。

手术后，左勇异常失落。肖炜安排食堂每天为他开小灶，熬制碎肉粥养胃。

"我有信心，让左勇重新回归社会！"肖炜说，在多年的戒治工作中，他遇到像左勇这类戒毒人员，很多。

第四节　他"六进宫"，戒毒13年仍在继续

刘放自嘲，自己的青春是在戒毒所里度过的。

他今年54岁，已是"六进宫"的人了，对四川省资阳强制隔离戒毒所一点不陌生。什么《入所须知》《安全生产知识》《行为规范》等相关规章制度，他均能倒背如流。

2015年12月3日，刘放第六次进入资阳强制隔离戒毒所强戒，通过民主推荐、选举等环节，在四大队担任互助委副主任，协助管教民警对该队成员的言行、学习、生理、心理、体能等给予帮助。

有压力，才有动力。

自从穿上印有"互助委"的橙色马褂，刘放在戒毒人员中，带头遵守所规队纪，劝导戒毒人员的不良言行，积极参与戒毒治疗。同时，他还是管教民警的"通信员"，检举违规行为和预谋违规信息，及时发现和反馈戒治中的困难和建议。

"这是民警和其他戒毒人员的信任，也是他们对我的敲打。"刘放说，在13年的强戒生涯中，每次遇见以往的管教民警，恨不得找个地缝钻进去。他觉得自己这张老脸，不知道往哪儿搁。

1982年，壮硕的刘放在宜宾师范毕业，被分配到当地某中学担任体育老

师。他暗自发誓，一定要积极认真工作，干出一番成绩。但一次意外，摔碎了他的梦想。

一天，刘放不慎跌倒在玻璃上，血流如注，经医院诊断，其右臂血管、软组织等部位严重受伤，将难以恢复，可能导致残疾。

失之东隅，收之桑榆。

当刘放正在家中修养时，"下海"经商的浪潮席卷全国，也拍打着刘放的心。

他在学校办理停薪留职后，带上妻子，到浙江做起了布匹零售生意。夫妻俩起早贪黑，一心想挣大钱，衣锦还乡。

付出总会有收获。刘放挖到了人生的第一桶金。他从一名每月拿工资的穷教书匠一跃成为"万元户"。慢慢地，他的人脉关系广了起来，身边不乏也有吸毒的"朋友"。

1993年8月，蝉声此起彼伏，使人心情烦躁。

一天，刘放与妻子因为家庭琐事吵了一架。他心里闹得慌，便找到既是老乡又是朋友的张成兵，诉说苦恼。

华灯初上，两人喝了一瓶白酒后，昏沉沉地来到宾馆。

"吃了这个，保证你不再有烦恼。"张成兵一边说，一边从兜里拿出一小包海洛因放在茶几上。

刘放涨红了脸，低声怒吼：“我不吃'白面'！”

"你胆子太小，怎么混社会？"张成兵说。

在酒精作用下，刘放自认身体素质好，又是学体育专业出身，如果上瘾，肯定也能戒掉。

锡箔纸上散发出屡屡烟丝。吸第一次，刘放头晕目眩，呕吐不止，难受得要命。张成兵见状，安慰他说："这是正常反应。"紧接着，又让他吸第二次。

第二天，刘放走出宾馆，犹如踩着海绵，双腿无力。回家，他一头倒在床上，满脑子全是海洛因。几天后，他像变了一个人，整日哈欠连天，一丝微风吹过，令他全身抽痛。

时间长了，刘放对毒品产生了依赖，生意成了累赘。妻子让他进货，他以种种理由推脱。

家产吸尽。为筹集毒资，刘放向所有亲戚和朋友借钱，将家里能卖的东西全部贱买，从"大哥大"手提电话到收音机，一件不留。至此，刘放也从烫吸海洛因是一种浪费的"经验"，改为静脉注射。

1995年，刘放吸毒的事被妻子捅到了南京哥哥家，哥哥打电话让他自戒，并令他去南京亲自监督，但后因哥哥忙于生意，又让他回老家戒毒。

正是这一年，刘放带着重生的希望回到了宜宾。没过几天，毒友又找到他，戒毒前功尽弃。

一天，在宾馆里"嗨"得正欢时，他被当地警方现场抓获，并被送往当时的四川省大堰劳教所进行劳教戒毒。从此，刘放走上了戒毒的不归路。

其间，他提出与妻子协议离婚，将老家的房子留给了她，算是亏欠和补偿。

刘放的青春正如他手背的血管，在海洛因的摧残下，逐渐消失。每当病重急需输液时，液体只能从颈部静脉流进全身，浑身冰冷。

誓言在毒品面前，总是不堪一击。

2001年，人到中年的刘放再一次被警方送进大堰所强戒。

因他对所部制度和环境熟悉，管教民警让他任四大队学习委员。

一次在新收治的戒毒人员中，刘放看到一个熟悉的人影——老家的王顺斌也来了。

按规定，新入所人员必须熟背所规《三十条》，但王顺斌怎么也背不着。

刘放在休息的间隙，找到老乡王顺斌。

"你咋回事？除队列训练外，背诵所规是必须过关的。"刘放关心说。"我不识字，怎么办？"王顺斌拍着脑壳发问。

"你不担心，我教你背？"刘放说。

在接下来的一个星期里，刘放逐字逐句背诵给王顺斌听，讲解其中的含义，他立下规矩，让王顺斌每天背诵5条，否则不许吃饭。

在一个星期后的通关考试中，王顺斌硬是将所规一字不落地背了下来。他找到刘放，欣喜若狂，比捡到金子还高兴。

刘放笑了，一种成就感油然而生。

如今，知天命的他开始思考：毒品为啥总是戒不掉呢？他痛恨自己被毒品榨干了青春，透支了生命。

他盼望第六次强戒期满那一天，回归社会，过常人的日子，安享晚年。

第五节　她的人生：一半毒海，一半希望

四川省女子强制隔离戒毒所六大队宿舍内，戒毒人员汪志英取下红框眼镜，对着镜片哈了一口气，轻轻擦拭。

"你不用担心，这里的女民警个个能干，对人非常好。"她劝慰新下队的戒毒人员陈燕。在所里，戒毒人员也有话语权。大队每月召开一次民主生活会，畅所欲言，大胆说出自己的困难，民警会想方设法为其解决。

"我幸好来戒毒，不然肯定死在外面了。"汪志英笑呵呵地说，经过体能康复训练，身体素质一天比一天好，她在大队民警的帮助和协调下，与监狱服刑的吸、贩毒儿子互通书信。母子俩在信中，相互鼓励，警醒对方：别再沾染毒品，抵制诱惑，决不复吸。她戴上眼镜，理了一下额前的刘海，黝黑的皮肤上，留存着曾经注射海洛因留下的烙印，脸上布满了刀痕。

汪志英说，如果时光能倒流，也许自己的人生会异彩纷呈。

1969 年 4 月，她出生在成都的一个小康家庭，排行老三，有哥哥和姐姐。其父是一家企业的厂长，母亲和爷爷则在经营站卖肉。他们的职业让旁人羡慕不已。

汪志英因年龄最小，全家把她视为掌上明珠，含在嘴里怕化了，捧在手心又怕摔了，俨然就像一位小公主。

然而，在蜜罐里长大的公主易患"公主病"。汪志英性格倔强，稍不合心意，便大发脾气。她如同一只小猫，毛得顺着摸。

18 岁时，汪志英坠人了爱河。

在一次朋友聚会时，由于长相出众，身材高挑，对人体贴，汪志英对先生吴波一见钟情。在家人的反对声中，她固执地与吴同居，并过早地当上了母亲。

儿子出生后，汪志英像一只无头苍蝇，不知如何照顾孩子，只好交由父

母照料。其间，她跟着吴波，开始在商海中打拼，做起了皮鞋辅料加工、批发生意。

很快，他们捞到了第一桶金，于1993年购买了一台小轿车，20岁出头的汪志英成了人人羡慕的"大姐大"。三年后，又在成都武侯大道做皮革生意。钱，源源不断地涌进她的腰包。

有了钱，吴波便三天两头看不到人影。汪志英开始胡思乱想，怀疑他有外遇，便进行跟踪，其结果却让她大跌眼镜：吴波竟然吸食海洛因！

当即，汪志英将他拽回家中，反锁房门，让其戒毒。

第二天一早，她打开门，几床被单打成结，绑在床角，延伸至窗外。吴波逃跑了。

为了让吴波戒毒，汪志英想尽各种办法，均无效。最后，她铤而走险，以死相逼，吞食大量安眠药。当她第三次因吃安眠药被抢救时，吴波跪倒在她面前，哭诉着说："老婆，我发誓再不吸毒了，我也恨毒啊！你千万别离开我，你要相信我！"

汪志英泪如泉涌，用自己的生命，换来吴波戒毒的誓言。当时，她想：若能唤回丈夫，即便是死，也值了。

可是，承诺的背后，却是一次又一次的欺骗。吴波根本没戒毒，他只是换了一个地方，继续吸食，并发展到注射海洛因。

吴波身上密密麻麻的针眼，像被虫蛀蚀过的树皮，深深刺痛了汪志英。她又成了他的"尾巴"。

这样的生活，令汪志英很烦恼，生意无心打理，痛苦无处发泄。她便找朋友喝酒和打麻将，以此泄愤。

她用时间忘却一切。对吴波戒毒的事，彻底放弃了。

2007年，汪志英开始沾染冰毒、麻果、K粉和海洛因。她浑浑噩噩地过日子，每天花几千元，不心痛。

吴波得知后，苦口婆心地劝说："老婆，你不要'吃粉'，我就是一个例子。"

枯瘦如柴的吴波央求她，儿子职高毕业，刚踏入社会，他担心，在这样的家庭环境里，将来也会走上吸毒的道路。

"准你吸，我就不可以吸？"汪志英瞪着双眼，怒骂吴波，是他亲手毁了这个家，她发疯地捶打自己。

同年，吴波在腹股沟动脉处注射海洛因时，引起大出血，经抢救无效死亡。

在殡仪馆，看着形如干尸的吴波遗体，汪志英失声痛哭，不停地哭喊："你终于戒毒了！"

一旁的儿子吴圆却异常镇定，他淡淡地说："妈，我为什么不劝您戒毒，是因为您也有自尊心，如果您再吸毒，下场和我爸一样。"

汪志英心灰意冷，认为儿子在诅咒自己，对于生活，她看不见任何希望和幸福，每天靠注射海洛因麻醉自己。

汪志英常产生幻觉。脸上感觉有密密麻麻的虫子在爬行，她拿起小刀，使劲在脸上刮。当神志稍微清醒时，整张脸淌殷红的血，犹如火烧般疼痛。致幻中，她时常感觉被人用利器从腹部切开，五脏六腑全部掏了出来，暴晒在烈日下。她闭着眼，不想挣扎，拼命地喊："杀了我吧，我真不想活了！死，就当是解脱！"

2009年，汪志英转让了自己的铺面，鬼混于成都的各大娱乐场所，经常与朋友在"嗨包"（KTV包厢）共同吸食毒品。多年的积蓄坐吃山空，曾经无限风光的"大姐大"，沦落到以扒窃为生。

"人要上多少坡，就会下多少坎。人在做，天在看。"汪母无奈地说，"你现在怎么气我，以后，你的儿子也会这样气你。"

老人的话应验了。

2015年4月，吸食了冰毒的吴圆，载两个朋友去往遂宁市，在警察进行临检时，从一个女性朋友身上搜出142颗麻果。警方破获后，法院一审判处吴圆有期徒刑7年。

一直被蒙在鼓里的汪志英，始终不相信儿子吸毒贩毒的事实。

儿子身陷囹圄，汪志英心急如焚，一名律师告诉她，该案如果上诉，律师费需要3万元。

救子心切的汪志英为筹集二审上诉费，随即伙同朋友从成都市坐车去新都区扒窃。

一下车，她便盯上了一家火锅店，里面人头攒动，灯光昏黄。

很快，汪便锁定了目标，一名与人劝酒的男子，其外套挂在椅背上，根据经验，她假扮成食客，晃到其身后，正要下手时，同伙却被人逮了个正着。

汪志英冲出火锅店，窜进一辆电动三轮车进行掩护。听到有人大喊："抓贼娃子！抓贼娃子！"她慌忙催促师傅："快走，快走！"

汪志英打车回到成都，惊魂未定。她悄悄到常与朋友碰面的宾馆住了下来。凌晨3点，房间门被人撞开，几名警察进来将她带走。

当年12月26日，汪志英因注射海洛因被成都市公安局新都区分局抓获并送戒。

进入女所，汪志英每天一想到服刑的儿子，就坐卧不安。

一天深夜，她无法入眠，在床上翻来覆去，索性坐了起来。

宿舍门被人悄悄推开。

"汪志英，你咋还不睡？"民警李琛轻声问。

"我想儿子了……"

李琛说："这件事，我们都知道。你放心，我们正在努力联系狱方。"

为让汪志英安心戒毒，六大队大队长郑雪红专程赶到吴圆服刑的监狱，进行看望。回所后，她找到汪志英，高兴地说："你儿子在监狱表现很好，他让我带一句话给你：'依你的性格，一定能戒除毒瘾。'"

"谢谢大队长，有民警和儿子的支持和鼓励，我相信自己绝对能戒毒，更不会复吸。"

"我相信，你一定要给儿子树立一个做母亲的榜样！"郑雪红说，看不见孩子可以写信，一样能了解他的近况。

汪志英哭诉是自己害了儿子吴圆，否则，他不会有今天的下场。

"我现在追悔莫及啊……世上没有后悔药卖，所以，我要为自己所做的一切付出代价。"汪志英两行泪水，在阳光下闪着亮光。

亲爱的妈妈，您在里面过得好吗？妈妈，您唯一对不起儿子的事，只有一件，就是以前没有把毒品戒了……儿子在高墙之下改造，管不了您，您出去之后，千万不要再去碰它了，希望您能为了我，管好自己……我更希望，妈妈和我一样坚强，我们共同渡过这个难关！春节快到了，儿子在这里祝妈妈春节愉快，身体健康！

汪志英捧着儿子从监狱寄来的信，度过了一个欢乐的春节。她反复读，反复念，百看不厌。

第六节　寻找戒毒"迷宫"的出口

还有 20 多天，28 岁的高阳强戒期满解除，但未来是什么样？出所第一件事该做什么？迷茫充斥着大脑，仿佛身处一座迷宫，找不到出口。他心烦意乱，导致长久失眠。有时，勉强浅睡，又从梦中惊醒，瞪着双眼，熬过黑夜。在出所前，成都隔离强制戒毒所五大队教导员李汉泉对高阳进行了心理疏导，让他正视自己的行为，建立诚信意识，学会选择正确的生活目标，养成良好的个人习惯。

2013 年 7 月 2 日，咨询室里，散发出悠悠茶香，橙色的座椅，令人心情舒畅。李汉泉拉上窗帘，暖色系灯光，使整个房间温馨起来。有着 6 年吸毒史的高阳坐下后，向他娓娓道来。

高阳在家排行老二，强戒前，无任何经济来源，与退休的父母同住，由于无业，他常和朋友厮混。为筹借毒资，欺骗家人成为常态，成为名副其实的"啃老族"。

有一次，毒瘾上来了，他骗取父亲看病的救命钱，用来购买毒品。老人悲苦的脸上，全是失望。青梅竹马的妻子让他远离"毒友"回归正道，但无济于事。

为挽救高阳，妻子决定以身试"毒"。她吸一次便上了瘾，多年的夫妻感情，在毒品中破裂。最后，两人分道扬镳。

提及往事，高阳追悔莫及。

"强戒期满，我想见两个人，但怕我妈担心。"高阳啐了一口水，皱起眉头。

未染毒前，他和前妻的感情一直很好，因吸毒，两人在不同的强制隔离戒毒所进行强戒。两年来，他对她的近况杳无音讯。出所后，他想去四川女子强制隔离戒毒所看望前妻，毕竟是自己将她带进毒坑。而另一位则是曾在戒毒所共同戒毒的朋友董亮。

"除了民警，他也在一旁鼓励我，'一定要坚持，一定要戒毒成功'。"高阳深情地说，"这份情义，此生难忘。"他们在戒毒路上，相互搀扶，迈过荆棘，渴望抵达回归的岸边。董亮出所后，经济状况并不好。有一次，他专程到所里来，往高阳卡上打了200元钱生活费，鼓励他安心戒毒。

高阳说："从小到大，这是我遇到的真朋友，他真心帮助我。"

前几天，董亮给他打电话："强戒期满时，我亲自来接你。"

李汉泉像一位知己，一边认真听，一边做笔记，同时表示理解。待高阳倾诉完内心的苦闷，他没有立即进行评价，适时掐住其要害问："你的烦恼来自于既想去见你的前妻和朋友，又怕母亲知道伤心，是这样的吗？"

高阳点点头。

"那么，你不去见这两个人，直接回家，行不？"李汉泉又试探着问。

高阳思考一会儿，摇摇头表示，自己很想见前妻和朋友，已到非见不可的地步。

"如果这样做，又对不起我妈，让她再次失望。"高阳说，虽然自己做了错事，但母亲定期到所探访，并给予他支持，这是母亲对他戒毒不离不弃的决心。

"我知道，她不会同意，认为我对戒毒不坚决，怕受到环境影响，重走老路。"高阳长叹一口气，"我害怕她再也不管我了。"

在爱情、友情和亲情的三岔路口，高阳迷路了。

他试图想"两全齐美"，告诉母亲，出所日期推迟一天，先去见两人，再回家。

李汉泉点着头，根据高阳的表情和神态，初步判断为双趋式一般心理问题。随后，他拿出《焦虑自评量表》对其进行测试。

在"我觉得比平常容易紧张和焦虑""我容易心里烦乱或觉得惊恐""我觉得心跳很快"等题目中，高阳均达到最高分值。

陪伴

李汉泉盯着表格，向高阳发问，如按他的办法，与两人相见，其后果如何？

高阳沉默了。

"我给你布置一个作业，你思考一下这样做可能产生的结果。"李汉泉微笑着。

从咨询室出来，高阳脑海里转动着"结果"两个字：见了想见的人，瞒住了母亲；另一种是母亲知道后，会再次刺痛她。

7月6日，高阳又一次来到咨询室，提交"作业"。

李汉泉对高阳回答的两种"结果"进行逐一分析，并一针见血地指出，"两全齐美"的办法，实际包含了欺骗行为。

"欺人即是自欺，是对自己和他人的伤害。"李汉泉希望高阳学会真诚待人，建立诚信意识。

高阳沉默了。这些年，他总是欺骗父母，欺骗他人，为此付出了沉痛的代价。

"如何做到不欺骗？"高阳向李汉泉抛出自己最想知道的答案。

李汉泉鼓励他说："要勇于面对现实，追悔过去，也要展望未来。"他建议，将想法如实告知母亲，在征得同意后，再去见两人。

"制造一个好的开始，给家人信心，也给自己信心。"李汉泉说，回归社会，首先要彻底断绝毒友来往，给自己一个干净的环境，明确人生目标，并为之努力奋斗。

听了李汉泉的话，高阳犹如醍醐灌顶，脸上露出了久违的笑容。在第三次咨询时，高阳的心里焦虑逐渐减轻，焦虑量表评分，从原来的62分降为32分。

找到"迷宫"出口的高阳，在离所几天前，主动找到李汉泉。

"李'医生'，我把出所日期如实告诉了我妈。"高阳说，"我心里好受多了。"

李汉泉笑了，高阳也笑了。

离所半月，高阳给李汉泉打电话说，出所当天，母亲和董亮一起来接他，三人共吃午饭，在餐桌上，他与董亮击掌为誓，共同抵制毒品。母亲感动得落泪。之后，母亲还陪他到女所探访了前妻。他懂得了如何珍惜母亲的大度和慈爱，让自己做一个诚实守信的人。他下一步打算自食其力，找回荒废多年的青春，学川菜厨艺，到外省去打工，开启自己全新的生活。

咨询室里，窗明几净，李汉泉放下电话，感到很欣慰。

第七节　发誓戒毒：母亲还躺在火葬场

2016 年 1 月 13 日，52 岁的王青解除强制隔离戒毒方式变更为社区戒毒，意味着提前 56 天回归社会。

王青是家中的独生子，脑壳灵活。20 世纪 90 年代初，他在成都开了一家餐馆，自己掌勺，一年下来，收人不菲，在当地小有名气。

靠做餐饮发了迹的王青，膨胀起来，四处寻找刺激。

1996 年，他开始吸食毒品。几年下来，打拼的财富在"飘飘欲仙"和"腾云驾雾"中，逐渐散尽。山穷水尽时，他狠心变卖了父母唯一的住房。

2014 年 3 月 2 日，已吸毒 18 年的王青被收治强制隔离戒毒。几天后，多病的母亲，带着遗憾，抑郁辞世。而年过八旬的父亲又体弱多病，在当地政府的关怀下，金牛区一社区肩负起了重任，将老人安排住进了社区养老院，悉心照料。

可怜天下父母心。在养老院，老人依旧对儿子不放心，生怕饿着、冻着。每月，还从微薄的养老金里挤出 500 元，委托社区工作人员给儿子寄去。

得知父亲住进养老院，王青反而安心了，在成都强制隔离戒毒所开始了平静的戒毒生活。

由于行动不便，老人无法亲自到戒毒所探访儿子，于是，成戒所和社区经商量决定，固定每周二，让王青给老人打一个亲情电话，缓解他的想儿之苦。

听王青在电话里的声音，成为老人唯一的精神寄托。

2015 年 1 月 27 日，儿子的亲情电话已超期 3 天没有打来，老人寝食不安。在担忧中，突发脑梗塞，被紧急送往医院，随即院方又下达病危通知书。

经过抢救和社区派专人的精心照料，老人转危为安。其间，社区担心影响王青戒毒，就一直将此事善意隐瞒，直到 3 月 4 日，社区居委会张主任经过深思熟虑，拨通了成戒所的电话，请民警告诉王青，其父病危。

成戒所及时批准王青探访，决定以此为契机，与社区合作，对王青展开一次联合帮教。

3 月 5 日，恰逢元宵节，社区 3 位相关负责人带着证明材料来到成戒所，会同张敏副所长和王青所属大队民警一起赶往医院。

主治医生特意嘱咐他们，老人患有严重的心脏病，两侧大脑均有脑梗阻，为避免发生意外，家属切忌让老人再受任何刺激。

王青听着，强忍泪水，来到病床前，轻轻拉起父亲的左手说："爸，我回来看您了。"

听到儿子的声音，老人睁大双眼，抖动嘴唇，含混地喊着，紧紧抓住儿子的手，老泪纵横。

在社区干部和民警的劝慰下，老人的情绪渐渐平静。

王青拉着父亲的手，向老人极力解释亲情电话"迟到"的原因。原来，正值过年，戒毒人员都在给家人报平安，送祝福，由于人多，导致没有及时给父亲打电话。

临近中午，民警带着王青来到医院外的饭馆，购买食物。一路上，王青不停地说："我爸喜欢吃甜食。"

端着热气腾腾的南瓜粥和甜烧白，王青回到病房。张敏副所长送上成戒所带来的牛奶、芝麻糊等慰问品，留下一名民警现场陪伴，大家都退出了病房，将剩下的时间留给父子两人。

王青小心端起饭盒，舀了一勺南瓜粥，放在嘴边，轻吹几下，喂进父亲嘴里。

老人流下了眼泪。

"爸，你别哭，你哭我心里更难受。"王青一边安慰父亲，一边用纸巾替他擦泪。

下午 3 点，该回所了。王青又一次握紧父亲的手，哽咽着说："爸，您在这里好好养病，不要担心我，我在里面一定好好戒毒，一定戒除毒瘾。等我出来接您回家。"

看到儿子那么坚定，老人哭着，慢慢地松开了手。

坐在回所的警车上，王青告诉民警："我妈的骨灰盒还放在火葬场里，这是我一辈子最大的遗憾。等我出去了，第一件事先找工作挣钱，安置好母亲的后事。父亲也没有好多日子了，我一定要把他陪好。"

在医院和社区的努力下，王父治疗一个多月后，病情缓解出院，重新回到了养老院，但身体每况愈下。

因担心父亲，王青逐渐开始焦躁，在所里的表现也一度出现反复。4月，他与社区工作人员通话时，甚至出言威胁。

王青在戒毒过程中出现波动，戒毒效果也受到了影响。他参加第一次诊断评估，没能达标。

但爱心在传递，情感在涌动。

王青的变化让民警们担心，因此，大队长宋建伟、副大队长邓涛等民警加大了对他的关注力度。对他所出现的反复，予以耐心细致的帮助教育；对不当言行，进行严厉的批评和纠正。同时，给他安排民警心理咨询师，对他进行数次心理疏导，增加拨打亲情电话的次数，及时了解父亲的情况。

在社区开展廉租房申请工作中，成戒所又替王青申请法律援助，由专业律师替他办理相关手续。

王青又看到了希望，情绪逐渐平复，戒毒表现也回归到正常状态。

12月，王青再次参加诊断评估时顺利达标。随后，民警为他呈报了提前解除强制隔离戒毒和变更为社区戒毒的材料。

2016年1月13日一早，王青换好衣服，给养老院打电话，准备将这个好消息告诉父亲。可就在几分钟前，老人却在上厕所时，又不慎摔倒了。

上午10点半，大队长宋建伟、副大队长邓涛带着王青赶到养老院。

王青拉起父亲的手，轻轻叫了一声："爸，我回来了。"

看到儿子，老人眼里滚动着泪花，向在场的民警，双手合十，缓缓晃动。

通过与社区工作人员交流，民警了解到，因王青未满60周岁，还拥有劳动能力，所以无法申请低保，需找工作挣钱，而王青申请的廉租房材料已备齐并递交相关部门，等待审批，预计下半年可以参加摇号分房。

王青沉默了。直到民警问他今后有何打算，他才回过神来："先把我爸送去医院治疗。"

王青将民警送到院门口，宋大队长仍不放心，转身又问他还有什么困难没有。

他告诉宋大队，自己目前没啥困难。父亲住进医院，他想先守在父亲身边，弥补几十年的过错，尽一个儿子的孝心。

"我爸85岁了，也不知这次能不能挺过去。等他身体好点，我再去找房子，找工作，挣点钱，不能让我妈的骨灰还放在火葬场了！宋大队，我发誓：一定戒除毒瘾！"王青举起右手，握紧拳头说。

宋大队长拍了拍他的肩膀，鼓励说："谁都会遇到困难，但我们要有战胜困难的决心和勇气，要用正确的方法去解决它。戒毒靠自己，我相信你！"

第八节　半夜惊叫扰魂与民警的人性关怀

深夜，"流浪猫"凄厉的叫声，令人毛骨悚然。

四川省成都戒毒康复所二大队宿舍内万籁俱寂。穿着束缚服的戒毒人员王富庆蜷缩着身子，安静地躺在床上。突然，他双腿一蹬，猛地坐立，兴奋地拍着手掌，口水和鼻涕随着"呵呵"的笑声，淌了出来。戒毒人员陈戈迅速将他摁在床上，轻拍着说："兄弟，别激动，是猫叫。"

王富庆转动着硕大的脑袋，望着窗外，又一阵"呵呵"，重复着"猫猫，嘻嘻，我要猫猫……"

繁星点点，皓月当空。

不一会儿，王富庆光着脚，踩着碎步快速冲向窗户，双手紧抓护栏，一边发狂摇晃，一边冲着月亮，像狼一般"嗷呜"地号叫。陈戈慌神地扑向他，欲捂住他的嘴巴，又担心被咬伤，在一旁干着急。

王富庆的声音瞬间穿过狭小而紧凑的空间，使整栋楼顿时炸了锅，怨声四起。

"幸好我只吞了一颗膨胀螺丝钉，要是像王富庆那样患有精神障碍，那还得了？"

"到所两天，就吵了两天，白天不吼，晚上吼，真是奇葩。"

"他就像个闹钟，凌晨 1 点，准时号。"

当晚值班的二大队大队长张强迅速打开宿舍门禁，并朝空旷的通道喊："大家要相互理解，都别说话，赶快休息！"

埋怨声瞬间消失，只剩王富庆撕心裂肺的号叫，哀怨又绵长。因他认知、情感、行为和意志等都比普通人低下，其父亲也常被人耻笑生了一个智障儿子，不管在哪儿，他看见王富庆就一顿拳打脚踢，并任其在社会上流浪。王富庆被吸毒人员发现后，则利用他的"傻"，让其吸毒上瘾，产生依赖，指使他抢劫和收"保护费"。2016 年 4 月，王富庆被公安机关送入康复所，进行强戒。

张强走进王的宿舍，拍了拍他的手臂，疲惫的脸上，露出笑容。他从兜里摸出两颗软糖，剥开一颗，摊在手心，像哄小孩一样说："来，王富庆，乖，吃糖糖。"

王富庆立马安静，将糖塞进嘴里，快速咀嚼，用力咽下，又用粗短的手指，指着张大的嘴巴"啊……"

"我们先睡觉，醒了，吃另一颗糖，乖。"张强扶着王富庆说。"我要吃蛋糕。"

"要得要得，明天我给你买。"

"要车车蛋糕。"

"好好好……"

替王富庆盖好棉被，张强对陈戈说："今晚有我在，你安心睡觉吧。"

"张大队，还是我来照顾他。"

张强摆摆手说，他担心王突然醒后，又大喊大叫，再次影响其他人员休息。

"昨晚，张卫国所长也守了一夜。"陈戈抱怨说，"'对付'王富庆这类戒毒人员，简直要让人崩溃。"

张强笑着说："要有耐心。"

在四川司法行政戒毒场所中，康复所建筑用地和规模最小，虽然是一个"袖珍"小所，但也被外界称为"病残戒毒大医院"。

该所以"宽容、帮助、关爱、尊重"为宗旨，联合办案警方，筑起铜墙铁壁，维护一方和谐与稳定，使每一名病残吸毒人员无处可逃。

随着艾滋病、传染病、其他病残和自伤自残的吸毒人员收戒难等问题，2014年，四川省司法厅、四川省戒毒管理局与成都市公安局联手出台了《特殊人群收戒协调会议纪要》和《特殊吸毒人员强制隔离戒毒送戒工作暂行办法》，在四川省女子强制隔离戒毒所、资阳市强制隔离戒毒所、成都强制隔离戒毒所、成都市戒毒康复所建立分类隔离戒毒区域。

在为期三个月的"百城禁毒会战"中，康复所根据"服务大局，应收尽收"的工作指令，仅成都市公安机关投送的病残人员就达400余人，每天最少10余人，多则40余人。大部分戒毒人员因长期浪迹街头，满身跳蚤，他们不仅身患重病、传染病及精神障碍症，且身衫不整，缺衣无鞋。基层一线民警和4名医生、5名护士，几乎24小时在岗，超负荷运转，紧绷神经，在狭小的管理区内，与他们近距离接触。

"战役"结束后，成都市政法委主要领导对康复所给予高度赞赏和评价，他说："这是公安、司法携手解决特殊吸毒人员收戒的有益尝试，是政法系统的一次成功创新。"

为减少社会违法犯罪行为，增强老百姓的安全感和政府公信力，2015年10月，该所戒毒康复职能转型，即全面收治成都市病残戒毒人员，这意味着该所面临新挑战。

转型之初，康复所在岗工作民警不足90人，且女民警占40%，而新收治的病残人员，又有60%以上具有对抗情绪，其中包括袭击民警及医护人员等。

因此，这儿的民警"女人当男人用，男人当驴用，默默付出在幕后"。

锦江区的张小林，入所便殴打同宿舍人员，并用头部撞墙，踢打民警和医护人员，为其戴上手铐和头盔后，便破口大骂，整日不得安宁。无奈之下，民警替他穿上约束服，控制在约束床上。前三天，张小林就以绝食反抗，不吃不喝，民警又从家里带来牛奶、芝麻糊等营养品，任其挑选，像照顾婴儿一样，一天三顿一勺又一勺地喂。张强苦口婆心地给他讲道理，摆龙门阵，医务人员则为其治疗撞伤的额头和面部。

一周后，张小林突然对张强说："我不闹了，要好好戒毒。"

"要得，想通了就好。"张强说，"为维护场所安全，你必须穿束缚装。"

"张大队，你让我干啥，我都愿意。"

与张小林相比，金牛区戒毒人员孔翔的情况更为紧急。

2015 年岁末，孔翔为逃避强戒，顺势吞下一枚打火机和一根 15 厘米长的铁丝，被公安机关送入康复所，民警及医护人员第一时间将孔送到成都市第三人民医院急诊，用胃钳取出异物，使其转危为安，并痊愈。

由于该所病区两支大队各 10 位民警，既要承担日常戒治管理工作，又要负责病残人员外出就诊治疗、住院看护任务，警力异常紧张。为了挽救孔翔，所部特意抽调 3 名民警，轮流守护和陪伴在他的病床前。

除夕之夜，万家灯火。

孔翔与民警在医院共进年夜饭。此时此景，令孔终生难忘。

康复回所后，孔拉着张强的手，感激地说："这辈子没人对我这么好，如果我再不好好戒毒，怎么对得起你们！"

在康复所中，90% 的戒毒人员疾病缠身。

2016 年 1 月 8 日，病残戒毒人员刘明春被邛崃公安机关送到康复所，经医护人员检查并治疗，其腹股沟两侧动脉瘤发炎，流血流脓，散发出一股腐臭味。

10 日 22 时许，刘明春病情突然转危。为抢救一条危急的生命，民警们在寒风中奔波，汗水流满脸颊，辗转多家医院，均遭拒绝，最后送到成都市第一人民医院急诊，才将刘明春从死亡线上拉了回来。

民警和医护人员犹如一棵树，病残戒毒人员是新生的藤蔓，藤缠着树，树抱着藤，他们患难与共、生死相依，共同演绎人间真情陪伴。

第五章

蜕 变

在死亡的床上，挣扎
一片月光，斜插进来
如万箭穿心
这种蜕变的过程
像蛹，蜕化沉痛的往事和记忆
祛除毒魔纠缠不休的影子

第一节　目击戒毒人员入所整训

2016 年 3 月 15 日，沉重的引擎声，划破午后宁静，两辆嵌着"特警"字样的大巴车，缓缓驶入四川省资阳强制隔离戒毒所。

在四大队篮球场内，很快拉起了警戒线，形成简易的四边形。为防止新入所言行异常人员伤害他人和自己，两名腰挎单警装备的民警，仔细检查装备，协助其他民警控制不可预测事件发生，保证场所安全。同时，四大队选派 20 名思想稳定的戒毒人员、班组长及互助委戒毒人员参加，他们双手紧贴裤缝，站姿笔直，分列四周，在新入所的戒毒人员中起纠正和帮助作用。

主管全所入所教育及全所难矫治人员教转工作的肖炜目光如炬。当天，他将对 65 名达州籍戒毒人员进行集中收治。

大巴车停靠后，达州公安民警下达指令，车上陆续走下一批戒毒人员，他们排成两排横队，部分人员带着脚镣，打着哈欠，左右偷瞄；一些人佝偻着身子，低垂着头。

阳光躲进云层，天气阴沉下来。

达州民警将一叠《强制隔离戒毒决定书》和《戒毒人员考核手册》一并交到肖炜手中，肖逐一审核法律文书，对戒毒人员姓名、身份证号码、户籍所在地等进行核对。确认无误后，他向达州民警点头示意，解开部分带有脚镣的戒毒人员。

"横排 10 人，前后间距 1 米，左右 50 公分，跑步走！"肖炜声如洪钟，向新入所的戒毒人员发出指令。

随着"嗒、嗒、嗒"的脚步声，戒毒人员跑进警戒线内，待站定，肖炜再次发出指令："听我口令，立正！开始报数！"

"1、2、3……"报数结束，对个别站姿懒散的戒毒人员，肖炜请互助委的戒毒人员进行帮助和纠正，其目的是让新入所的戒毒人员通过引导，强化服从意识，这是入所教育必备的第一课。

经过帮助和纠正，整个队伍立马有了精、气、神，互助委的戒毒人员回到原地，军姿站立，等待下一个指令。

肖炜犀利的目光扫描整个队伍，他铿锵有力地说："听我口令！全部双手抱头，蹲下！"

"蹲，要有蹲的样子！请帮助！"肖炜又发出指令，纠正蹲姿。

"现在开始点名，听到自己的名字，迅速站起，保持军姿，回答'到'！"肖炜手拿《强制隔离戒毒决定书》说。在此过程中，每点一个名字，肖炜便抬头看一眼，初步熟悉其外貌特征。

5分钟点名结束，肖炜向新收治的戒毒人员进行简要的法律宣讲，同时，提出纪律要求。

他说，每年四川资阳强制隔离戒毒所收治上千名戒毒人员，毫无压力，凭的是国家法律法规要求，以及该所过硬和过强的纪律，他们坚持依法、严格、科学、文明的管理，对任何一名戒毒人员不歧视、不抛弃、不放弃。

"为什么被囚车送来？因为，你们是违法人员，必须接受国家和人民的教育。如有异议，可在半年内，向当地法院提起复议。"肖炜说，四大队是入所教育大队，每一名新收治的戒毒人员要在该队待上50天，集中学习并熟记《禁毒法》和《戒毒条例》等法律法规，背诵所规《三十条》及国学《弟子规》等，同时，全所实行军事化管理，纠正其站、坐、行等行为，养成严格规范内务整理习惯，适时进行体能恢复训练，最重要的是进行生理脱毒和病员筛查。经考核达标，再分到各大队，学习一项劳动技能，强戒期满再回归社会。

"服从就是责任！不管是第一次或多次来强戒，入所就是要讲规矩！"肖炜义正词严，现场鸦雀无声。他环视队伍，大声宣读《四川省资阳强制隔离戒毒所强制隔离戒毒人员收治须知》。

此时，一名戒毒人员右腿轻微动了一下，这一举动，立刻被肖炜发现。

"一排右起第3名戒毒人员，我让你换脚了吗？！"肖炜严厉地说："所有戒毒人员必须做到一个口令，一个动作，得到指令，必须快速执行！"

为保障全所安全，防止部分戒毒人员携带刀具、毒品等违禁品，新入所戒毒人员将进行入所第一次初检。

肖炜发出口令，让新入所戒毒人员交出所有随身物品，并将衣服脱下，仅留一件遮体衣物。

"前后 1.5 米，左右 50 公分，立正！"肖炜清了一下嗓子，"时间为一分钟，听我口令，开始！"

只见 65 名戒毒人员慌忙地搜罗口袋，快速脱衣服，按要求放于脚尖前，并恢复站姿。随后，肖炜分派"互助委"对所有人员进行从头到脚"无缝隙"全身搜查，从领口到裤腰，再到鞋袜，不放过任何可藏物品的地方，而戒毒人员班组长则将纸条、身份证、现金、眼镜等物品，进行统一分类打包。

检查完毕，肖炜令全体立正，时间仿佛静止一般，所有人注视着肖炜。

"全体都有，双手抱头，蹲下！"戒毒人员整齐地蹲下身，等待口令。

"现在进行净身检查，10 人一组！"肖炜说完，向一旁的互助委人员示意拍打 10 个人后背。得到"指令"的新入所人员迅速抱起衣物，打着光脚，撒腿就跑，进入四大队。

在净身检查中，如发现身体异常、疤痕等，民警将进行影像留存及登记，并做出病员筛选。当身体消毒、理发、剪指甲等结束后，统一配发衣物及生活用品，指定宿舍及铺位。而戒毒人员自己的衣物，除内衣裤外，将浸泡 48 小时，晾干进行封存，待解除强戒时归还。每一项均由班组长和互助委人员在一旁帮助和纠正。

与此同时，民警将在第一时间，对新入所的戒毒人员建立入所档案，即档案编号、标准照片、五卡（信息卡、点名卡、胸牌卡、床位卡、指纹卡）、戒毒人员登记表和网络信息录人。从入所到指定宿舍及铺位，整个过程需要 8 个小时。之后，在 3 日内，大队将组织戒毒人员拨打家属告知电话，邮寄《四川省资阳强制隔离戒毒人员家属告知书》。

"接下来，我们的民警将按所规对新入所强戒人员进行逐一谈话。"站在一旁的认知康复科科长刘学灿说，肖炜及其他民警又将度过一个不眠之夜。

第二节　这里知道戒毒者需要什么

作为四川司法行政系统第一批强制隔离戒毒所之一的四川省资阳强制隔离戒毒所，坐落在资阳市雁江区临江镇，为省属中型戒毒所。2008 年 8 月开始收治男性戒毒人员和全省男性"艾感"戒治人员。目前收治达 3000 多人。

陪伴

在这里，有一个被外界称为"世纪瘟疫"的边缘人群，他们是强制隔离戒毒人员艾滋病病毒感染者——"蓝莲花家园"的成员。"蓝莲花家园"共分为三个大队，即三大队、八大队、九大队，每个大队300余人，共有900余名"艾感"戒治人员。

在这里，他们接受所、队领导及民警的教育帮助和真情陪伴，大多数人已走出了悲观、绝望和恐惧的心理。

在这里，每个大队都是二三层楼高的川西民居风格建筑四合院，一个偌大的天井用青石板铺成，可同时容纳数百号人。站在院内，蓝天、白云和飞鸟，尽收眼底。很难想象这儿就是专门收治四川省境内男性"艾感"戒治人员的场所。

在这里，有家的味道，无限温馨。每间宿舍进门左侧灰白色的油漆铁架上，摆放着洗漱用品，整齐划一；印有一朵"蓝莲花"标示的毛巾，特别显眼。墙上，挂着别致的小框，写满了祝福和激励的话语。室内靠窗户的下端是一张供学习用的木桌，上面靠墙处放着这个"家庭"成员和民警一起合影的镜框。清一色的木制单人床上，统一用淡黄色卡通图案床单、床被铺成。被子叠得整整齐齐，有棱有角。不难看出，在这里实行军事化管理。

时间回到2009年3月17日。

四川资阳强制隔离戒毒所第九大队——"蓝莲花家园"门外的水池里，鱼儿们正欢快地畅游着。抬眼望去，围墙上挂满了一根根绿色的常青藤，宛如春意盎然的屏风。整齐划一的跑步声，一串铿锵有力的口号声，划破了午后春天的宁静。

"报告！"

饱满而宏亮的声音来自一名叫林兵的戒毒人员，他35岁，站姿笔直，两手紧贴裤缝中线，得到大队长刘海的允许后，他挺直腰板坐在九大队一间小型会议室的椅子上。他来自内江市资中县农村，因吸毒染上了艾滋病病毒。

林兵曾在云南保山某野战军步兵团服役5年，转业后，自己开办了养殖厂和砂石厂，事业红火，家庭美满。

很偶然的一次，他结识了几名生意场上吸毒的朋友。看见他们吸毒时

"飘飘然、吞云吐雾"的样子，就很好奇地吸了一次。从此，林兵坠入万劫不复的深渊。

刚开始，他停停吸吸，以为没什么了不起的。但随着毒瘾逐渐增强，林兵单靠吸食海洛因已无法满足毒瘾，于是就改用静脉注射。每当他毒瘾犯了，不管是谁用过的针头，拿到就往自己身上扎。妻子发现了，苦苦哀求，但一点不管用，她只好带着儿子愤然回了娘家。

林兵温馨的家庭，就这样被他吸毒吸散了。

"我已经不记得去过多少次戒毒所了，出来又复吸。戒时想吸，吸时想戒。"林兵无奈地说。

日复一日，年复一年。

2008年，几进几出戒毒所的林兵，再次被公安机关决定强制隔离戒毒两年。

同年6月，戒毒中心对其进行血液检测时，发现他疑似感染HIV病毒。

"戒毒中心的工作人员拿着化验单让我签字，我全身发抖，染上这病就等于判了死刑！"林兵不停地搓着双手。

8月，林兵的血液被再次送到成都华西医院做检查。三天后，医院打来电话，确诊他为HIV感染者。

"HIV"犹如晴天霹雳，打在林兵的每一根神经上。他浑身打战。

10月8日，林兵被转入"蓝莲花家园"戒治。当天，他与其他戒毒人员发生了矛盾，差点大打出手。

"当时我不服管教，心想，赖活着不如早死。但我又担心因自己的放纵使妻儿染病，怕他们被歧视。"林说。在绝望和痛苦的双重压力下，他产生了轻生的念头。

副大队长韩志勇觉察了，立即找他谈话和交心。

"感染事实已无法逃避，死是解决不了任何问题的，你担心妻儿被感染，证明你还在履行丈夫和父亲的义务，你还有军人的责任感，你更应该告诉他们，让他们尽快检测。如果不幸感染了，还可以尽快治疗，这也是你负责任的一种态度。强戒只有两年时间，今后出去还可以为妻儿尽自己的责任。"韩副大队长开导他。

陪伴

经过三思，林兵决定将他妻子的联系方式交给了韩副大队长，在电话中，妻子告诉林兵，她去医院检测了，自己没有感染 HIV 病毒，并表示，只要他好好戒毒，还是孩子的父亲。

"为了妻儿，我要好好活下去！出去后但愿能找到一点事做。"林兵长叹一口气说，"我会常打电话'回家'，与队领导多交流，只有这里才知道我们最需要什么。"

对于重新回归社会，林兵一脸茫然，外界把艾滋病看作瘟疫，人们对患有此病的人很排斥、很敌视，能否像从前一样被人接纳，成了他最大的心病。

听着林兵的诉说，大队长刘海眉宇紧锁。他思考着："艾感"戒治人员在来自社会、家庭的巨大压力下度日如年，他们需要被理解和被包容，而不是被歧视和被排斥。

"来这里快 5 个月了，刚来时，很烦躁，心静不下来。现在感觉就像住在自己家里一样，这里的民警，懂我！"林兵笑着说。

第三节 一个有梦想的戒毒者

江郎身材矮小，看上去好像要比实际年龄小一些。

他眉清目秀，走路像蜻蜓点水，颇有舞者的韵味。

他感染艾滋，与"蓝莲花家园"的成员极为相似，都是吸毒后，行为不端造成的。

江郎今年 29 岁，老家在四川遂宁市。2010 年，他毕业于重点大学，学的是农业资源与环境专业。

小时候，江郎同许多小朋友一样，都有一个幸福的家庭。爸爸和妈妈在当地一所学校任教当老师，十分疼爱他。

从江郎记事起，他就酷爱音乐和舞蹈，但爸爸和妈妈不喜欢，总希望他好好读书，长大了能光宗耀祖，出人头地。家里毕竟就他一个独生儿子。

可是，江郎偏不随父母之愿。他很叛逆，父母管教越严，他越是不听。一有时间，就钻进女孩堆里，扭着屁股学舞蹈。

改革开放的大潮，波及了江郎幸福的家庭。

他爸爸坐不住了，停薪留职从学校里出来，开始下海经商。

江郎爸爸挣钱后，爱上了比他妈妈更年轻更漂亮的女人。

在他读高二那一年，爸爸和妈妈离婚了。江郎哭得死去活来。内心恨死了那个与他抢爸爸的女人。

从此，母子二人相依为命。江郎靠母亲微薄的工资，念完高中，并以优异成绩考入大学。

在大三时，为了减轻母亲的负担，他在读书的城市，开办了一个以自己名字命名的"江郎舞蹈工作室"。

这个工作室不足30平方米，上午供一个画家办培训班用，下午就由他培训一些喜欢舞蹈的孩子。一月下来，除掉开支，他能挣两千多块。

江郎尝到了舞蹈带给自己的甜头。大学一毕业，就投身到梦寐以求的舞蹈事业——到一家舞蹈学校应聘当老师。他教学生跳钢管舞、中国古典舞、中国民族民间舞、拉丁舞、芭蕾舞和肚皮舞等等，搞得有声有色，颇受校方和学生喜爱。

三年后，朋友劝他说："你的舞跳得那么好，何苦给别人打工，你自己开一所舞蹈学校不好吗？"

一语点醒梦中人。

于是，江郎一狠心，扛起了自己的大旗。他将原先大学时搞的"草台班子"——"江郎舞蹈工作室"转为正规军，跑到工商部门去申请，还注册了一个商标。

他打出自己的旗号，在当地租了一个较为宽阔的场地，大肆宣传自己并招生。声称"江郎舞蹈工作室"是一家拥有自己独特舞蹈品牌，开设舞种最为齐全的顶级综合舞蹈培训基地。涵盖爵士舞学科、风情舞学科、嘻哈舞学科、中国舞学科、国际舞学科、异域舞学科、应用舞学科七大类，细分Newjazz、Hiphopjazz、Hiphop、Breaking、钢管舞、风情艳舞、中国古典舞、中国民族民间舞、拉丁舞、芭蕾舞、肚皮舞、印巴热舞等18个舞种，还开设声乐学，专业打造女性魅力、舞蹈心理生理学、舞蹈艺术表演等与舞蹈紧密相关的课程。

陪伴

在业界本来就小有名气的他，这样一来，更是风生水起。前来学舞的人，络绎不绝。

他梦想成为中国最著名的舞蹈家。把触须伸向省城，把"江郎舞蹈工作室"开进成都一环路内某大厦，自己创作舞蹈的工作室，则设立在最繁华的闹市区。

2008年，四川发生了震惊中外的"5·12"汶川特大地震。

江郎同许多善良的中国人一样，向灾区伸出援助之手，捐款捐物献爱心。

为了帮助灾区失去亲人的孩子尽快从痛苦和地震的阴霾中走出来，他将设置在灾区的"江郎舞蹈工作室"拿出来，免费提供给失去亲人的孩子们学跳舞。

天有不测风云，人有旦夕祸福。

正当江郎事业如日中天之时，毒祸也向他悄悄降临。

2013年7月，闷热的成都，人仿佛在蒸笼里，到了晚上依然汗流浃背。

江郎带着两名舞蹈专业班的学生在成都某迪吧表演完夜场后，快12点了。一个姓李的女生喊肚子饿，提议去吃夜宵。于是，3人便来到灯红酒绿的九眼桥酒吧一条街，一边唱歌一边喝酒。

大家闹腾两小时后，另一邬姓女生邀请江郎到其住处继续玩耍。

于是，3人又来到邬的住处。

一进门，邬就示意大家赶快把门窗关好，把窗帘拉拢，并说："我们来开个会。"江郎一头雾水地问："开啥会？"邬又神秘地说："安逸得很，你等一下就知道了。"她边说边朝里屋走，从柜子里拿出一小包像白糖一样的东西和一个插了两根管子的瓶子。

"来，江老师，你吃了这个，舞会跳得更好；你编舞蹈时，会更有灵感！"

江郎很吃惊地问："这是啥东西？"

邬用手指压在嘴上"嘘"了一声，叫江不要问。

凡是对舞蹈有帮助的事，江郎都愿意去做。他听邬说吃了那东西，会增加自己编排舞蹈的灵感，便兴奋地说："那我试一试！"

邬把锡箔纸摊开，再在上面放入少许像白糖一样的东西，用打火机点燃，叫江吸瓶盖上的管子。

由于江用力过猛，第一口吸呛了。惹得两女生捧腹痴笑。

邬一边用手背擦着笑出来的眼泪一边拉过江郎说："来，我教你。跳舞你是老师，玩这个我是你师父。这东西要慢慢吸，不能像抽烟那样猛。"邬给江做了一个示范动作。就这样，江郎学会了"溜冰"。

他每次吸食冰毒后，的确很兴奋，正如他学生邬所说的，跳舞不累。慢慢地，江郎喜欢上了这东西。

任何事物都是辩证的，有舒服，就会有痛苦。在往后的日子里，江郎吃尽了苦头。他哪里知道冰毒对人体的摧残、对大脑的损伤和对神经的破坏？

每当夜深人静，江郎躺在床上，往事像电影一样，一幕幕从眼前晃过。一夜翻上千次身，也难以入睡。

渐渐地，有学生在背后议论他吸毒成瘾的事。"那么好一个老师，咋就吸毒了呢？"

有一次，他不经意中听到学生们的议论，脸青一阵白一阵，想发火，自己又没底气。因为学生们说的没错啊！

江郎像变了一个人似的，在痛苦之余，原先的自信心没有了，对任何事情，都很悲观。

好朋友汪权发现了他吸食毒品的事，在多次劝说无效的情况下，不得已告诉了江母。

当江母得知儿子吸食毒品的消息，人怎么也站立不稳。她恍然大悟：自己为照顾儿子提前内退，从老家来到成都和儿子住在一起，好端端的，儿子咋就搬出去另租房屋住呢？咋就没有引起自己警觉呢？江母充满了自责。

她心急火燎地找到儿子说："我就你这么一个娃，小时候那么乖，怎么就吸毒了呢？那是万恶之源啊！"但这时的江郎已经听不进母亲的劝告，他一边答应不吸毒，又一边偷偷地吸。母亲有时说急了，他还恶言相向，伤害母亲。

工作室还在办，舞还在跳，毒还在吸。

到了 2014 年 6 月 18 日，这天清晨，一夜未睡、万念俱灰的母亲，不得不使出"阴招"，打电话谎称自己病重，把江郎骗回家。

陪伴

"儿哪，妈给你跪下，行不？你到戒毒所去戒毒，行不？"眼泪早已哭干的母亲跪在地上，死死抱住儿子的双腿不放，泣不成声。

江郎也泪流满面，痛不欲生。他不停地挥拳猛击自己不知道疼痛的头颅和胸部，鼻涕横飞。他对不起忍辱负重、含辛茹苦养大自己的母亲。

母子俩稍稍平静后，江母忍痛割爱，拨打了110报警电话。

很快，警察赶到江家，控制住了江郎，并将其带走。

江母从自家16楼追出来，不断在心里呐喊："儿啊，你不要怪妈妈心狠，你只有戒除毒瘾，才会有未来！"

透过警车窗口，江郎看见母亲坐在地上，双手捶打大地，干号。

当天，警方将江郎送到了成都戒毒康复所进行强制戒毒。后来经检查，发现他感染了艾滋病病毒。

那一刻，江郎蒙了，眼里的天空全是黑色的。他仿佛掉进了无底的深渊。

经过一番生与死的挣扎，江郎决定：当自己无法改变命运时，就只好去适应和面对。

2014年8月21日，江郎在成都戒毒康复所教育科张杰科长的陪伴下，来到了四川省资阳强制隔离戒毒所，并被送进该所专为男性艾滋病感染病者修建的四合院——"蓝莲花家园"。临别时，张杰寄语他：安心戒毒，两年后以崭新的面貌面对未来。

在这儿，他遇上了大学校友——资阳强制隔离戒毒所第九大队副大队长张达。张警官十分同情校友江郎的遭遇，经常陪他聊天，鼓励他一定要戒除毒瘾，坚持自己的梦想——思想有多远就要走多远。

副大队长王茂当班，有事无事也找江郎谈心，了解他的内心世界和心理状况，给他讲解冰毒的危害，还关心他今后出去有何打算等等，给他许多建设性的意见。

在众民警的关心和陪伴下，江郎很快走出了感染艾滋病病毒的阴霾。

如今，江郎还担任了"蓝莲花家园"文艺表演队队长。2016年年初，他精心策划和导演的"2016年首届'蓝莲花'好声音"比赛，获得了全体戒毒人员和民警们的一致好评。此外，他为资阳强制隔离戒毒所和"蓝莲花家园"编排了10余个大型舞蹈节目。

来"蓝莲花家园"的日子里，江郎还着手写了一部名为《舞蹈》的书稿，目前已完成 14 万字，他打算写 20 万字。江郎称，该书从舞蹈的起源和编排入手，内容通俗易懂，面向大众，让每一个喜爱舞蹈的人都能读懂。

江郎很后悔，他觉得自己对不起母亲，当初没听她的话，否则自己的"舞蹈工作室"也不会停办。

为了明天，为了陪伴他戒毒的民警和母亲，江郎说他永不言弃。等他戒除毒瘾后，不再开办"江郎舞蹈工作室"，而要开办"江郎舞蹈艺术学院"，把美好的舞蹈舞姿传遍人间。

他还说："毒海无边，回头是岸。"

第四节 帮教感化：击中他绝望的"软肋"

2012 年，51 岁的明建勇强戒满期回归社会，通过四川省资阳强制隔离戒毒所积极协调，在当地司法部门和社区大力帮助下，他拥有了人生中第一份正经工作——街道保洁员。

对于现在的生活，明建勇十分满足，社区为他办了低保，买了医保，他靠双手养活自己，兄妹互相关心。有时，被好奇的同事问起以前的事，他总是淡淡一笑："那时，干了许多荒唐事。"

回望自己走过的路，明建勇思绪万千。

他出生在"酒都"宜宾市，兄妹五人及无业的母亲，全靠父亲微薄工资生活。父母将希望寄托在他身上，读完小学，父亲猝死。明建勇被迫辍学，跟随邻街的几个哥们闯荡"江湖"，开始偷摸扒窃。

1980 年年初，明建勇因盗窃罪被判有期徒刑 7 年，服刑期间，因年轻气盛、打架斗殴又加刑 1 年。青春在牢狱中悄悄流失。刑满释放后，明建勇感觉外面的世界全变了，他恐慌、孤独和自卑。

通过家人介绍，25 岁的明建勇与一位女孩从相识到谈婚论嫁，对方提出要彩礼，他毫不犹豫地答应了，随即南下打工挣钱。

因无特殊技能，又不愿下苦力，现实生活的压力与婚姻危机让他决定"东山再起"，重操旧业——偷窃。

两年中，明建勇整日提心吊胆，为挣到女方提出的嫁娶金额而频繁"下手"，可还是没能积攒够。正当他在为彩礼"拼搏"时，又接到女方另寻人家的消息。

他痛恨生活戏弄，抱怨世界不公平。

苦闷和彷徨，占据了他的内心。昔日狱友邀他一起"挣大钱"，他立即答应。

一次，在贩毒途中，明建勇被公安机关当场抓获，被判有期徒刑 12 年。为此，母亲气得一病不起。唯一关心他的姐姐，发誓与他断绝姐弟关系。

明建勇第二次刑满释放，已过不惑之年。他找不到就业渠道，更无安身之处。再一次干起了偷盗的营生。其间，还染上了毒品。

2013 年 12 月 14 日，明建勇因吸毒被送四川省资阳强制隔离戒毒所进行戒治。

他意志消沉，情绪低落，因身体原因，大队将其送进医院进行治疗。回队后，因年纪较大，又患有二级高血压，大队研究决定将他分到制鞋车间出型组打扫卫生。

五大队主管警官秦雪松按照矫治要求，反复查阅其档案资料、深度个别谈话，了解明建勇的过往，并指派 2 名戒毒人员，24 小时"包夹"照管，建立了《重点人员个案矫治手册》，制定了明建勇教育矫治方案和分阶段实施计划，并报大队审核备案。

"矫治方案中，把明建勇的教育康复分为生理治疗、心理治疗、认知矫治、行为矫治和家庭及社会功能复原矫治五大板块。"秦雪松在大队研究时，提出了自己的矫治思路。

大队长方纯龙当即拍板："好，就这样干！明建勇身体要随时监控，发现异常，立即送医就诊！关键是想办法，让他开口，消除对民警的敌意，再进行引导教育。"

有了戒治思路，大队民警迅速集结，打响了针对明建勇重点人员个案矫治的"战役"。

在一个阳光明媚的上午，秦雪松来到大队宿舍，找到明建勇。

"我们今天来聊一聊。我是你的'垃圾桶'，想说什么尽管说。"秦雪松将他叫到身边，拉出一张椅子，让其坐下。

"没啥说的。"明建勇心想，这种"攻心"伎俩，对他没用。

秦雪松开始向他询问病情，鼓励他积极戒治。明建勇闷声点头，不吭气，对所有民警充满排斥。

2014年9月22日晚7时许，全队集体收看《新闻联播》，明建勇突然喊头痛，身体不断抽搐。大队民警紧急将他送往资阳市第一人民医院救治，诊断结果为突发性脑溢血。

明建勇从重症监护室转至普通病房后，大队民警轮流守护，帮其翻身、擦洗，倒屎倒尿。

明建勇在心语周记扉页上写道：活着本身就是一种幸福，生命的续集始于知天命之年。

从此，这个曾经的"闷葫芦"开窍了。

后来，他对待民警的谈话，有问必答，偶尔还主动找人交谈，按时将一周的学习、生活、感受以及病痛、烦恼与快乐，以周记的方式记录下来，及时交到大队。每到一个月，秦雪松针对他性格偏执的问题，联手该所心理矫治中心，采用个别谈话、心理咨询等方式，做其思想教育、情绪疏导和心理辅导等。同时，每季度，大队教育矫治质量评价小组对他进行研究、汇总，将涉及明建勇个人的问题，实施个别矫治。

怎样帮助明建勇改变违法犯罪时的认知结构呢？秦雪松首先从强化禁吸戒毒知识体系教育入手，汇合《禁毒法》《戒毒条例》等认知教育，让明建勇深刻认识毒品，了解关于吸毒、贩毒的相关法律法规。在行为复原矫治上，大队从最简单的生活细节抓起，制定详细的一日生活卫生规范和行为守则。与此同时，对明建勇进行广播体操训练，选送他参加团体辅导、大课学习等集体活动，增强其集体主义观念。

明建勇逐步融入强戒生活，但心中仍有一块阴影，谁也不愿提起，他在周记中写道：

年轻时，我梦想改变世界；成年后，我梦想改变人生；进入老年，我只想改变一下亲情，但这也不可能了。当行将就木时，我突然意识到：如果一开始我就去改变自己，有可能改变家庭，甚至影响亲情。这是我余生的唯一愿望。

这一信息，为大队民警提供了莫大的帮助，简短的文字，透露出明建勇一直渴盼家人的关爱，但兄妹的疏离，让他站在了亲情的边缘。

大队领导及管教民警秦雪松多次通过电话、走访等方式，反复做其兄妹的思想工作，让他们到所与明建勇见一面。

"秦警官，我能理解家人的感受，虽然他们不愿来见我，但我会用实际行动来证明，达到兄弟姊妹谅解我。"明建勇强戒期满时，他说，回归社会后，将用余生，努力挽回亲情，保持操守，决不复吸。

他向秦雪松深深鞠躬，向戒毒所陪伴他的民警深深鞠躬。

戒毒誓词又在天空中回响：

我愿意接受强戒隔离戒毒，我决心：
坚定信念，恪守承诺；
接受洗礼，拒绝毒品；
为了身心的健康，做合格公民；
追求生命的尊严，让我们从痛苦中觉醒；
在欲火中重生，勇敢面对人生挑战；
自尊自爱，从头再来！

第五节　女子戒毒所里的另类"橄榄枝"

为使戒毒人员提高戒治积极性，四川省女子强制隔离戒毒所采用"常青藤戒毒模式"，对戒毒人员实行"分类编队、分期截止、分区管理、分级处遇"四分管理办法，经过常青藤孕育期（脱毒期）、成长期（康复期）、延伸期（巩固期），实现戒毒人员正常回归社会。

在女所六大队，戒毒人员王琳琳经过三个月的脱毒期后，通过考核队列、队操"所规队纪"3分钟叠"豆腐块"被子及心理测试等综合诊断评估，进入康复期。她将被分到一至四大队中的其中一个大队，进入生理脱毒和体能康复阶段，最后进入巩固期，帮助她走完所有的戒治过程。

然而，王琳琳却意外地一直留在了六大队，并担任该队队列训练员。不同的人生，有着不一样的道路和归宿。

王琳琳是第一代独生子女，于 2000 年应征入伍，穿上了梦寐以求的绿色军装。5 年的部队集体生活，锻造了她的忠诚和担当精神，由于组织能力较强，主意多，每逢八一建军节，部队领导都让她策划和编排节目，与战友们欢庆属于自己的节日。

退伍转业的王琳琳回到老家德阳罗江县，谋求了一份安定的工作。与男友闪婚生子，体重从原来的 90 斤飙到 140 斤，身材走样，加上生活平淡无味，王琳琳变得狂躁起来。

2010 年 9 月，天气异常闷热。王琳琳在电话中与外地做工程的丈夫张俊大吵一通，找到"朋友"诉苦。晚饭后，二人去 KTV 疯狂。

王琳琳抱着"吸毒能减肥"的心理，第一次吸食了冰毒，并日渐痴迷。她担心一同居住的父母知晓此事，便特意在外租房，以方便自己吸食毒品。"朋友"们经常光顾。大家在出租房里打麻将"喝酒"吸烟，累了就吸冰毒，直至天亮。

王琳琳开始夜不归家，日渐消瘦，皮肤黑黄，引起了父母的注意，劝她去医院检查，但她每次都以工作忙为由，搪塞过去。

"琳琳，娃娃才 3 岁，身体要紧呀。"在机关单位上班的母亲，忧心忡忡。

已被毒品掐住灵魂的王琳琳，性情暴躁，火冒三丈，莫名其妙地冲母亲一阵狂骂，摔门而去。

丈夫每月给的生活费，远远满足不了她的消费。王琳琳瞒着父母，辞去工作，和"朋友"一起在外放高利贷获取毒资。

几个月后，在外打拼的丈夫张俊回家了。

"老婆，现在工程不好做，我们要省着花钱，今后娃娃还要读书。"张俊整理着衣柜，好心劝说。

王琳琳瞪了他一眼，一声不吭，"咕噜咕噜"地猛喝着水。

见妻子不吭声，张又说："你在外面吃'悬钱'，我听人说……"

"啪"一声，王琳琳将玻璃水杯砸在地上，大吼："谁在背后胡说，我找人'修理'他！"

性格温和的张俊见她大发雷霆，立即安慰："我只是听说，你别生气。"

王琳琳坐在沙发上，心头烦躁，人在家里，魂却飘到了屋外。她拿起包，去了出租屋。又是一个亢奋的夜晚。

2015年7月，王琳琳邀约朋友在KTV包厢打麻将，因吸食冰毒被当地公安机关现场抓获，9月9日送往女子强戒所强戒。

王琳琳退伍多年后，又过上了"集体生活"。她在强戒所虽然不说话，但一举一动难逃民警的"法眼"。

民警了解到，为照顾孩子和双方父母，王的丈夫张俊在老家目前以开出租车为生。

民警们决定对王琳琳采用亲情感化，帮助她适应新环境，重塑健康的心理，摆脱毒魔。

六大队大队长邓冬梅来了。

"你老公不容易，在家又当爹又当妈，你要珍惜啊！"邓语重心长。

"我对不起他……"王琳琳说。自己以前苟活在烟雾里，将家庭抛之脑后，从未履行一个女儿、母亲及妻子的责任。

每当8岁的儿子问及她的去向时，双方父母怕影响孩子学习，统一了口径编织了善意的谎言：妈妈学习成绩不好，在学校念书。

"两年的强戒，时间太长，我担心孩子早晚有一天会知道我的事儿。"王琳琳拉扯着头发说。

"如果表现好，积极戒治，可以提前解除强戒。"邓冬梅鼓励她。

根据王琳琳从军经历和家庭的信息反馈，大队民警通过研究，并报请所部批准，同意王担任入所大队队列训练员。

王琳琳心存感激。

信任就是责任。在对新入所戒毒人员的队列训练中，王琳琳拿出训练新兵的作风，要求戒毒人员踢腿如风，砸地有坑。一个动作没到位，全部重来。如果第二次训练还未达到要求，她就惩罚对方打扫卫生或抱头做下蹲。

训练在一柔一刚中进行。王琳琳将大众耳熟能详的军歌歌词进行改编，训练休息时，一起歌唱未来美好新生活，增强戒毒人员信心。

2016 年 3 月 30 日，女所举行队列比赛，六大队获得了第一名，这也是该队有史以来的第一次队列获奖，所有民警使劲鼓掌。邓冬梅伸出右手拇指，点赞王琳琳说："你为大队争了光，做得好！"

随后，王琳琳又担任了互监帮扶小组组长。

新入所的戒毒人员时常犯病，为躲避各项训练，部分人员绞尽脑汁装病。刚入所的戒毒人员王珍，一出宿舍门就喊头晕，她在队列训练中摇晃着身子，两眼往上翻白。王琳琳不动声色，看她如何演戏。一会儿，王珍一屁股坐地上，又缓缓躺下。

"快，背她到所部医院看病！"民警赵洋站在队列旁大喊。

"报告警官，她眼皮在动，是装的！"王琳琳原地不动，很气愤地说。

"不管装不装，先送到医院再说。"赵洋迅速背起王珍，一路小跑到所部医院。经医生检查，王珍的身体一切正常。

王琳琳认为，王珍利用民警的善良，躲避训练是欺骗行为。她迅速向大队申请做王珍的"包夹"工作，为其"治病"。

"你和我都姓王，是家门。你身体不好，我们坐下来，先学习所规队纪。"王琳琳轻声细语地对王珍说。

在学习和背诵《新行为规范六条》《戒毒人员手册》《八禁止》《四不准》时，王琳琳又对王珍上了一回"思想道德"教育课。

"亲，人要有荣辱之心，要有集体荣誉感，"见王珍掐着手指，王琳琳继续开导，"大家进入女所，穿着同样的服装，就是一家人，不能因为某一个人，使大队丢脸。"

"我真的生病了。"

见王珍仍不承认装病，王琳琳一针见血地指出："你骗得了她们骗不了我。因为你是屁股先着地，真正晕倒是整个身体全部倒，而且医院仪器不会出错！赵警官看见你倒地，脸都吓白了！"

"训练太累了，我心想能躲就躲，没考虑到警官的感受。"王珍向王琳琳承诺，今后决不干这种丢人的事了，自己一定专心戒毒。

王琳琳满意地笑了。

王珍也笑了。

第六节　一个民警与戒毒者的对话

从警 3 年多的卓亮是四川省攀枝花市强制隔离戒毒所一大队较年轻的民警。2016 年 4 月 27 日下午,他带着戒毒人员在操场上训练。休息期间,他看到几个戒毒人员在一旁有说有笑,于是走过去和其中一个戒毒人员聊了起来。

"报告警官,有何指教?"今年 35 岁的戒毒人员王荣田做了一个标准的立正姿势。他 2001 年开始吸毒,已三戒三吸了,2015 年又被送到戒毒所执行强制隔离戒毒两年。

"我想问问你,在戒毒所第一次戒毒出去后,隔了多久又复吸了?"卓亮对他三进三出戒毒所的事,早有耳闻。

"报告警官,两个月之后,又开始复吸了!这不,刚一复吸又被抓到,送到这儿来了。"王荣田有点不好意思地笑着。

"怎么那么快,你对戒毒所还真产生感情了?"卓亮见他尴尬,幽默地说。

"怎么可能?在这里待着的人,哪个不想出去?唉,都是因为这口烂毒,把我害惨了。"王荣田不那么紧张了。

"既然你都觉得吸毒不好,为什么又复吸了呢?出去没找到工作做?"

"第一次戒毒出强戒所,哥哥替我找了一份工作,收入每月三千多块,我干了一阵子。"

"多好的一件事呀,哥哥那么关心你,又替你找到了工作,比我工资收入都高啊。"

"这哪能和您比?我没本事,没手艺,也没技术,工作很累,钱又挣得不多。"

"干什么工作都辛苦,苦点累点算什么?好歹你有个工作做嘛,人要知足!"

"是啊，刚开始我也是这样想的，但和我那些朋友比起来就差远了。我每天累死累活地干，才三千多块，他们'放水'（放高利贷），'带人'（带小姐），一个月就拿几万块，还不累。时间长了，我心头不平衡。有一年吃团年饭，亲戚朋友都对我指指点点，背着骂我是'烂杆'（不务正业），我心里很不舒服。既然他们都这样骂我，干脆就烂下去好了。过完年，我就到广东那边跟朋友一起'放水'和'带人'去了。"

"这样'赚钱'很轻松，在我们圈子里被称为混'娱乐圈'，许多人都离不开！"一个陈姓的戒毒人员站在一旁开玩笑说。

"你们这样想和这样做就不对了，人应当走正道，靠本事挣钱。"卓亮发现在场的戒毒人员都有感同身受的表情。于是，他又对大家说："你们这种想法，非常错误！你们知道自己为什么来这儿？为什么？就因为你们有这些欲望和不正确的想法！"

"警官批评得好，我今后再也不做那样的事了！"王荣田又做了一个立正姿势。

"不是批评的问题，凡事你们要多用脑子想想，什么事能做，什么事不能做。"卓亮用手，指了指自己的头。

"是！"王荣田再一次立正，简单地回答。

"我们聊了半天，你到底是哪里人哟？家里还有什么人呢？"卓亮笑了笑，关心地问。

"报告警官，我是攀枝花人，家里还有一个妈妈和一个女儿，哥哥在成都一家公司上班。老汉早年出车祸死了。"

"那你爱人呢？"卓亮皱起了眉头。

"我们早就离婚了。她哪里愿意跟着一个瘾君子？"

"女儿多大了？读书没有？"

"10岁了，在读小学五年级。"

"想她吗？"

"咋不想呢。我经常在梦里梦到她，人又长高了。"说起女儿，王荣田笑得很甜。这毕竟是他希望的全部。

"为了女儿，你要好好戒毒，争取早日戒除毒瘾，从这儿走出去，再也不要进来了。"卓亮看到了王荣田人性的闪光点。

"好的,谢谢警官鼓励和帮助!我走了。"休息时间一到,王荣田再次做了一个立正姿势致谢,然后抬腿收腹,小步跑向训练场。

卓亮望着他远去的背影,心潮起伏。他想:作为一个基层戒毒民警,在工作中深刻感受到戒毒人员复吸问题的严重性,自己应该为他们做点什么?通常对外因(社会歧视,社会帮扶体系不完善,戒毒人员就业困难等)进行研究和分析,却忽视了他们自身问题的探究,民警该怎样走进他们的内心呢?

他觉得,一个戒毒民警,首先应当按"常青藤戒毒模式"中重点强调的"以人为本"理念,走进戒毒人员的内心,帮助他们戒除毒瘾,早日回归社会。

第七节 "大侠"和"猴子"的转化

玉羊捷足归栏去,大圣腾云降福来。

为给戒毒人员一个欢乐而祥和的中国年,四川省攀枝花市强制隔离戒毒所张灯结彩,喜迎 2016 年新春佳节。在春节文艺会演中,全所民警和戒毒人员欢聚一堂,其乐融融,沉浸在浓浓的年味里。

台上,你方唱罢我登场。戒毒人员周立明飞舞着空袖子,很兴奋;李伟在一旁,左右摇晃,上蹿下跳。两人的小品表演,配合得天衣无缝,引来台下阵阵喝彩。二大队教育民警沈永恒看着二人组合,记忆又把他拉回到去年的仲夏。

那是一个闷热的午夜。攀枝花没有一丝风。

民警办公室里,灯火通明,烟雾弥漫。

沈永恒拿着一份资料,焦头烂额。他点燃一支香烟,猛吸两口,来回踱着步子。烟圈慢慢扩散。"啪"的一声,他将资料拍在办公桌上,抬头望向窗外,一片漆黑。

从事强戒工作 3 年多的沈永恒,日夜奋战在戒毒前线,教育挽回不少戒毒人员。但这次,他却碰上了两个"老大难":一个是戒毒人员周立明,他因筹集毒资偷电线，遭触电，失去了一只胳膊，其他戒毒人员对照《神雕侠侣》里的杨过外形，为其取了一个"大侠"的绰号；而另一个则是因患小儿麻痹症，导致左腿弯曲，走路一瘸一拐的李伟，人称"猴子"。二人性格迥异，大侠像一团烈火，随时和他人发生矛盾和冲突；但猴子则像一座冰山，几乎与人零交流，几天不说一句话。

由于他们肢体残疾，遭遇过歧视的眼光和毒品的摧残，存在着很大的心理缺陷，所领导及民警特别关注二人，尽量给予他们更多的关心和帮助。

作为大侠和猴子的教育民警，沈永恒这个"师父"遇到了新问题，与两人谈话不计其数，但他们就像厕所里的石头，又臭又硬，软硬不吃，且从不服教。

"我知道戒毒很难，但也要端正态度。"沈永恒对二人说。

"沈警官，您不用管我们，都这样子了，我们就不劳您费心了。"周立明敷衍着回答。而李伟则耷拉着脑袋，死活不吭声。

沈永恒再一次在谈话中战败。

随着"常青藤戒毒模式"的推广、实施，沈永恒每周对戒毒人员开展课堂化教育，授课内容涉及戒毒、文化、心理、卫生、康复、劳动等多个方面。

但沈永恒发现，每次上课，周立明与李伟都挪到教室的最后一排，他在台上讲，两人在台下做各种小动作，尤其是周，仿佛全身有跳蚤，一会抠耳朵，一会儿又挠头皮，全身摸遍，授课内容一点也听不进去。经观察多次，沈决定将他们安排到离自己最近的两个座位上。

一开始，两人极不耐烦，沈永恒也不放过他们。讲课时，眼睛迅速扫描课堂，然后每讲一句重点，就盯着他们，用眼神告诉对方"好好听讲"。

慢慢地，两人皮不痒了，开始注意听课了。

有一次课堂上，沈永恒向大家提问，没有一个人举手回答。他看了看身旁的大侠，微笑着说："周立明，请你来试着回答一下。"周表情惊愕，扭扭捏捏地站了起来，挠了挠头，回头茫然地看了看其他人，然后，又按住另一端的空袖子，紧咬着嘴唇，低头不语。

"不要紧张，你结合自己的想法回答，答错了也不要紧。"沈鼓励道。

周立明"哼哼唧唧"地挤出一串话，离正确答案相差十万八千里。

"很好，请坐。"沈率先为其鼓掌。

公布正确答案那一刻，周立明坐在位子上，像触电一般，瞪圆了眼睛，一脸惊讶。

在接下来的几节课里，沈永恒以类似的方法，又对猴子李伟进行授课。

从那之后，每次上课，大侠和猴子都自觉蹿到教室最前面，认真听讲，二人居然还做起了笔记。

自信和新生在他们内心，悄悄萌发了。

临近春节，一年一度的文艺会演提上了日程，其他节目迅速进入排练阶段，唯独语言类节目迟迟未敲定。

沈永恒急得团团转，抓破了头皮，也没想出好方案。无奈之下，他召集队里的全体戒毒人员，进行简短的动员。

房间里，鸦雀无声。

沈永恒抿着嘴，面容里，透着几分焦急。

正当他准备下令解散时，一只手缓缓举了起来。

沈永恒定睛一看，好家伙，是周立明！他站起来，全体人员的目光齐刷刷地投向他，更令人惊讶的是，李伟也跟着站了起来。

他们先低着头，突然两颗浑圆的脑袋一抬，异口同声地说："我们想参加春节文艺会演。"

沈永恒心中，一股莫名的感动涌了上来，喜不自禁。

在接下来的日子里，两人投入到紧张的排练中，且相互纠正动作，在他们脸上露出了少有的专注。

演出结束，周立明和李伟擦着汗，像讨赏的小孩，跑到沈永恒跟前。

"沈警官，怎么样？打个分吧。"周立明笑嘻嘻地说。"师父打分天经地义。"李伟在旁边不住地点头。

"100分！"

沈永恒看见，他们在接受身体的残缺时，还能正视自己过往的错误，实属不易。

如今，大侠和猴子，天天都泡阅览室。

第八节　技能培训助他们蜕变

远山逶迤，连绵起伏。

位于西南川、滇交界的攀枝花市，是全国唯一以花名命名的地级市城市。这里，常年阳光普照，花香四溢。每年3月，攀枝花一团团、一簇簇绽满山头，如同火红的号角，仰天长鸣。攀枝花市强制隔离戒毒所的民警，就钟爱这片红色。

这里的民警，同其他司法行政戒毒民警一样，忠于职业。他们想戒毒人员所想，急戒毒人员所急，真心为戒毒人员谋划美好人生。

今年42岁的戒毒人员张刚，是土生土长的攀枝花人，他曾经是一名货车司机。

2014年，全国掀起一场"飓风禁毒行动"，张刚因吸食海洛因，被当地公安机关现场抓获，吊销其驾驶执照，送入攀枝花市强制隔离戒毒所执行强戒。

没几天，张刚产生了厌世情绪，民警们根据"常青藤戒毒模式"，对其开展戒毒治疗、心理矫治、身体康复训练等教育。临近强戒期满，他不仅长出了小肚腩，而且还获得了国家认可的初级焊工类职业资格证书。

"强戒的经历，让我更加懂得'远离毒品，珍爱生命'的真正含义。"张刚捧着证书说，"我终于从'鬼'变回了人。"

2015年7月的攀枝花，天空蔚蓝，没有一丝云彩，太阳将大地烤得滚烫，让人透不过气。

二大队习艺车间内，巨大的降温设备，送来阵阵凉意。张刚和其他戒毒人员一起，在各自的坐位上，双手绕着线圈，快速且专注。

此时，一个熟悉的声音在车间内响起。张刚抬头一看，27岁的民警沈永恒衣襟浸湿，额前冒着豆大汗珠。

"大家请放下手里的活，听我说几句。"沈永恒缓缓走到车间中部，介绍说，从2010年开始，在攀枝花市人力资源与社会保障局的支持和帮助下，所部与市建筑工程学校合作，开展电工、焊工等职业技能培训课。2012年10月26日，双方签订了《禁毒戒毒帮教协议》，以服务社会为宗旨，对戒毒人员进行职业技能培训，现已开展12期。

"报告警官，我从来没学过手艺，这个难不难？"

"沈警官，我没经济来源，要交多少钱？"

"我最怕学文化了……"

……

"这些都是就业形势相对较好的工种，我们这次培训课，主要针对积极接受戒治、表现优秀的学员，是对他们的一种奖励。从开始上课到拿证书，全部免费。"沈永恒擦着汗说。

"技多不压身，学一样手艺，比打小工强。"沈永恒紧接着指了指窗外说，"2000余平方米的室外教学用场，可供实习操作训练。"

"大家不用担心，理论与操作，应有尽有，并且有专业老师指导。"沈永恒为动员戒毒人员参加技能培训课，积极解释大家若干问题。

张刚不吭声，心里打着算盘：一技防身，回归后才能生存，何乐而不为。他缓缓举起右手说："报告警官，我要报名考焊工。"

"好的！张刚报名了，还有谁？"沈永恒认真记下名字，抬头又问。

整个车间寂静无声。突然，大家又纷纷举起手要求报名。

经过层层筛选，逐项对比日常考核，二大队民警连夜从报名的戒毒人员中，挑选了4人学习砌筑工技能，14人学习焊工技能，并逐级上报名单，进行审核。

第二天晚讲评时，二大队大队长周方来公布了初选名单，张刚名列其中。

"没选上的人员，不要灰心，强戒所里学不到，回归后，也能学，机会多。"周方来安慰大家说，"选上的学员，也不要骄傲，好好准备，一定要认真学习，不能给二大队丢脸。"

2016年2月16日一早，张刚与学习焊工的戒毒人员，从民警手中领来工作服、防护用品、书籍等职业培训相关物品，安静地在戒毒人员教室等待上第一课。

早晨9点半，一名文质彬彬，戴着眼镜的中年男子，走进教室，并自我介绍说，他名叫文华东，是攀枝花市建筑工程学校的老师，在接下来的日子里，将针对焊工类的理论知识、实际操作，进行授课。12节理论课后，张刚等戒毒人员又来到管理区外的职业教育实训点，进行实际操作。

在文华东老师专业、仔细的指导下，经过 15 课时的实操训练，全所参加焊工职业技能培训 20 名戒毒人员，熟练地掌握了技术要领、重点、难点及安全注意事项。

3 月下旬，张刚迎来了人生的第一次大考——职业技能鉴定考试。

经过焊工理论知识和实际操作两项鉴定考核，张刚成功通关，获得初级焊工类资格证。

截至 2016 年 4 月，攀枝花市强制隔离戒毒所与攀枝花市建筑工程学校合作，开办戒毒人员职业技能培训班共计 13 期，参加培训人员 217 人，前 11 期 181 名参培人员中，153 人已通过职业技能鉴定考试，并取得了国家认可的初级职业资格证书，获证率达 84.53%。

第六章

亲 情

举一头白色火焰
在冬天，在那些晶莹透明的
像盐一样的颗粒里燃烧
母亲倚门叹息黄昏的声音
把迷途的儿女们牵引

多少个不眠之夜
那亲情的温水和甜美的回忆
就这样，活动在日渐衰老的皱纹里

第一节　"老江湖"戒毒与民警过招

有 21 年吸毒史的谭鹏，因注射海洛因，四肢布满黑色的硬结疤痕，且终生无法消退。2016 年 1 月，他第七次被公安机关投送到攀枝花强制隔离戒毒所进行强戒。

4 月的攀枝花，气温升至 33 摄氏度。

四合院式的二大队，叶色葱茏。棕榈树张开宽大的"手臂"，向四周延伸，民警们栽种的几十种热带多肉植物，扎根在小花盆中，如大自然的精灵，与戒毒人员同呼吸，共命运。

清晨的空气，荡着青草香味。迎着第一缕曙光，二大队戒毒人员跑步到操场，整队集合。

按照惯例，二大队早讲评第一项是民警的"天气预报"。

"气温越来越高，请大家注意防暑降温，记着多喝水。"大队长周方来叮嘱戒毒人员，如身体不舒服，应立即向民警汇报，切勿强撑。

20 世纪 90 年代末，攀枝花所收治的人员 80% 是瘾君子。

1998 年，谭鹏 27 岁，周方来 22 岁，他们都是新人——一个是第一次被劳教的吸毒人员，另一个则是刚入职的司法民警。

谭鹏性情古怪，像一只刺猬，让人无法接近，稍有不顺心，他立即炸起全身的"刺"，与其他人员发生抓扯。

大队领导将这个"刺头"交由周方来管教，熟悉如何与刁钻型人员接触。

"这是一个家，同吃、同住、同劳动，何必把关系搞得那么紧张？"首次与谭鹏谈话，周方来抛出"家"的理念。

谭鹏心想，初出茅庐的小子，竟然教育起"老江湖"来，他心头盘算着如何与周"过招"，让其难堪。

"警官，道理谁都懂，你又不了解我。"谭鹏挑衅道。

"1971 年出生，初中文化，籍贯绵阳市，三年前，定居攀枝花，以倒卖钢材为生。"周方来说，"你的基本情况已刻在我心里，我希望你能敞开心扉，我们真诚交流和对话。"

谭鹏低下头，掐着指甲。他心想："眼前这警官，还真有点厉害。"

卤水点豆腐，一物降一物。

在两人第五次谈话时，周方来特意脱掉警服，换上便装。

"找准位，定准位！我们虽然身份不同，但人格是平等的。"周方来说，"今天，我们不分警察和劳教学员。大家有啥说啥。"

平等的对话，让谭鹏心里肃然起敬。

一个月后，周方来拔掉了谭鹏身上的"刺"，成为无话不谈的朋友。

2010年1月，攀枝花市劳教所增挂了"攀枝花市强制隔离戒毒所"的牌子，谭鹏成了这里的常客。他的两个哥哥，也因吸毒，数次被公安机关投送到这里强戒。

兄弟三人，好似一根藤上的蚂蚱，你回归，我强戒，无限循环，人称"谭氏三剑客"。周方来不管在哪个大队任职，都能见到其中一人，且他们的身体、家庭等情况，均了如指掌。

一次，谭鹏强戒期满回归，发现母亲双手微颤，经医院诊断，谭母患有帕金森综合征。

多年来，谭鹏因吸毒，债台高筑。如今，母亲有病，自己却身无分文。他向亲朋好友筹借，均遭拒绝。他盯着手机里储存的100多个电话号码，不知道打给谁。

一个熟悉的名字从脑海中闪现——周方来，他像抓到一根救命稻草，立即拨通了他的电话。

"周队，我遇到困难了……"谭鹏支支吾吾，怕周方来拒绝。

"啥事？你说！"

"我母亲病了，但没钱医治。"

"你别着急，我一会儿到你家来。"

"铃、铃、铃……"半小时后，周方来在电话中，火急火燎地说："我到你家楼下了。"

周方来气喘吁吁，大汗淋漓。他跑到谭家，从包里掏出一个装有2000元的信封，交到谭母手里："老人家，先看病，其他事您别操心。"

谭母双手合十，老泪纵横，万分感激。后来，老人到所里探访儿子，扭伤了腰，周方来派专车送她回家。临走时，他叮嘱护送的民警："老人下车，一定要把她搀扶送进家门才算完成任务。"

2012 年 7 月，周方来前往四川省凉山州木里藏族自治县综治办，援藏挂职两年。其间，谭鹏常常站在戒毒所宿舍的走廊里，将目光投向左侧的民警办公楼，而后，又望向远方。

周方来将"有困难找民警"挂在心里，用真情和温馨，践行使命。

二大队有 30 多名"三无"人员，缺少生活用品，只要打报告，大队无偿给予。2015 年春节，周方来还特意为他们每人发放了 50 元"红包"。

在周方来的带领下，二大队民警将大队当家，把戒毒人员当亲人一样陪伴。

副大队长卢笙半夜替戒毒人员盖被子；戒毒人员阿措不慎崴伤了脚，民警江科不怕脏，为他涂跌打损伤药，进行揉搓；年轻民警沈永恒组织戒毒人员搞文艺节目，排解烦闷……

为确保场所安全，大队实行两班制，7 位民警为一组，连续工作 48 小时进行换班。全天 24 小时，他们端着巡更仪 24 次对大队宿舍、厕所、习艺车间、教室等 7 个点进行巡查。

谭鹏看见，在所部领导及民警的努力和帮助下，戒毒人员逐渐走出阴霾，建立回归信心。

攀枝花强戒所在米易县设立攀枝花市首个"戒毒指导站"，利用社会资源，形成禁毒戒毒合力，真正实现对戒毒人员管理的无缝隙对接，降低了复吸率；"文化月"里，戒毒人员诵读经典，感悟人生。他们通过一首歌、一张卡片、一份计划、一次沟通，感恩父母；"回归季"中，攀枝花市东区紫荆花艺术团团长赵光灿老人与民警们多方奔走，与当地民营企业——天河洗煤厂达成合作意向，接收安置回归人员；邀请四川机电职业技术学院心理健康中心专职心理教师方利贞，来攀枝花强制隔离戒毒所开展"市民讲坛"，向戒毒人员传授"敬人、自律、适度、真诚"的原则等理论知识，现场演示站姿、坐姿、接打电话、待人接物的标准动作。

"回归后，有什么打算？"一天，周方来问谭鹏。

"我想永远留在这里，你信吗？"谭神秘地笑着。

第二节 吸毒女在强戒所写给爸妈的一封信

爸爸妈妈：您们好！

今天是猴年春节，我们大队张灯结彩，很喜庆。菜特别多，也比平时香，我吃了不少。晚上，我们大队还搞了"联欢晚会"，每人唱一首歌。我唱妈妈小时候教我的儿歌，好多人都听哭了。现在，我回到宿舍给您们写这封信，说说这里的情况，好让您们二老放心。

算来，我到四川省女子强制隔离戒毒所已经一年多了。在这个大家庭里，有许多事情让我感动。

去年12月18日晚上10点过，我们大队有一个叫阿花的彝族戒毒人员突然喊肚子痛。当时，她痛得在地上打滚。大队民警知道后，立刻带她去所部医院治疗。过了半个小时，大队民警又接到医院通知，告知病员病情在所内无法得到控制，疑似急性阑尾炎，需要连夜送往所外医院进行急诊。

大队民警立马作出决定，由两位民警带上互助委的我，前往所部医院坐车，将阿花送到所外医院就诊。

那晚天气特别寒冷，哈出来的气都有白色的圈雾，警官们穿着单薄的警服。半路上，阿花痛得呕吐不止。车内气味难闻，警官们忙着找口袋和卫生纸，连眉头都未皱一下。

在前往医院的20多分钟的车程里，我看见警官们一直不停地给阿花加油，陪她聊天，试图用这种方式缓解她的疼痛。

好不容易，我们赶到了市第二人民医院的大门口，当我们扶着阿花下车时，我意外地看到还有另外两名大队民警早已等候在此。她们鼻尖和脸颊，在风中冻得微微发红。我心里那种感动，无法言表。

由于我们身份特殊，享受了医院的绿色通道，经过事先联系挂号的专家确诊，阿花患了急性阑尾炎。

紧接着，交钱、打针、输液、住院，一个个警官忙前忙后，阿花住进了住院部大楼。医院决定第二天给阿花做全面检查，再最终决定是否手术。

忙碌了大半个晚上，阿花在输液中伴随着阵痛入睡。看着她的样子，警官们终于松了一口气。我以为她们这下可以好好地休息了，但她们在这个寒冷的夜晚，连眼睛都没有闭一下，守在阿花的病床前，继续忙这忙那。

我看见两位已经累得不行的民警，心里感触很多：谁会在你生病难受时，彻夜守候，时刻为你盖被子，关心你输液瓶里的液体输完没有？我想，除了最亲的家人和朋友，应该不会有其他人了，更何况我们是因为吸毒被抓来的违法者。也许两年戒治期一过，出了戒毒所大门，谁也不再认识谁；也许在她们心里，这仅仅只是工作而已。可我却突然觉得有什么东西温暖着我。

那一刻，我在心里默默地感激她们，替阿花，也替自己。

终于熬到天亮了。我们用轮椅推着阿花，不厌其烦地一层楼一层楼地跑去抽血、化验、照片，做各项相关检查。医生在看完各项报告单，决定当晚对阿花进行手术。上午，我们大队长也来了，她来到阿花的病床前，开导她，让她放心，给阿花讲手术后注意事项。同时，她还带来了一个令人振奋的消息：大队民警联系到了阿花日思夜想的儿子和丈夫，他们正在赶往医院的路上。当时，我看见阿花眼泪长流。她用最简单的汉语说着"谢谢警官，谢谢警官"。

当晚，大队长在手术同意书上签字，阿花在警官们的鼓励声中被推进了手术室。与此同时，由于身份特殊，我也随另外一名警官返回了戒毒所。

阿花手术非常成功。警官们还为她请了护工专门照顾。第二天，阿花的儿子和丈夫来了，只可惜我没有亲眼目睹那温馨的一幕。不过，通过这次外出，我已经收获颇多了。

爸爸妈妈，在戒毒所里，每天都有许多这样的大事小事发生。我很庆幸：这里的每一位警官都很称职。我由衷地敬仰她们，感谢她们。我在这里戒治两年的生活不孤单，因为有最朴实、最美丽的女警官们的陪伴，无限温暖。所以，请您们放心。女儿一定戒除毒瘾！

窗外传来阵阵鞭炮声，新年到了。

爸爸妈妈，新年快乐！女儿在戒毒所里祝福您们：身体健康！吉祥如意！

您们的不孝女儿　张梦茹

2016 年 2 月 8 日凌晨敬上

第三节 民警帮她再续母女情缘

在德阳市，老百姓戏称，判定四川省女子强制隔离戒毒所的女民警只须"一看二听三问话"。

"一看"指走路，女所民警健步如飞，走路扇风；

"二听"即嗓门一开，声如洪钟；

"三问"是一个问题重复问，直到满意为止。

对于这些坊间传闻，副所长唐容认为，这是对女民警的夸赞。她们一心扑在岗位上，在高强度的压力下，没有一声怨言，帮助戒毒人员戒除身体和心理毒瘾，恢复她们家庭和人际关系及社会功能，重新找回最美的自己。

2016年1月，一位白发苍苍，举止端庄的老人，手捧一面写有"真诚挽救戒毒人员，全心付出情比海深"的锦旗来到女所。

"我想了很久，想出这两句话，请你们一定要收下。"老人优雅地说。

"潘薇在三大队表现很好，即将解除强戒，回家后，一定要让她保持操守。"三大队大队长康莉接过锦旗，向潘母介绍了其女回归社会应当注意的事项。

"谢谢民警同志，我几十年未与女儿共同居住了，为使她远离'朋友'和毒品，我已找了一处山清水秀的地方，带上她和外孙女，开始我们的隐居生活。"

康莉对这位老人充满了敬意，她看到了家人对一名戒毒人员回归的深深期盼。"谢谢您，支持我们的工作。"

1970年潘薇出生在社会显赫的名门之家。她从小聪明、活泼，特别招人疼爱，一帆风顺地读到高中，美好的幸福生活却悄然而止。父母离婚了。

潘薇跟随父亲，弟弟与母亲一起生活。

因父亲忙于工作，无暇看管青春期的潘薇。她逃学、旷课是家常便饭，高中未毕业，就离开了学校，"操"社会。19岁那年，父亲患食道癌住院期间，贪玩的潘薇从未到医院照顾过他，成天继续与"朋友"四处游荡。半年后，其父带着遗憾闭上了眼睛。

7 天不眠不休的丧事，让潘薇疲惫不堪，周身瘫软。一个"朋友"递给她一包白色粉末说，吃了就能提神醒脑。

从那时开始，潘薇吸食海洛因。由于她头脑机灵，将父亲遗留下来的钱，在电器市场干上了生产盗版影碟的勾当。两个机房不分昼夜地运转，每天收入数千或上万元。这项偏门，让她赚得盆满钵满。生意做大后，她迅速购买了几辆中巴车，在市区搞营运。腰缠万贯的她，成了人们口中的"富婆"，也招来许多追求者。

潘薇吞云吐雾，贪婪地"享受"生活。她将生意交由男友打理，但没几年，生意就做不下去了。

其间，潘薇做了宫外孕手术，她幼稚地认为，今后再无生孕能力了，便开始放纵自己，加大了吸食毒品的剂量。不久，她再次怀孕，但因吸食海洛因打乱了正常经期，怀孕 6 个月后，她竟然一点不知。女儿早产体重只有 2.8 斤，住院 50 多天，咀嚼无力，需用吸管将牛奶挤到女儿嘴里。

这事，气坏了潘薇的五位姑妈。

"你只知道吸毒，孩子差点被你弄死。"

"你简直不配当妈！"

她们抱走了孩子，并共同抚养。虽然有姑妈的疼爱，但女儿始终想跟随母亲潘薇。

"妈妈，我不想在姑妈家了，在大姑妈家刚习惯，又被接到二姑妈家。"已 5 岁的女儿在电话中，哭喊着。

毒品让潘薇丧失了母性，她安慰孩子说："你要听姑妈的话，习惯她们的生活就好了。"

"妈妈，我求求你，我想跟你回家。"

"你这娃娃太不懂事了！"潘薇气愤地挂断电话，注射起海洛因。不久，其丈夫因注射海洛因过量，惨死家中。

为让亲弟弟走出离婚的苦痛，潘薇还为他介绍了一个吸毒女友，交往期间，她的弟弟也染上了毒品，并因毒资而犯下故意伤害罪，进了大牢。

"你太忤逆了……"潘母眼泪婆娑，对吸毒的女儿彻底绝望。潘薇的姨爹三天两头往公安局跑，将吸毒的她保释出来，送回家中。毒瘾发作时，她眼睛半睁半闭，痛苦地抓扯着自己的头发，哭喊着向母亲要钱。

"我只当没有你这个女儿，或生或死，由你选择！"见女儿这副模样，伤心欲绝的潘母没好气地责骂。

从此，母女行同陌路人。潘薇中断了与母亲的一切联系。

2014年12月，潘因吸食海洛因，被公安机关当场抓获，送进四川省女子强制隔离戒毒所执行强戒。

吸毒二十多年，身高1米6的潘薇体重不足80斤，且全身是病。一进戒毒所便犯了高血压，头昏眼花，走路像要栽倒。民警将她送往市医院，进行输液治疗。

由于长年注射海洛因，她手背血管已无迹可寻，护士选择扎头部，可尝试多次后，依然未成功。潘薇疼得直叫，拼命吸气，嘴里发出"嘶嘶"声。这让民警谢梦菲站在一旁干着急。

在封闭式管理的强戒所里，潘薇的生活终于开始有了规律，身体素质也逐渐好转，但不爱说话，其孤僻的性格，引起民警注意。

大队长黄萍找她谈心。潘始终不应声，低头摆弄衣角，每次谈话以失败告终。但具有多年戒治经验的黄萍，捕捉到一个信息，每当提及潘母时，她就会突然停下拨弄衣服的手指，若有所思。

"既然你不想说，那我们就写。"黄萍说。通过写周记的形式，将心中的所思所想记录下来，并为她制订了认错、感恩、蜕变"三步曲"。

通过写周记，潘薇认识到毒品的危害，其中，还夹杂着对母亲的忏悔，并乞求原谅。坚持两个月后，她又犯了懒病，在周记中称，每周写，重复的内容，已厌烦。其主管民警尹若宇用红笔批注：妈妈对子女的爱亘古不变，你要怎么做？

民警的"温馨提示"起了作用，潘薇重新拿起了笔，开始规划自己的感恩道路。

三个月的戒治中，民警细心发现，潘薇与家人零交流，是大队的"三无（无探访、无电话、无经济来源）人员"。为让她重拾希望，增强戒治动力，大队民警采用亲情帮教，为她的戒治之路，增加燃料。

黄萍在电话中邀请潘母到所，共同扭转潘薇的懈怠情绪，刚开始，老人婉言拒绝，但禁不住黄的劝说，识大体的潘母最终同意了。

母女相见，两人一直沉默。时间一分一秒地过去，潘母首先打破了僵局。

"戒毒不易，我能体会到你的感受。回家后，我还是你的母亲，但你要尊重生命。"

"妈妈，我知道错了，我给家人丢脸了……"

"我们要树立正确的人生观，至于你的'朋友'，请你断绝往来，他们对你毫无意义。"潘母一字一句地说。一日吸毒，终生戒毒。她希望女儿对帮助她的民警道一声"谢谢"，对曾经伤害过的亲人及朋友说一声"对不起"，今后挺直胸膛，做一位优秀的母亲，合格的公民。

得到母亲原谅的潘薇，内心释怀了。她积极参加康复训练，在教育助理马倩的文化课堂上，听到"你们戒毒很痛苦，父母更痛苦"时，潘薇点头表示赞同。

因大队长黄萍回家待产，三大队由康莉全面主持工作。2016年2月17日，潘薇着急地找到康说，当天是潘母的生日，她想通过电话送去祝福。

"你不要着急，我立即安排！"康莉说。

很快，潘薇拨通了母亲的电话。

"妈妈，女儿祝你生日快乐！"

潘母在电话中哽咽，这是她一生最幸福的时刻，几十年来，女儿从未对她说一句"生日快乐"！

"女儿，妈妈很欣慰……"

"妈妈，你别给我打钱，我会努力劳动，养活自己。"

"好、好、好。"潘母感到欣慰，40多年来，女儿第一次不向她伸手要钱，前夫可以瞑目了。

2016年三八妇女节来临之际，四川省妇联、德阳市司法局、德阳市妇联等多家单位，联合孔子礼仪文化学校，在女所展开"红花楹"母性回归教育。专家和学者用圣贤文化，唤醒戒毒人员感恩的心。

潘薇坐在台下，学会了换位思考。她开始帮助其他戒毒人员。

同宿舍30岁的罗沙珍是"三无人员"，让潘薇想起了曾经的自己。

一天康复训练后，她悄悄对罗沙珍说："今后，我吃啥，你就吃啥。"

"潘阿姨，你让我说什么好……这样，你的衣服，让我来洗，我年轻，有力气。"

"不、不、不。"潘薇连忙摆手，摇头说。

罗沙珍迅速脱下潘薇的衣服，端着水盆喊："阿姨，我知道你身体不好，你放心，我肯定把衣服给你洗得干干净净。"

当晚，潘薇梦见她拉着母亲和女儿的手，走在一处莺啼燕语、桃红柳绿的地方。

第四节 女所民警：舍小家为大家

19 世纪，英国作家狄更斯在小说《双城记》中说："这是最好的时代，也是最坏的时代。"故事以法国大革命为背景，充斥着贵族与平民之间的仇恨。跨越时间长河，一百多年后的今天，有人将戒毒人员和民警借喻为"两座城"，通过平等和博爱，为爱而牺牲，为陪伴而坚守。

隆冬的凌晨 3 点半，四川省女子强制隔离戒毒所内寂静无声。

民警徐霞从闹铃的催促声中，用胳膊支起身子，轻揉几下太阳穴，又迅速穿上警服，在夜色中，推开了备勤室的大门，接过夜值班民警隆羽的最后一棒。她首先翻看值班巡查日记，然后查看监控视频，与隆羽进行工作交接。

"快回去休息，这里交给我啦。"徐霞轻轻地说。

"好的，谢谢徐阿姨。"

由于徐霞对待戒毒人员细致入微，在民警中年龄又稍长，所以，大家都亲昵地叫她"阿姨"。

隆羽出门时，徐霞不忘温馨补上一句"好梦"。

徐霞喝了一口热水，身体比刚才暖和多了。她盯着各处监控视频，大队各个角落无任何动静，偶有戒毒人员翻身，又沉沉入睡。徐霞拨通所部医院值班电话。

"喂，您好！"院长鞠涛声音略带沙哑。

"是我。"徐霞在电话中，向当晚同为值班的丈夫鞠涛询问戒毒人员张聪梅的病情、睡眠和情绪等情况。鞠说，一切稳定，叫徐霞放心。

这对携手走过19年的夫妻，在女子强戒所里，一位治病救人，一位感化挽救他人灵魂，他们陪伴和守护黑夜，从身体到心灵对戒毒人员倾注了全部的爱。

"那就好，你把电话拿给小贾，我交代几句。"

贾怡是人职刚满一年的新民警，当晚负责值守在张聪梅身边，进行陪护。

"小贾，别大意，如果她还是烦躁，你就陪她聊天或讲笑话，分散她的注意力。"

"好的，徐阿姨，我记得了。"贾怡揉搓眼睛，强打起精神。

徐霞挂断电话，再一次扫描监控视频，腰挎单警装备，拿上手电筒，开始逐一巡查戒毒人员宿舍。

阵阵鼾声，在通道里回响。

透过宿舍铁门上的玻璃，徐霞看见5宿舍里，一名戒毒人员将手臂裸露在外，她悄悄推开房门，轻手轻脚地走到床前，正为其牵棉被时，忽然，身后传来呓语，她全身僵硬，吓了一跳。借着微弱的光亮，回头见一名戒毒人员翻了一个身，又继续熟睡。盖好被子，徐霞蹑手蹑脚地走出宿舍，缓缓带上门。紧接着，又查看厕所、洗漱间、晾衣场等公用场所。

薄雾弥漫。

徐霞反复四次巡查，迎来了清晨第一声鸟啼。整栋宿舍在起床铃声和口令中行动起来。有人伸着懒腰打着哈欠，也有的头发蓬松揉眼窝。徐霞摁开大队每间宿舍的电灯开关，温和的灯光，将睡梦中的戒毒人员一一唤醒。在摁开第3间宿舍的灯时，她朝靠窗的床位轻声说："周慧平，你先躺2分钟，再慢慢起床，穿衣服动作要慢。"

"谢谢徐阿姨，我昨天吃了降压药，好像头不昏了。"周摸了摸头说。

一旁26岁的戒毒人员刘平笑着说："徐阿姨，你放心，昨晚我听到她打鼾了。"

待戒毒人员穿戴整齐，徐霞进行点名，布置当天的康复任务。完毕，与白班民警进行工作交接。看着戒毒人员迈着整齐划一的步子，走出宿舍开始锻炼时，徐霞轻捶着腰，打了一个哈欠，布满血丝的双眼，蒙上了一层薄薄的水雾。她拖着疲惫的步子，走出管理区时，丈夫鞠涛打来电话说，自己还要到每间病房对住院的戒毒人员进行最后的查验。

"老婆，你先把早餐吃了再补觉吧。"鞠涛的声音更沙哑了。

"要的，今早张聪梅的病情，有没有好转？"

"你放心，有我看着，不会出事！"

"贾怡呢？其他同事来换班没？"

"她们正在办理交接。"

听到鞠涛的"前方战报"，徐霞安心了。为犒赏值夜班的丈夫，她说中午做一顿好吃的，电话里传来鞠涛爽朗的笑声。

人们说，禁毒是一场需要全社会参与的战争，而戒毒更是一场持久战。一个戒毒所，两个群体——警察和戒毒者。

在女所，戒毒人员私下尊称民警们为"妈妈"和"阿姨"，老一辈民警对新一代民警说，这两个称谓，饱含着对她们工作的肯定，也得听懂其中的分量，戒毒人员是违法者，是受害者，是病人，需要的是关爱和照顾，其背后却是民警们心酸的付出。当一位女民警将 2 岁的孩子送进全托式幼儿园时，孩子伸出稚嫩的小手，朝母亲离去的方向，使劲哭喊着"妈妈……妈妈……"半月后，当她高兴地到幼儿园接其回家时，孩子竟然不认识她，叫她"阿姨"。她抱紧孩子，泪水夺眶而出。

在副所长唐容眼里，这群姑娘，日夜奋战在戒毒前线，刚参加工作时，脸像红苹果，皮肤水嫩，由于长期熬夜班，20 岁出头，气色就变得暗淡起来。

唐容对她们怀有敬意。

因为她们为了工作，常常抛家弃子。

父母在电话中盼着女儿回家——

"哦，那你在所里按时吃饭，实在困了要休息。"

"早晚温差大，我喊你爸把衣服洗好，送到你们单位。"

"又不回来？过年就差你一个人。"

丈夫在电话中诉说相思——

"老婆，我想你了……"

"放心，家里有我在，你好好工作！"

"唉，看来我们生孩子又泡汤了……"

孩子在电话中吵着要妈妈——

"儿子乖，妈妈下班就回来。"

"别哭，别哭……么儿，打针不要怕，要坚强。阿姨们也生病了，妈妈要照顾她们。"

"妈妈，请您注意身体，我和爸爸一起完成的手工制作，今天老师表扬我了。"

一年又一年，红花楹次第绽放，红得耀眼，红得热烈，它们红进了戒毒人员的心里。

第五节　祖母病重渴盼孙儿戒除毒瘾

随着社会节奏的加快，毒品正向未成年人群体扩散。在全国受理的未成年人吸毒案件中，有九成为家境富裕的子女。

四川省成都强制隔离戒毒所未成年戒毒人员专管大队（六大队）的9位民警，肩负着全省未成年戒毒人员的戒治工作。

2015年4月16日10时，一位面容憔悴的中年男子，脚步匆匆，他来到成都强戒所门前，要求面见刘森的主管民警。

六大队大队长徐涛一路小跑，来到门卫室，该男子称，他是未成年戒毒人员刘森的父亲，因84岁高龄的母亲病危，渴望见孙儿一面。

通过查验相关证件和证明材料，并请示所领导获准后，徐涛随即为刘森办理请假手续。

13时50分，徐涛会同副大队长戴江涛和研究室主任付卫东，载上刘森父子两人，火速前往宜宾翠屏区。

"我们不给钱，他就去偷抢其他小朋友的零花钱，我就去赔，去补他捅下的窟窿……"刘父看着身边的儿子，一声叹息。夫妻两人在生意场上打拼多年，已拥有一家彩钢夹芯板厂和两座砖窑，他们长年在外奔波，将刘森交由其奶奶看管，而缺乏管教的刘森在小学四年级时，与同学打架被学校开除，一直游荡于社会。因家境殷实，刘森挥金如土，曾创下一天花光9000块的"纪录"。12岁时，染上了冰毒。

警车在高速路上疾驰。

刘父声音发抖地对刘森说："知道你要回去，你祖母已经从医院转回家，等你回去看她后，我们再将她转到泸州医治，尽最后的努力。"

警车在暮色中前行。

18时，警车抵达刘森家所在的小区。

一进家门，刘森扑向老人的病床前，大喊："祖母，我回来了！"

"我的乖孙儿回来了？"在病魔的摧残下，老人的视力受到了严重损害，她干枯的双手在空中四处乱摸，急切地问："幺儿，你在哪儿？"

"祖母，我在这儿。"刘森将手伸过去，老人摸到他的手，像拥有了整个世界。

"乖孙儿啊，你再不回来，就看不到祖母了……"

刘森拉着奶奶的手，猛力地摇头说："祖母，你不会有事，爸爸马上送你去治疗。平时，吃了饭，您要多活动，慢慢就好了。"

"唉，孙儿，你要听话，要戒掉毒瘾呀，一定要改正错误啊！祖母盼着你早点回来……"老人拉着刘森的手，轻轻拍打、抚摸。刘森吸食冰毒被强戒，是她唯一不解的心结。

坐在一旁的刘父，"咕噜咕噜"地闷头抽着水烟，时而叹气，时而抹泪。

祖孙三代人，各怀心事。

徐涛将刘父拉到一旁，悄悄问："孩子回家一次不容易，老人家能否坐起来？如果可以，我请付主任为你们拍一张'全家福'，给她留个念想。"

"徐队长，辛苦你们了，想得太周到了。"刘父感激地说。

徐涛轻拍几下刘父说："今晚，我们会带刘森外出住宿，明天再来看老人家，然后回所。"

老人在大家的搀扶下，坐在沙发中间，身边簇拥着儿孙，一张"全家福"，将幸福定格。

那一夜，月光洒进旅馆，窗外的街道分外寂静。

第二天清晨，徐涛敲开了戴江涛和付卫东的房门。

昨晚，在另一个房间里，徐涛抓住时机，趁刘森回家看望祖母时的心理变化，进行疏导和教育，与他谈话至深夜。见刘森睡得香，徐涛信心十足：他一定能戒除毒瘾。

吃过早餐，他们一行五人，从宾馆出发前往医院，让刘森再见奶奶一面。

在医院里，老人安静地躺在病床上，与昨日相比，精神面貌有所好转，当刘森走到病床前，老人立即将他拥进怀里，抚摸他稚嫩的脸庞。

短暂的别离，是为了更长久的相聚。

刘森紧握着老人的手，凑近耳边轻声说："祖母，我走了，您好好养病，一定要等我回来。"

"乖孙儿，记住了，一定要戒毒哦，我在家等你。"老人干涸的眼窝里流着泪水，缓缓松手。

在父亲的陪同下，刘森随民警走出医院，钻进了警车。

车窗外，蔚蓝的天空，飘过一朵又一朵白云。

2016 年 6 月 26 日国际禁毒日当天，刘森和其他戒毒人员一起，在"抵制毒品，参与禁毒"的舞台上，唱响了成戒所副调研员赵洪作词、四川音乐学院附中老师宋春立作曲的未成年戒毒人员之歌《回家》：

妈妈，亲爱的妈妈，你可知道，导师的教诲洗涤了心灵，坚定了信念我朝气蓬勃。

来吧，儿已找到归途的路，迷失的浪子已点亮生命的火花。

看吧，陪伴的人教会我坚强，新生的力量已蓄势待发，儿将扬帆起航，奔向新的希望，不再犹豫彷徨，向往走在回家的路上……

歌声高昂，如大海滚滚浪花，激情澎湃。

第六节　打虎还需亲兄弟，戒毒也有父子兵

父爱，如海，深沉又辽阔。

父爱，像冬日的暖阳，让人渴盼照耀。

　　然而，有时父爱又是苦涩的，难懂的黑色忧郁，常常令人喘不过气来。

　　在成都强制隔离戒毒所收治的成都籍戒毒人员中，有这样一对特殊人员，他们既是戒毒者，又是父子。

　　2012年，酷热的7月，经过一夜的暴雨，空气异常清新。

　　这天，53岁的张永林强戒期满，又恰逢家属探访日。办理离所手续后，他拎着行李，随民警张锐走出戒毒所大门。此刻，张永林的前妻早已等候多时。

　　跨出大门，张永林不愿离去。

　　"张警官，我想见张俊一面。"

　　"你现在是什么身份？"张锐将《解除强制隔离通知书》塞到张永林手里，严肃地问。暗示他身份已转变，并对他戒毒效果进行肯定和鼓励。张永林先是一愣，然后眼睛一亮，露出笑容，连声说："哦，我回归社会了。"

　　"想见儿子，先登记。"张锐笑着指向探访登记窗口。

　　探访手续办完，张永林和前妻在民警的特殊安排下，到三大队办公室，他们一家三口，时隔两年第一次坐到了一起。

　　在儿子张俊面前，张永林急切地表态，自己已成功戒毒，回家准备种地，从头再来。同时，他叮嘱儿子："在所里好好戒毒，我们等你回家。"张永林看了一眼前妻，眼里闪过一丝愧疚。

　　临别时，一直默默无语的张俊上前搀着父亲，突然说："爸、妈，再见，你们走好！"

　　这一声"爸"，叫得张永林浑身打战，他等了近两年，终于等到了今天！

　　往事如烟，撕扯着他，一幕幕又浮现在眼前。

　　张永林长年不务正业，游荡社会，是当地出了名的"人物"，对儿子张俊疏于教育，沾毒后，更顾不上母子二人。1998年，他因盗窃入狱，服刑三年，其间与妻子离异。刑满释放后，张妻认为丈夫洗心革面，原谅了他，与其再度生活。

　　可好景不长，出狱半年多，张永林再次复吸，家庭的重担落在了张妻柔弱的肩上。因此，儿子张俊对父亲的怨恨与日俱增，像春天的野草，在记忆里疯长。

2010 年 4 月，张永林因吸食海洛因，被依法送往成都强戒所进行强戒。令他没想到的是，4 个月后，儿子张俊也因吸食新型毒品冰毒，被送了进来。

按规定，父子俩只能被分配在不同的大队。

他们虽然在一个所里，但住宿、习艺、劳动、学习和探访等作息时间不同，相遇机会很少，唯有吃饭时，在食堂里能有短暂相见。

10 月，秋风送爽。

一天午饭时，张永林特意坐在靠过道的位置，目光定格在儿子身上。而张俊起身朝购买小炒的窗口走去。

"张俊。"张永林拉住儿子的衣角。

熟悉而陌生的轻唤，使张俊停下脚步，但他将父亲的手随即一挥，头也不回地朝窗口走去。

失落、自责、担忧……压在张永林心头，连呼吸也伴着阵痛。他数次申请见张俊，均被儿子断然拒绝。

成戒所运用规范、科学的"常青藤戒毒模式"，帮助张永林脱离了体瘾，但他一想到儿子染毒，父子之间的疏离，犹如剐骨般疼痛。他觉得：重拾父爱的碎片，比戒毒还难。

2012 年 3 月，经成戒所基层大队的脱毒管理、康复管理和回归教育，张俊强戒期满先行离所。

临走时，张俊没有和父亲告别。

"我知道，他恨我，十几年来我们没在一起，只希望他能重新开启新的生活。"

然而，张永林的期望很快烟消云散了。

一个月后，他站在宿舍窗前向外眺望，在入所教育大队新收集训戒毒人员的队伍里，一个熟悉的身影令他脑袋"嗡嗡"作响。

原来，还未履行解除强戒报到手续的张俊，在离所 18 天后，与毒友在一家旅馆房间里"分享"冰毒，又一次被公安机关当场抓获。

坊间有句民谚：儿子是爸爸前世的恩人，此生是来讨债的。但父子连心，血浓于水。

看到儿子"二进宫"，张永林触动很大，他对张俊的情况既关注又无奈。三大队大队长宋健伟在与他谈话后了解到这一情况，便找张俊所在的四大队进行沟通。两大队民警决定先从亲情重建入手。

很快，经请示所部同意，两个大队为父子两人制订了特殊的戒治方案：通过接触消融亲情隔阂，共建戒毒信心。同时，民警们做好两人的亲情纽带，将淡漠的亲情链条对接，让他们彼此鼓励，共同走向戒毒成功。

一天，宋健伟将张永林带到三大队民警办公室，父子两人坐到了一起。

30分钟里，宋健伟仔细观察发现，张永林异常兴奋，对儿子嘘寒问暖；张俊则埋着头，一声不吭，对父亲充满了抵触情绪。分别时，在宋的劝说下，张俊才勉强与父亲拉了一下手。此举，让张永林有些激动。毕竟，十几年来了，他身为人父，第一次与儿子亲密接触。

这些细微的变化，宋健伟看在眼里，记在心上。

根据多年的戒治经验，戒毒人员极其渴望亲人的关怀、鼓励和支持，但张俊的反应让宋陷入思考：如何坚定戒毒决心？怎样驱除张永林的焦虑？亲情帮教又怎样在父子之间发挥作用？

经过深度剖析，宋健伟利用张俊再次强戒，对父亲心灵造成的震撼为切口，让张永林进一步认识吸毒危害，以父子互帮互助，达到共同戒毒的决心。

这真是："打虎还需亲兄弟，戒毒也要父子兵。"

宋健伟在主管民警中队长张锐的陪同下，找到张永林谈话。"你甘愿看着儿子戒不掉，反复来强戒所吗？"宋问。

张永林斩钉截铁地说："哪个龟儿子才想哟！现在，我家也散了。只要有一点办法，我都愿意帮他戒！"

"那行，我们帮你！你能否戒掉？"

"宋队，我听你们的！我一定配合你们戒除毒瘾！"张永林表决心。

从那天起，两队民警像"月老"一样，一头拉着张永林，另一边牵着张俊，每周安排一次父子俩独享的见面机会，在张永林前妻到所探访时，也将这对父子"冤家"安排在一起，同时与其相见。

渐渐地，父子两人有了交流。

慢慢地，张永林终于找回了自己"失散"多年的儿子。

他们的故事，还在继续。

第七节　白内障父亲怕看不见来戒毒所的路

高温炙烤着大地。

四川省成都强制隔离戒毒所里，阳光透过密密的枝叶，将地面印出大大小小的光斑，道路泛着刺眼的白光，两三名中年女子，撑着遮阳伞，向接见室快速走去。

那天是探访日，三大队民警蔡凌川在接见室门外的院坝里，衣襟被汗水浸湿，浅蓝色的职服变成了深蓝色。原本身材高大壮实的他，焦急地踮起脚尖，探头不断打望。

路过的探访家属，好心提醒他："警察同志，你手里有扇子。""到树荫处躲一会儿。"蔡凌川连声说着感谢，挪动几步后，又站回原地。额上的汗水，流进眼角，又辣又刺。他用手背轻拭一下，努力将眼睛睁得更大些。突然，他嘴角向上一扬，快步迎了上去。

一位身穿白色衬衫的老人，缓慢地移动着。

"李大爷，您又来看李刚了。"蔡凌川热情地向老人打招呼。

李大爷满脸微笑地说："是啊，蔡警官，今天又是你值班？天太热了，你一定要注意身体。"

"谢谢您老关心，我没事，您要保重身体。"蔡凌川接过老人手里的黑色塑料袋，搀扶着他。

仅一个月没见，李大爷苍老了不少，双鬓白发更多了，患有白内障的眼睛更浑白。蔡凌川忍不住问："李大爷，您的眼睛好点没？"

老人摇摇头，苦笑着说："越来越糟了，袋子里全是药。"

蔡凌川皱起眉头。

老人察觉到异样，又接着说："没办法，虽然西医治疗白内障效果更好，但药费贵，每个月还得给李刚几百块，所以只能用中药了。"他笑了笑，安慰蔡凌川，"这是老毛病，我没事的。"

李大爷在蔡凌川的搀扶下，朝接见室走去。临近大门，他忽然停下脚步问："蔡警官，我儿子还好吗？听话吗？"

蔡凌川被问得措手不及。这家伙是一个麻烦人物，让大队民警们十分头疼。

从李大爷的眼神中，蔡凌川读到一位父亲对儿子的期盼。他不得不说了一个善意的谎言，称李刚表现不错，戒毒积极，与其他戒毒人员和谐共处。

李大爷听得呵呵笑。他在蔡凌川耳边悄悄说："蔡警官，我知道你是好人，但千万别对李刚说我眼睛的事，我怕他担心，不好好戒毒。"

蔡凌川点头答应，两人约定保守秘密。

接见室内，父子俩相互问候，共话家常。李大爷重复最多的一句话："你一定要戒毒，要好好戒毒呀！"

此时，蔡凌川回到办公室，将解暑药放进口袋里，又匆匆来到接待室门外等候李大爷。

在送走李大爷途中，蔡凌川将扇子和一瓶藿香正气水一并递给他说："天气太热，扇子你拿着，路上要是热得慌，就喝藿香正气水，千万别中暑了。"

李大爷摆着手："怎么能拿你的东西，我不能要，我不能要。"

"你我之间不要客气，您老身体要紧。"

李大爷眼睛更加模糊了，轻轻转过头，擦拭眼角，在眼疾的折磨下，视力愈加模糊。他很害怕，哪一天，自己就看不见来戒毒所的路了。

看着老人渐行渐远的背影，蔡凌川心中泛起酸楚的涟漪。

蛐蛐拉着嗓子，弹奏着黑夜。

在三大队管理区房舍中，蔡凌川故意越过李刚的名字，对其余222多名戒毒人员进行晚上点名。

蔡凌川合上点名册，将当天与李大爷接触的感受重新梳理，以故事的形式，向戒毒人员进行讲评。他说，一位老人，每月风雨无阻，到戒毒所看望他强戒的儿子，每次坐客车到站后，为节约公交车费，从车站步行到强戒所，探访完儿子，又走路回去，老人舍不得多花一分钱，只为给戒毒的儿子攒钱，让他在强戒所安心戒毒，有更多的营养保障身体。

"老人拉着我的手问：'蔡警官，我儿子在里面听话吗？'"蔡凌川声音陡然转高，一股无名大火在心中升腾。

"老人家这样问我，我竟不知道怎么回答！恨不得扇自己耳光，因为我撒谎了！"蔡凌川说，"每当家属询问你们的情况时，为使他们不失去信心，能重拾希望，我都谎称你们很配合。"

"你们可知道这位老人在走的时候，他最担心和害怕什么？"蔡凌川自问自答，"老人说他最害怕自己将来有一天看不见来戒毒所的路，因为他的白内障越来越严重！"

"戒毒的背后，是父母及亲人的关心和牵挂，人犯错误不可怕，可怕的是犯错后不知悔改，冷了家人的心！"蔡凌川盯着李刚说。

一旁的大队长宋健伟，走近蔡凌川，在他背上轻拍几下，让其平息心中的怒火。他借用所长段宗彬为民警们上课时讲的内容说，孝顺父母，顺从兄长，这是"仁"的根本！

"孝，是象形文字。"宋健伟举起手，在掌心写下"孝"字。"上面一个'老'，下面一个'子'，子女背着自己的老人，为什么要背呢？"

现场鸦雀无声。

"因为要感恩！孝敬父母是做人的根本！"宋健伟环视在场所有戒毒人员和民警，义正词严地说："作为三大队大队长，我难辞其咎，这说明我们的工作还做得不够，还不到位！身为人民警察，如果一位老人的心愿也无法满足，就没脸说执法为民。"

管教副大队长李奇辉当即表态，在三大队，出现类似李刚的消极戒治，经常违规违纪的戒毒人员，是自己工作的失误！今后，他一定要加强对戒毒人员的思想教育。

宋健伟提出，从当晚开始，以李刚为第一个思想教育的试点对象，在最短的时间内，让他真正认识到父母的难处及自己的错误，敦促改掉自身的陋习恶习，积极戒治。

"不仅给老人一个交代，也是给所有戒毒人员和家属的一个交代，更是对我们的警服一个交代！"宋健伟的声音，穿过黑夜，将室外打探的月色点亮。

第八节　路有荆棘，前方有家的温馨

2015年9月15日，四川省成都强制隔离戒毒所督查科李林科长神色焦急，在二大队习艺车间办公室里，来回踱步。副大队长王应飞刚进门，他一个箭步上前拉住，小声耳语：二大队戒毒人员陈义忠突然冲出队伍，向他汇报急事，因不属督查科管理范围，特前来与之碰头。

王应飞在脑海里飞速过滤大队222多名戒毒人员：陈义忠，三天前来到二大队，原籍绵阳梓潼县，强戒前暂住彭州。

戒毒人员心理极其脆弱，人文关怀、情绪疏导非常重要。王应飞立即找到陈义忠，与其交流，想了解他到底有什么诉求。

原来，陈义忠有一名22岁的女友赵雪梅，住在彭州市，已有8个月身孕，即将临盆，无亲人照顾。

"没有结婚证办不了准生证，我担心孩子将来上不了户口。"陈义忠焦急地说。连日来，他一想到此事，心乱如麻，更无法安睡。由于刚刚来所，对大队干部和所里制度还不熟悉，所以只能"病急乱投医"，情急之下，直接向李林科长进行汇报。

王应飞听了，在心里分析：陈义忠能有家庭责任感，这是戒治的好苗头，但根据他多年的戒治经验，这也是戒毒人员对大队民警的不信任的表现，如果处理不好，有可能因思想波动而诱发其他异常，不但影响他本人戒治效果，还有可能为大队管理工作埋下隐患。

戒毒所不仅是一个行政执法场所，更是一所特殊的学校和医院，有时候更像一个家庭。

十万火急。待陈义忠离开后，王应飞立即向大队长石勇汇报。大队连夜召开全体干部会议：研究、讨论、推翻，再研究、再讨论……最后形成初步意见，向所部汇报，请示处理办法。

时间紧迫。民警们兵分两路。一路负责仔细核实相关情况，电话动员家属，照顾好赵雪梅，请家属到大队，与陈义忠当面交流，稳定思想，安心戒治及商量解决办法；另一路民警做好相关工作，将陈义忠纳入重点关注对象，进行引导，使其放松思想包袱，避免情绪波动。

三天后，为见儿子一面，62多岁的陈父天没亮就出门，一路颠簸，从梓潼县出发赶往彭州市接上"准儿媳"赵雪梅，再到成戒所。

在接待室，陈父看见儿子精神面貌有了明显变化，连日来的担心和顾虑，一扫而光。他得知儿子在所里的表现，愿意协助民警做好陈义忠的思想工作，劝导他安心戒治。

一旁的未婚妻赵雪梅，抚摸着肚子，走近陈义忠温柔地说："孩子，这是你爸爸。"说完，二人相拥而泣。

一家人在戒毒所短暂相聚。陈父抹去眼角的泪珠，恳请大队考虑陈义忠的实际情况，将儿子变更为社区戒毒，好回家承担起做儿子和父亲的责任。

民警一边安慰陈父和女友，一边向他们耐心讲解政策和法规。根据《禁毒法》的相关规定，强制隔离戒毒的期限为二年，强戒一年后，需根据司法部戒毒管理局《强制隔离戒毒人员诊断评估办法》，经过一年的治疗和身体康复训练，在生理、心理、认知、行为、家庭和社会功能等五个方面的考核中，符合转入社区戒毒的标准，报经公安机关审核，方可转入社区戒毒。

送走陈义忠家属，二大队又召开了一次特殊会议。根据工作范围和权限，他们决定请示所部，带陈义忠回家与赵雪梅办理结婚手续，消除他的担忧和顾虑，以便安心戒毒。

大队的想法，得到了所部的同意，并指示大队立即着手办理。

9月25日一大早，石勇和王应飞带上陈义忠在风和日丽中起程了。车行3个多小时，到达梓潼县城，接上陈父和赵雪梅吃午饭。下午两人在民政局顺利办完手续，在工作人员和民警的祝福声中，火红的结婚证书，让两人脸上露出了幸福的笑容。

鸟儿在枝头欢快地鸣叫。

12月2日，成戒所值班室里，急促的电话铃声响了。赵雪梅在电话中说，她顺利生下一名女婴，母子平安。

王应飞快步地跑到大队找到陈义忠，将这喜讯告诉他，随即安排两人通亲情电话。

陈义忠颤抖着手指，摁下妻子的电话号码。男儿有泪不轻弹。当听到电话那头传来妻子虚弱而幸福的声音时，他几度哽咽，好长一段时间以来，他积压在内心的愧疚与无奈交织一起，眼泪夺眶而出。在得知父亲正在为女儿上户时，他跪在电话这一端，抽泣着，悔恨当初所犯下的错误，愧对父亲，并表示自己一定彻底戒除毒瘾，争取早日回到家人身边，好好回报社会，做一个有用的人。

日子有了盼头，在继续戒治的时间里，陈义忠对戒治活动异常积极，并在戒毒人员中当了一名义务宣传员。

他常对身边的戒毒人员说："我能结婚，女儿能上户，离不开民警们的帮助，我内心很感激。这份恩情，我永远记住！现在，唯有积极参加戒治康复活动，认真、彻底戒掉毒瘾，早日回归家庭，担负起做儿子、丈夫和父亲的责任，才对得起民警和家人的付出！"

路有荆棘，但前方有家的温馨。

第七章

重　生

一夜之间，凤凰涅槃

岂止浴火重生

在"弹丸"之地，脱瘾矫治

夜半扰魂的哀哀歌声

集香木自焚，从死灰中更生

脱胎换骨的种子，流传千古美丽

第一节　"弹丸"之所，暖意融融

为攻克病残吸毒人员打击难、收戒难、善后难等"顽疾"，2015 年 3 月，四川省戒毒管理局与成都市公安局联手推出"一站式"戒毒康复模式，针对病残特殊吸毒人员，经公安机关挡获并体检确认后，可直接送到四川省成都戒毒康复所戒治。

2016 年春节大假上班第一天，康复所研究室主任蒋宪君紧盯电脑屏，被一组数据深深吸引住：2015 年，全所一年完成收治病残、精神异常类戒毒人员 588 名，吸毒成瘾认证及毒驾鉴定 861 人次，占成都市强戒人员总数的 48%；通过所内排查，向办案单位提供案件线索，刑事拘留戒毒人员 93 人，占收治戒毒人员的 8% 以上。仅 1 月至 3 月，公安部在全国开展的"百城戒毒会战"中，全所 82 多位民警在没有硝烟的战场上，像精密的马达，昼夜转动，对成都市公安系统投送的 422 余人病残吸毒人员进行依法收治。

蒋宪君长吁，仿佛那场战役还在昨天。刚劲有力的口令声又将她拉了回来。

"立正！"

"向后转！"

"齐步走！"

蒋宪君站起身，隔着护栏，从五楼的办公楼向下打量。呵，122 多名戒毒人员身着红灰色相间的服装，在操场上，分列三组，进行康复体能训练。

美其名曰是操场，实则是水泥式微型排球场，一端竖立着篮筐，3 栋相连的大楼，外接四川省成都强制隔离戒毒所办公楼，形成一个小天井，酷似一个闷罐，这就是康复所戒毒人员唯一室外活动场地。

早春的暖阳，冲破重重障碍，毫不吝啬地来到操场，温暖着他们。蒋宪君看见，每队的间距很近，但训练井然有序，大家专注和认真的神态，让她一眼就看出是二大队在训练。

东面一组练习的是三大队步伐行进与立定，单看排面和姿势，还不太标准，但戒毒人员透着一股子精神气，跟随指挥员喊"一、二、三、四"的口令极其响亮。

蒋宪君将目光移向南面，这是刚入所的戒毒人员正在训练整齐报数、军姿定型以及跨立、立正、蹲下和起立，其指挥的民警正是她的"家门儿"（指同姓）蒋启华。

"这哥们，还真行，带伤不下火线。"蒋宪君在心里默念道。

一个月前，成都飘起了雪花，蒋启华值班回家，8岁的女儿不小心将一整瓶滚烫的开水打翻，造成蹲在地上打扫卫生的蒋的脖颈和胸脯大面积烫伤。为不给警力紧张的大队增添负担，第二天，他竟依旧出现在工作岗位上。

红肿的皮肤，渗着血水。蒋启华穿上衣服，烫伤的皮肤黏在制服上，有一种钻心的疼痛，他索性半裸着上身，冻得瑟瑟发抖，脸色乌青。

同事们见状，都叫他请假休息，他却笑着回绝说："没啥，几天就痊愈。"大家拿他没办法，只好找来大队长张强劝他休息，蒋启华又说，"今天是元旦节，临时换班太麻烦，我能够坚持值好班，就让队上的同事们安心过节吧！"

"向后转，是用脚转，不是用屁股转！"循着这声音，蒋宪君又看向西面一组，戒毒人员正在操练"停止间转法"，指挥员是高帅型青年民警杨杰，他是蒋启华的搭档，其手臂上的白色绷带，在队列中异常显眼。

在蒋启华"英勇负伤"后，元旦节那天，杨杰正好在队上值班，也发生了意外。当天，他带领戒毒人员打扫卫生，不幸滑倒，左手胳膊摔骨折，这小兄弟同样不请假，挂着绷带和夹板，照样上"前线"。

最令蒋宪君感动的是，这对"难兄难弟"带伤不下"火线"，二大队全体戒毒人员表现非常好，过节氛围平安而和谐。

蒋宪君见他俩生龙活虎的样子，心里泛起丝丝甜意，抬头将目光投向紧邻办公室的北大楼。这儿的四楼是三大队的宿舍，一些戒毒人员在一排窗户前，正用抹布认真地擦着玻璃窗。在阳光的照射下，窗户明亮而通透，折射出柔和的暖意。

由于距离近，正在擦玻璃的戒毒人员张之荣无意间抬头，看见了蒋宪君，他立即停下手中的活计，隔着窗户，立正敬礼，洪亮地喊道："警官好！"

声音回响在和煦的阳光中。

蒋宪君微笑着向其挥挥手，示意继续做事，她对张印象深刻。

春节前，该所举办亲情帮教活动，张之荣的母亲、妻子和女儿一同前来与之团聚，四人相拥而泣。张之荣亲吻着女儿的小脸说："宝贝儿，等爸爸回家，一定带你去欢乐谷玩！"一家人难舍难分，蒋见状，特意为他们拍了一张"全家福"，此举，让张之荣感动不已，他连声道谢！

蒋宪君清晰地记得，活动当天，现场充满了悔恨与希望。她听见父母嘱咐儿子："不要吸毒了，要对得起国家。""你吃'药'产生幻觉，自己拿刀砍自己，儿啊，那个毒，沾不得啊！"

妻子鼓励丈夫："家里有我，你不要担心。毒戒了，病就好了。""娃娃可以喊爸爸了，要想抱她，你就要把毒戒了把病养好。"

新的一年开始了。阳光下，康复所焕发着生机，蕴发着活力，如同一个年轻的生命，正快乐健康地走向未来。

第二节　系统脱敏：考验戒毒者的定力

戒毒人员复吸是世界性难题，高复吸率严重影响戒毒、禁毒工作的开展。在国内，每名戒毒人员回归社会后，复吸几乎成为他们所面临的第一个拦路虎。

明知山有虎，偏向虎山行。

如何高效防止复吸？四川省资阳强制隔离所迅速成立系统脱敏循证戒毒试点工作实践小组，2009 年花费数百万元建成系统脱敏功能厅并投入使用。

戒毒人员在这里进行毒品心理依赖的脱敏测试和治疗，根据强制隔离戒毒人员的复吸经历，有选择地使用，对其进行脱敏训练。

"吸毒者难以戒掉毒瘾，并不是他们意志薄弱，而是毒品已经改变了其大脑机能，'劫持'了大脑的动机系统和基因功能。"该所身心认知科科长刘学灿说，系统脱敏疗法是放松状态与焦虑诱发性刺激相结合的技术，针对戒毒人员易受吸毒诱惑、耐受力低的特征，采用分级暴露毒瘾焦虑层次，使用生物反馈技术帮助戒毒人员缓解、放松，达到脱敏治疗效果，增强戒毒人员毒瘾耐受力。最终，使他们戒除毒瘾，不再复吸，长期保持操守。

通过各大队向戒毒人员宣讲系统脱敏治疗意义与作用，解答疑惑，普及戒毒治疗知识后，2216 年 3 月，四川省资阳强制隔离所心理指导中心办公室内，副主任科员周长维和马晓芸从发放的《系统脱敏戒毒治疗申请表》中，严格筛选自愿接受治疗的戒毒人员名单，并通知大队民警，进行会谈。

"报告警官，强制隔离戒毒人员廖会元前来接受治疗，请指示！"吸毒心理治疗室外，五大队廖会元大声地喊道。

"请进！"周长维端坐在办公桌前，面带微笑。

待廖坐下，周长维为他讲解系统脱敏戒毒治疗的原理和治疗程序。

"请你配合我的工作。"周长维说。

"一定配合！"廖会元回答得很干脆。

廖会元坐在一张乳白色软沙发上，柔美的轻音乐缓缓传来，他闭上眼睛，仿佛置身于梦幻的海洋世界，海鸥扇动着羽翼，掠过海岸线，深蓝色的海水敲打礁石，击起朵朵浪花。

经过音乐放松，廖会元逐渐平静。接下来，他将真正接受系统脱敏戒毒治疗。

关掉音乐，房间很安静，周长维用语言引导廖会元走进一间 KTV 包厢。

"请你闭上双眼想象一下，我们正在包厢里，桌上有冰壶、针管和海洛因……"他停顿一会儿，接着又说："你刚刚吸完毒品，全身非常舒服……"

在这个测试中，廖会元身体、表情无任何焦虑、紧张情绪。通过评估，他顺利通过了第一关。

"很好！"周长维鼓励他，并将廖会元带进弱焦虑实验室，让其观看毒品图片和仿真毒品，并使用生物反馈仪，收集他各项生理指标值和与吸毒有关脑区的脑部成像。

当曾经熟悉的物品再次出现在眼前时，廖会元表情淡定，周长维将一小盒仿真毒品摆在他面前，廖笑了笑说："我戒了。"生物反馈仪收集到他的生理反馈数据，呈平稳状态。廖会元再一次通关成功。

紧接着，进入强焦实验室。

周长维通过播放吸毒过程视频，以此刺激廖会元对毒品的渴求感。视频节选某电影中，吸毒者犯瘾时，全身颤抖着注射海洛因的场景。反复数次，廖会元依旧淡定自若。随着系统脱敏治疗深入，廖会元抗敏能力越来越强。周长维拿出从公安机关借来的实物毒品，考验廖会元的定力。

廖会元笑着说："我不吃。"

高焦虑实验室是一间模拟 KTV 包厢，墙体全部采用软质材料包装。室内点歌器、液晶电视、旋转灯光、沙发、茶几一应俱全。茶几上，摆放着仿真毒品和冰壶、针管等吸毒工具。此时，音乐响起，房间闪烁着灯光。

如此模拟吸毒环境，对人进行反复刺激，让吸毒者再次接触这一环境时，看看他们会不会有吸毒的冲动，如果心理和大脑没有什么波动，就说明其脱敏成功了。

为还原真实场景，屋里已有几名民警，坐在包厢里，而一墙之隔的房间内，周长维正在电脑上注视廖会元的一举一动。戴着生物反馈仪的廖会元，闲适的坐在沙发上。一位民警拎着冰壶向他靠近，他摆着手，摇着头，用肢体语言告诉对方，他不需要。而通过电极片的传输，廖会元的脑波数据，对外来刺激的反应程度，一直平稳。

周长维说，能完全通关的戒毒人员有百分之五六十，主要难度就在最后两关。

据介绍，系统脱敏治疗系"常青藤戒毒模式"的一种。

第三节　一名艾滋病感染者的日记

很多的"对不起"没有说（12月22日　星期二　晴）

一周又过去了，而这个星期，大队将我安排到值班组，试用期为一个月。

我知道自己还不是互助委的正式成员，但无论在什么地方，任何岗位，都是警官们对我的信任，我将心怀感恩，且认真对待。

在新环境里，接受管理制度和模式及新事物，磨炼自己，让人振奋。可是，我能活多久？这是一个未知数。唉，不知道还有多少时间，让我去弥补生活和丢失的亲情。我痛恨自己，悔恨当初没听父母的教诲，导致今天的结果。心里有很多的"对不起"，想对许多人说。

我真的好后悔。

没有粗暴官僚作风（12月27日　星期日　阴）

入冬了，天更加寒冷。

我逐渐适应了干燥的气候，同样，也在适应了"矫治苑"的戒治生活。在这里，与我想象的完全不一样，"蓝莲花家园"里环境优美，川西民居风格，让我仿佛回到了阔别已久的家乡。警官们待人亲切、随和，没有粗暴和官僚的工作作风，他们尽职尽责的态度，一次又一次让我感动。

专管工作具有特殊性，面对我们丈滋病病毒感染者，他们太不容易。所以，无论如何，我要去配合、协助警官，对我们进行管理教育，绝不因为我是一名"艾感"人员，不遵守所规队纪而破坏秩序！时刻谨记：我是一名被强制隔离戒毒的丈滋病病毒感染者，为所犯下的错买单！调整心态，正确对待戒治生活中的一切！

现在，警官信任我，迅速提拔我任班组长，在队里起到带头作用，做好其他"艾感"者的思想转化工作，与他们多沟通，取长补短，相互学习。同时，帮助新入园的丈感者真正融入到这个"家"中来。

也许，这就是我新生的开始。

只求上天多给我一些时间（12月28日　星期一　晴）

夜深了，寒风从耳边吹过，很冷。

我一个人坐在二楼的转角处，情不自禁地想起了家人。他们进入梦乡了吗？年迈的母亲忙碌了一天，梦里会不会又梦见我这个不孝子呢？因我犯错，连累她四处奔走，因帮不了我，找不到我，屡次从梦中哭着醒来。

想到这些，我不配做人，枉为人子，一错再错，执迷不悟。不仅无法尽孝，而且让父母晚年也不得一丝安宁，更享不了儿孙绕膝的福。我应被丢到狼群中，任它们撕咬；因在寒风里，直至僵死。

罪人，我真是罪人！只求上天多给我一些生存的时间，早日回家，尽自己所能，让父母享一天清福，哪怕只有一天也好。

是否为时已晚？

我换个角度理解你（12月29日　星期二　阴）

不管是我，还是一同转来的"艾感"者们，已渐渐了解并适应了这个"家"。少数"艾感"者在生产劳动中，因技术手法跟不上而犯愁，但我相信，随着时间的推移，加上警官的帮助，大家一定会跟上步伐。

这几天，我也发现不少问题，有部分"艾感"者，因不识字或理解能力有限，警官要求我们队列整齐，穿干净衣服。他们认为，这是警官对我们的管束。并没有意识到，这一切是为了提高我们的自律能力，转变我们的生活作风。警官苦口婆心，反复纠正。也许，价值观、集体荣誉感、团结精神等，他们从未想过，促使不能换位思考问题，加上文化程度低，不能理解警官们的真实意图。

从这个意义上讲，"艾感"专管大队民警确实不易。我作为班组长，要以身作则，协助警官管理，运用警官教我的方法，尽力帮助他们，配合大队做好管理教育工作。

追忆童年的时光（12月32日　星期三　阴）

元旦节快到了，大队里的节日气氛渐渐浓了。

警官们忙前忙后，为我们准备了丰富的节日饭菜、水果和文艺节目；"艾感"者们也在洗衣、洗澡、打扫卫生，准备迎接新年的到来。

于我而言，说心里话，我不愿过节，这可能是许多"艾感"者的共同想法吧。因为，我们毕竟身在他乡，想家、想亲人，也想自己孩童时代过节的欢乐。

在家过节时，家人围坐在一起，喝茶、嗑瓜子，父母抱着我的两个孩子；调皮的儿子，从爷爷手里抓糖吃；女儿拉着奶奶的手，顽皮地跳舞和游戏；我和老婆默契地在厨房准备饭菜。祥和又平常的幸福日子，真好！还有我的童年，每当元旦节时，我都拿着铁锹、扫把，将门前的雪扫到一块儿，堆一个大雪人，摘下自己的帽子为其戴上；和小伙伴们打着雪仗，滑倒了，脸上也满是微笑。

现在的我，只能在千里之外，为亲人送去祝福。有民警和"艾感"人员的陪伴，我不孤单。

和善与友爱的笑（1月1日　星期五　阴转晴）

今天是新的一年，新的一天。

我们换上干净的队服，吃过丰盛的早餐，有序地坐在球场里，参加大队组织的茶话会。

会上，警官们为大家分发瓜子、花生、糖和柚子。我们边吃边听警官们讲话，收获他们送上的新年祝福与鼓励。我们发自内心地鼓掌，我使劲拍，一看手掌，通红，呵呵。

我好想对警官们说，感谢他们在过去的一年，为我们所做的一切，他们像亲人，像老师一样，不离不弃，守护在我们身边。这份辛苦，没有从事这个职业的人是很难体会的。

接下来是丰富多彩的投篮比赛、托球跑、五人六足等文娱活动，我们积极性高涨。在新年第一天，卸下一切心理包袱，全身心投入到活动中去，体会到久违的幸福和快乐。

节日的气氛很快被推向高潮。最精彩的是篮球比赛，"更生苑"和"矫治苑"的队员不断上演抢断、堵截、配合、上篮得分，各个精神百倍，汗流浃背，在球场上奔跑。全场哨响，我们"矫治苑"以2分的优势获胜。全体"艾感"者起立，为"运动员"鼓掌喝彩、祝贺。当然，奖品也被我们积极、努力的参与者和竞争者，瓜分得一干而净。

这一天的所见所闻，我感受到了"蓝莲花家园"的和谐氛围。这里没有歧视，只有一张张和善和友爱的笑脸，警官们用心良苦，为我们安排这一切看似平凡、实则至善至美的节日活动。倍感亲切。

洗净我的斑斑污点（1月3日　星期日　阴）

今天，警官不厌其烦地教我们做人的道理、毒品的危害及艾滋病的相关知识。通过警官的教育，我坚定了信念，我们是不幸的"艾感"者，但也和正常人一样，他们能做到的，我们也可以，主要是摆正心态，去掉曾经的自卑、自负和自暴自弃。发挥自己的潜力，踏实而又努力地去学，去做，不懂的向警官们请教。

我相信，在以后的戒治生活中，配合警官的教育工作，将过去的污点擦掉，重塑新的人生目标，早日回归社会，用平凡的心，勇敢面对人和事，过一个平凡人应有的幸福生活。

"3—7"舍长用心浇花（1月9日　星期六　晴）

今天阳光真好，我收获也不少。因为，"3—7"舍长给我上了生动的一课。

吃过午饭，和往常一样，我在院子里晒太阳，与大家活动一会儿后，又回到宿舍补觉，避免晚上值班时没精神。

可我怎么也睡不着，靠着走廊四下张望。无意中，我看见值班员面前摆着一盆花。从远处看，花有些打蔫。心想，它是不是生病了？反正睡不着，不如去瞧瞧。

刚到楼下，我停下脚步。"3—7"舍长眼神专注、动作轻柔地为花儿修枝、浇水。经他的手，花儿变了模样，比之前清新、硬朗多了。

这件事，对我很有启发。其实，只要用心做一件事，就一定能做好，再加上友善的爱心，就会变得更完美。警官们常说，我们的戒毒生活，只要用心和善良去面对，天堑也会变坦途。

第四节　当民警被艾滋病感染者弄伤以后

位于攀枝花仁和镇的岩神山，又名普陀岩，因山形像一尊弥勒坐像，而得名。这里满山碧翠，山花烂漫，如同一幅淡逸劲爽，笔酣墨饱的水墨丹青。

1989年年初，攀枝花市强制隔离戒毒所从盐边三堆子搬迁至仁和镇，毗邻岩神山。攀所民警将仁爱、关怀的目光投向戒毒人员。他们零距离接触，朝夕相伴，亲如一家。其背后，也有惶恐和忧虑。

1994年7月，攀所检验出第一例"艾感"戒治人员，属原四川劳教（戒毒）系统首例。

全所自上而下，逐渐对"艾感"戒治人员实施相对集中的管理办法，成立了以所长担任组长的艾滋病防治工作领导小组。

2016年4月，攀枝花市强制隔离戒毒所民警樊毅杰已服用艾滋病阻断药物一年，最后一次复查结果为阴性，他露出了久违的笑容。

一年前，天空湛蓝，燥热的气温，让人心绪不宁。

二大队的"艾感"戒治人员张东强，因右腿的脓疮持续发炎而拒绝治疗，大队民警急得像热锅上的蚂蚁，大家苦口婆心，轮番上阵，对他做思想工作。戒毒人员见状，纷纷加入"帮腔"队伍。最终，张东强同意接受治疗。

经大队研究决定，此次所外就医的重任，交由谨慎、稳重和果敢的樊毅杰负责，并让一名护卫民警协助完成。

"他性情多变，情绪不稳，你一定要小心。"教导员江波叮嘱樊毅杰，神色凝重。

樊毅杰点了点头，遂揣着车钥匙，径直走向戒毒人员宿舍。按相关规定，对张东强做好安全措施。

"嘀！"通过指纹识别，樊毅杰和护卫民警一同带着张东强出了大队门岗。

"樊警官，你们是小题大做，反正我也活不长。我不想去医治！"张东强轻蔑地说。

樊毅杰心里"咯噔"一下，隐约感到一丝不安。

俗话说，孙猴子纵有七十二变，也难逃出如来佛的五指山。

正当三人踏出管教区，张东强突然拖拽着樊毅杰冲了出去。说时迟，那时快，两位民警咬着牙，憋足劲，一左一右，钳住张的胳膊，迅速将其控制住。他们揪着试图逃跑的张东强，立即带回大队。

待安顿好张东强，樊毅杰心想：刚才好险，如有半点迟疑，后果不堪设想。

当樊毅杰回过神来，将衣领理直，衬衣扎进裤子，隐约感觉左手掌有些黏，并伴着轻微的疼痛感。他摊开手一看，虎口处，一道划痕渗着血。

联想到刚才的情况，樊毅杰不禁倒吸一口冷气。

"难道是制止张东强时，被划伤了？"樊明白感染 HIV 的后果，他没有犹豫，一边向上级报告，一边朝所部卫生所跑去。

"刘医生，刚才我准备送'艾感'戒治人员到所外医院去看病，不晓得是咋的，手被弄伤了……"

没等樊毅杰说完，正整理药品的刘大勇打开房间内的水龙头，着急地说："立即用肥皂水冲洗，快！"

"应该没事……"樊毅杰心里打着鼓，表面冷静。

这是一支能打硬仗、敢打硬仗、善打硬仗的队伍。

樊毅杰划伤的情况，被火速上报。

攀所党委书记、所长刘镇迅速下达指令，立即启动《攀枝花市强制隔离戒毒所防职业暴露应急处突预案》；

同时，管理科对事故原因展开调查；

生卫科和卫生所立即联系市疾控中心领取阻断药物；

教育科组织心理咨询师对张东强进行心理干预。

……

时间就是生命！

10 分钟后，民警载着樊毅杰火速抵达攀枝花市疾控中心，被工作人员告之暂无阻断药品，为不耽误及时治疗，刘镇立即与攀枝花市卫生局取得联系，请求协助寻找阻断药品。

20 分钟后，攀枝花市卫生局来电称，药已拿到，正派专车送往疾控中心！

15 分钟后，樊毅杰服下阻断药品！

此时，距离事发不到一个小时。

"阻断药物是否有效，需要定期到疾控中心复查，一年后才能确定有无感染艾滋病病毒。"攀枝花市卫生局工作人员提醒樊毅杰按时服药和定期检查。

意外，无法阻挡，关爱和力量却在继续。

事件发生当天，民警依然带张东强到所外就医。一路上，陪伴他的民警对其展开心理疏导，鼓励他安心戒治，正确面对病痛，直至腿伤痊愈。

一年的观察期，樊毅杰没有丝毫懈怠，他服用阻断药物，定期复查，坚持上班，对待戒毒人员，尤其是"艾感"戒治人员，倾注了更多的耐心和关注。而所党委班子成员、副所长毛和成等领导和民警，多次前往他家，进行看望和慰问。一有机会，便派樊毅杰到外省戒毒所进行学习和交流，让他分散注意力，保持良好心态。

2015 年 12 月 1 日，攀枝花市强制隔离戒毒所以大队为单位，举行防艾宣誓和消除歧视爱心签名仪式，所领导、民警、全体戒毒人员在"行动起来，向'零'艾滋迈进"的大型横幅上签名。活动当天，攀所与攀钢集团总医院签订合作协议，由医院方选派一名全科主治医师和一名护士，充实戒毒场所医疗队伍，参加卫生所值班，同时医院为场所戒毒人员就医开通绿色通道。第二年，又与攀枝花市第三人民医院建立了合作关系。

为防止职业暴露事件再次发生，攀所向四川省戒毒管理局请示，适时向省属专管所四川省资阳强制隔离戒毒所转送"艾感"戒治人员。

第五节　感恩的种子在他心灵发芽

据统计，吸毒人员中，初中及以下学历者，占总数的 86%，高中（含中专）及大专占 9% 和 5%。从文化程度上看，学历越低，陷人吸毒诱惑的概率越大。

今年 39 岁的郭星，大专文化，在泸州市强戒戒毒隔离所的戒毒人员中，他小有名气，素有"秀才"之称。每个星期，他所写的心语周记，都感动并鼓励着其他戒毒人员：

> 对我们的管教民警，我们应该有的不仅仅是一颗敬畏的心，更该有的是怀有一颗感恩的心，一步一个脚印，脚踏实地去走完我们的戒治之路。我相信，只要我们心中有梦，追求梦，就能重新寻回我们失去的亲情、友情和爱情，就能得到幸福。

1999 年，郭星从部队转业分配至古蔺某银行工作。由于性情耿直，工作没多久，他的朋友遍布古蔺县城，所以每天请客吃饭、喝酒、唱歌成了他生活的主要部分。为追赶潮流，吸食冰毒也成了他生活中不可缺少的应酬。

2002 年结婚后的郭星依旧没有收敛这种生活方式，而银行工作的薪酬，无法支付每日开销。经朋友介绍，他辞去了工作，到煤矿当起了"煤串串"，帮人买卖煤矿，从中收取手续费，平均每月净赚 20 多万。

那时，钱对郭星来说，唾手可得，物质已无法满足他的渴求，从而，他将精力寄托于毒品和赌博。

一天下午，他和几个毒友邀约在一起到其中一个租住的房间内"分享"冰毒，亢奋在烟熏缭绕中，打牌酣战至第二天中午，输赢达 10 万元。

冰毒将郭星推向了疯狂的顶峰。

2009 年暑夏，在泸州"溜冰"的郭星和朋友开车回古蔺，路经叙永时，远处警灯闪烁，他吓得像老鼠见了猫一样，周身冒汗。

坐在副驾驶上的郭星催促朋友，将车紧急停靠路边。

"我来开车。"郭星慌忙说。

"啥子？"

"我看到警灯在闪，肯定是禁毒大队在检查。"

一听是警察临检，朋友立即下车，与郭星换坐。

郭星发动引擎，在通往古蔺的盘山路上，疾速向前，原本一个半小时的路程，他只用了半个小时。

后来，经多方打听得知，原来当晚只是矿产品检查，这让郭星虚惊一场。

2012 年，是郭星人生大起大落的一年。煤矿因整顿而被关闭，断了他的财路。这一年，妻子向他提出离婚，郭星净身出门，与父母住在一起。

毒品，让他失去自我，痛失家庭。第二年夏天，他发现，古蔺的私家车日益增多，遂萌生了开洗车场的念头。他把这一想法告诉父母和妹妹，大家东拼西凑，圆了他开洗车场的梦。

可没过多久，郭星又复吸了。

2013 年的 12 月 19 日，他在洗车场休息室"溜冰"，4 名警察冲了进来，当冰冷的手铐钳住手腕时，郭星脑海中一片空白。

在叙永县公安局戒毒所待了 2 年，出来后，郭星四处张望，无家可归。他想起在戒毒所认识的朋友，并拨通对方的电话。

"出来就好，我为你接风洗尘。"对方热情地说，宾馆已开好。

来到指定房间，"朋友"将新衣服备在床上，让郭星洗澡，洗掉晦气，声称自己出去办事，一会儿回来。大家心照不宣。

当郭星从浴室出来时，桌上已摆着冰毒，盛情难却，他再一次复吸了。

2215年5月，郭星在"粉友"家吸食毒品，出门买香烟，被5名警察抓获，送到了泸州市强戒戒毒隔离所。

刚进所时，一大队大队长罗冰将新戒毒人员一个个叫到办公室，背诵所规所纪和行为规范，郭星愣在原地，始终不吱声；在做《心理测量表》时，他在答题纸上乱画一通。

"换了一个环境，也许你不太适应。"罗冰不紧不慢地说，"有什么困难，一定要说出来，但你要调整心态，将自己所有的注意力放在戒治上。"

在泸州市强制隔离戒毒所举办的"文化月"活动中，邀请教授、社会团体来所进行帮教，组织学习《弟子规》。社会的关爱，不断涌向泸州市强戒所，如千万只温暖的手，抚慰戒毒人员的心灵。

郭星被分到三大队。大队长赵宗穆找到他谈话，在所有戒毒人员中，他学历较高，安排他在康复劳动时做保管记录工作。

郭星同意了。

在岗期间，郭尽职尽责，但还是很少与人交流，赵宗穆又让他担任互助委学习委员。

有职责在身，表面上郭星逐渐话语多了，笑容也多了，但内心依然封闭和荒凉。

11月28日凌晨4时，郭星肚子一阵绞痛，他蜷缩着身子在床上翻滚，痛苦的叫声惊醒了同宿舍的其他戒毒人员，并按响警铃。当晚值班民警钟杰第一时间冲进宿舍，背起郭星朝医务室一路小跑。

经医生初步诊断，建议送所外就医。很快，郭星被送到了泸州市第二人民医院，确诊为胃穿孔，需立即进行手术。在频繁的电话联络和入院手续的办理后，他被推进了手术室。上午12点，躺在病房的郭星惺忪地睁开眼睛，他看见钟杰倚靠在座椅上，疲惫不堪。顿时，他心生感动。

郭星住院恢复阶段，大队民警轮班照顾他，像待家人一样，事无巨细。

由于郭星是切腹手术，只能平躺，上厕所只能用便壶，钟杰为其倒屎倒尿。

看着民警所做的一切，郭星羞愧难当。

其间，他了解到，钟杰具有研究生学历。两人在谈心时，钟杰还告诉他，戒毒人员虽然是违法者，也是受害者，更是病人，但民警与他们在人格上是平等的，所里实施的"常青藤戒毒模式"，不仅蕴含了"生命、健康、不屈、希望、支持、人本、积极、追求卓越"等精神理念，而且在戒毒人员康复劳动时，更加注重心理辅导及心态调整，纠正其惰性，得到心灵的康复和慰藉。

出院归队后，郭星仿佛变了一个人。他怀着感恩之心、感激之情，积极努力戒治，规范言行，在戒毒人员中起到模范带头作用。

2016 年，泸州下起了大雪，这在川南地区实属罕见。

郭星在康复劳动时，因坐在安全疏散口，刺骨的冷风灌入全身，他哆嗦着。不一会儿，郭星又感觉风小了，他回头一看，原来赵宗穆大队长正站身后，替他挡风。

一个小时后，趁戒毒人员休息的间隙，郭星对赵宗穆说："大队长，你站在这里冷，我扛得住。"

"没事，你们吸毒，身体素质差，我的身体比你们好，这不算啥。"

这句话，暖进了郭星心窝。感恩的种子，在他心灵的土地上发芽了。

第六节　心理咨询师走进戒毒者内心

戒毒，是一个痛苦而漫长的过程，需要长期有效的心理戒治，在四川省各强制隔离戒毒所中，心理咨询师发挥着举足轻重的作用。

今年 35 岁的张峻荣，浑身散发着正能量。2011 年 9 月，他从某监狱调往泸州市强制隔离戒毒所后，肩挑两任，即管教民警和心理辅导员，是泸州所唯一的二级心理咨询师。

随着新型毒品的兴起，对神经组织系统造成极大的损害，致使言行异常。泸州市强戒所的戒毒人员绝大部分沾染过冰毒、麻果等毒品，因此，民警将时刻面对易怒、焦虑、妄想和有攻击性的戒毒人员，但张峻荣总是挂着微笑，一脸灿烂。

有民警问他："峻荣，你整天笑眯眯的，高兴啥？"他说，作为戒毒管教民警，必须学会调节情绪，而自己还是心理辅导员，更应当有一种阳光的心态，用专业的心理知识，随时对自己做心理辅导，排解负能量。如果被负面情绪带人太深，会失去冷静客观的判断能力，不仅帮不了戒毒人员，反而会产生错误引导，其后果是很严重的。

2014年，刘明因吸食冰毒被公安机关送到泸州市强制隔离戒毒所，入所第一天，他便对民警叫嚣："泸州地方不大，今后大家都会见面的！"

为预防刘明做出过激行为，威胁到场所安全，他曾数次进出严管队，进行稳定情绪和反省。可是归队后，又原形毕露，四处威胁其他戒毒人员。大队民警想出一计，让其担任班组长和互助委成员，在管理好大家的同时，也约束自己的言行。

此后，刘明似乎收敛了不少暴躁的脾气。

当时，在一大队的张峻荣，也在静静地观察刘明的一举一动，除极度敏感、多疑以外，刘还自命不凡，公开抱怨和指责他人，其亢奋的情绪像鞭炮一样，一点就炸。

张峻荣初步断定，刘明具有偏执型人格特点。

一天，张峻荣值夜班。他盯着监控视频，突然看见刘明正在与人争吵，指着互助委成员陈忠文的鼻子，暴跳如雷，而宿舍过道也被其他戒毒人员围得水泄不通。

张峻荣立即对一旁的大队长赵宗穆说："不好，有情况！"

他们兵分两路。赵宗穆负责紧急疏散围观的戒毒人员；张峻荣则控制住当事人，命令两人双手抱头蹲在原地。

待刘明稍微平静后，张峻荣将其带离宿舍。

人在愤怒时，具有攻击性。为防止刘明再次有异常举动，在谈话室，张峻荣同样让他双手抱头蹲下。

"这是干啥呢，班组长不起好带头作用？"张峻荣对刘明说，"你自己好好想想，以前多次找你谈话，让你当互助委成员，这是大家对你的信任！不过，你工作也很出色，但今天你干的叫什么事？"

蹲在地上的刘明，脑袋浑圆，微微颤抖。张峻荣知道，他还在愤怒点，情绪还不够稳定，不适合做思想工作。

"你先冷静思考几分钟。"

大约5分钟后，为了尽快使刘明平复心中的怒气，张峻荣决定换一个相对安静的环境。

在民警办公室里，张峻荣仔细观察，刚才还在愤怒点的刘明，已开始安静。他决定乘胜追击，采取倾听法，抓住其痛痒处和关键点，进行心理疏导。

张峻荣心平气和地问："你先谈谈来所的感受？"

刘明军姿站立，眼神中，还有一丝不服气。

沉默是心灵的一面墙，严重阻碍戒毒人员的情绪释放，导致心墙越筑越厚，使人无法抵达内心深处，揪不出症结。

"是不是没话说？"张峻荣反复多次问。

房间里，安静得像时间都停止了一样，一个喘息声也能将它击破。

"这周我想买香蕉，给陈忠文打了生活报告，结果没买回来，所以我到宿舍找他！"刘明提高音调，"他故意针对我！"

此刻，张峻荣成了一名倾听者，让刘尽情发泄情绪。一番宣泄，刘明认为，是自己过于冲动，不应该心胸狭隘，说着，他憨笑起来。

张峻荣凭借多年的心理咨询经验，开导偏执型人格戒毒人员，必须让他信服心理咨询师。

"不就是少了一个东西吗？到时我联系给补上。他做错了，我们会教育。有困难和矛盾，你要向民警反映，不能私自处理。"张峻荣敏锐洞察到刘明眼神松动，这是他渴望交流的讯号。

紧接着，张举例说，现实生活中，每天都会发生搞错的事。比如，到市场买菜，别人少找5毛钱，一般都不会与对方争吵。同样，戒毒人员陈忠文做事认真，从未出现差错，大家有目共睹，也不会拿买东西来搞针对。

"换位思考一下，如果是你弄错了，别人也这样待你，心里好受吗？"

"是的，确实是小事。我承认错误。回宿舍，我向他赔礼道歉。"刘明长叹一口说。在他一岁时，父母离异，他跟随父亲，也许是迫于压力，父亲整日借酒消愁，稍有不顺心，就冲他撒气，所以，刘明是在打骂声中长大的。

在他固定的思维里，与人交流就应该像父亲一样简单、粗暴，而这样的性格，
也让他吃了不少亏。

"我能理解你，同时，我也谢谢你，把我当朋友，对我说了这么多。"张
峻荣说。毒品，瓦解了众多家庭。为了戒毒，曾经一位母亲用菜刀砍断拇指，
逼儿子戒毒。这是亲人和社会对毒品的无奈和憎恨。

"张警官，今天我所做的事，请原谅，给你添麻烦了。"刘明深深鞠躬。

与刘明谈话到深夜。当晚，张峻荣躺在床上，寻思着对刘明做进一步的
心理疏导和戒治工作。

许多戒毒人员的内心深处，极度渴望亲情和回归后的生活，但都会隐藏
起来。如何打破心理防御，唤醒被压抑的基本情感，让他们对戒毒充满信心、
看到希望的曙光呢？

那一晚，张峻荣再次失眠了。

第七节　文化教育矫治让戒毒者重获新生

2016 年 3 月，四川省眉山强制隔离戒毒所绿草如茵，辛夷花悄然绽放，
萼片状的紫红花瓣，散逸着大自然的爱。

迎着晨光，四大队的戒毒人员沿着几何图形的绿篱，跑步锻炼。草坪中，
耳熟能详的"中国梦"公益广告，弘扬着中华优秀文化和传统美德，振奋人
心。戒毒人员杜冀东默念着："国是家，善作魂，勤为本，俭养德，诚立身，
孝当先，和为贵……"

1971 年，杜冀东出生在一个书香门第之家。他从小受父亲熏陶，举手投
足间，都有一种书卷气。多年来，他如闲云野鹤，生活在中国历史上著名的
"进士之乡"眉山市。

一次家变，彻底改变了他的人生轨迹。

杜冀东与妻子的感情不撕自碎，他顿感世态炎凉，在朋友的怂恿下，沾
染上了海洛因。从吸食到注射，原本壮实的身体，日渐消瘦，两眼深凹。为
挽救儿子，杜冀东的父亲不动声色，暗中报警，亲手将他送进了强戒所。

"一人吸毒，全家担忧。"杜冀东还清晰地记得那一天。

2014 年冬季，他参加弟弟婚礼后，父亲说他脸色煞白，形如枯槁，需到医院检查。一直敬重和孝顺父亲的杜冀东，立即答应。

刚下车，一名男子向他靠近。

"请问你是不是杜冀东？"

"是呀，什么事？"

"带走！"

杜冀东丈二的和尚，摸不着头脑。两名便衣警察左右夹住他带离了医院。

2015 年 3 月 29 日，杜冀东被送到四川省眉山强制隔离戒毒所，在入所大队待了一段时间，又被分到四大队。

杜冀东熟悉国家法律法规，出口成章，能言善辩。他的才能，引起了大队民警的注意。

强戒所不仅要强心，也要强身。

大队安排每名戒毒人员参加康复劳动，杜冀东却说自己全身疼，周身是病。

副大队长王治是"警二代"，对杜冀东的"病"，多数戒毒人员都会犯。他们为躲避劳动，心存侥幸，无病装病，小病大养。民警只需"望、闻、问、切"观察一番，找到切入点，保准药到病除。

当晚，王治将杜冀东叫到办公室。

"生活上有什么不习惯，都可以说出来。"王治嘱咐他，注意身体，劳动有益增强免疫力。

杜冀东眼睛三眨两转，答非所问。"我想了一下，还是该戒毒。"他称自己以前出过车祸，伤及股骨颈，但凡做一点劳动，旧患便会疼痛难忍。

"如果情况属实，安排你进学习组，帮助其他人员学习法律法规和所规队纪。"

清代诗人黄景仁曾题写"十有九人堪白眼，百无一用是书生"。没想到，在强戒所里，杜冀东这个"书生"却有了用武之地。

杜冀东觉得王治慧眼识珠，是伯乐，是知己，立即点头答应："要得！"

他进学习组，做得有板有眼，腰不痛，腿不酸，干起活来十分卖力，而且还时刻观察戒毒人员的行为举动，有无违反所规队纪。不久，他便发现了问题。

根据所部要求，在内务整理上，洗漱用品及生活用品需摆放整齐，而同宿舍的彝族戒毒人员火布，却习惯乱扔乱放，杜冀东针对这一违纪行为，以学习组的名义，从周一至周五，晚6点半到8点半，替火布恶补强戒所的纪律要求，语言不通时，他便找来其他彝族戒毒人员，进行翻译，一字一句为其解释。经过一段时间学习，火布不仅改掉了陋习，而且两人相互照料，成了兄弟。

人吃五谷杂粮，难免一病。

有一次，杜冀东真的生病了，他后背疼痛。大队长黄昕得知后，将其送到医护室就诊，但不见好转。这可急坏了黄昕，他电话询问杜冀东的父亲，得知杜有肌腱炎的旧患。黄昕马不停蹄地到所外医院拿药，并交给杜。擦药时，由于够不着后背，火布每次都争抢着替他上药，朴实而真诚的举动，一次次打动杜冀东。

在强戒的日子里，杜冀东感受到彝族同胞独有的热情和真诚。

火红的七月如期而至。"火把节"是彝族最隆重盛大的传统节日。所部在教学楼广场前，举办了以"火把照耀，阳光戒毒"为主题教育联欢活动。杜冀东坐在台下，聆听大家共同的心声。

活动开始前，杜所在的四大队派出阿格，代表全所彝族戒毒人员进行发言。他说，因法律观念淡薄，意志薄弱，吸食毒品，违反国家法律法规。在强戒期间，他们在各级领导及大队警官的热情无私帮助教育戒治下，对毒品具有更深的了解和认识。

"我深信，有像医生、像老师、像父母一样的民警的关心厚爱和家乡人民的关怀帮扶，我们一定能脱胎换骨，重新扬起生命的风帆！"阿格激情昂扬。

掌声，淌过安宁河，翻越螺髻山，经久不息。

随后，杜冀东看见，彝族兄弟载歌载舞，寄托乡思之情。

我曾一千次

守望过天空

那是因为我在等待

　　雄鹰的祖先

　　我曾一千次

　　守望过群山

　　那是因为我知道

　　我是鹰的后代

　　一曲《彝人之歌》悠扬婉转，在强戒所上空回响。二大队的16名彝族戒毒人员，以歌舞形式，表达了对故乡的深深眷念，彻底戒除毒瘾的决心。一大队的32余名彝族戒毒人员，演绎经典彝族歌舞《忧伤的母亲》，部分戒毒人员纷纷流下忏悔的泪水。

　　活动结束后，教育科科长骆志军动情地对全所戒毒人员说，通过传统节日，让每一位戒毒人员实现戒毒梦，用火把文化，照亮心中的阴暗，烧毁陈旧陋习，照耀前途光明，让母亲不再忧伤，让家人放心，让民族骄傲。

　　回大队的路上，杜冀东小声哼唱着所歌《悔悟》：

　　生命最可贵，光阴难再追，脱胎又换骨，人生更光辉。我们改错，我们忏悔，翘首望窗外，阳光正明媚。

第八节　十八般武艺惊现戒毒所

　　在四川各司法行政戒毒场所，回归是永恒的话题。

　　如何让戒毒人员回归社会，保持操守，愉悦心灵，重塑健康体魄？ 2015年，四川省戒毒管理局向全省司法行政强制隔离戒毒所下发了《戒毒人员身体康复实施意见（试行）》办法，针对戒毒人员的身体和心理特点，在解除强戒之前，熟练掌握一项保健养生功法，巩固其脱瘾教育效果，恢复体能，重构健康心理，养成良好的锻炼习惯，为顺利融入社会提供坚实保障。

　　接到《办法》后，四川省新华（绵阳）强制隔离戒毒所立即行动，一切为了回归社会！

　　为全面推广《办法》练习活动，新华所在国家体育总局健身气功管理中心统一订购教学光盘及相关书籍，共为各大队配备了专业训练服900套，太极鞋800双、健身球800个、瑜伽垫200张和功夫扇600把。

所部各科室及所部领导，兵分两路。政委陈福明、副所长赵永鸣在二管理区召开戒毒人员传统健身训练动员大会，副所长蒋文剑负责一管理区。

动员，动员，再动员！

全所4000多名戒毒人员，由于喜好不同，民警从国家体育总局推广的保健养生功法内容中，在各大队征求戒毒人员意见，挑选锻炼项目，进行汇总，形成统一意愿，进行练习，其训练情况也纳入了个人诊断评估。

这是原本轻松的学习过程，但只有影像资料和文字，新华所担心戒毒人员产生倦怠情绪，随即成立了身体运动康复指导中心，整合全所社会体育指导员获证民警资源，外聘和邀请社会志愿者及西南科技大学体育学科部，组成运动康复教练团队，注入师资力量，让戒毒人员更为直观地掌握动作要领。

俗话说，是骡是马，得拉出来遛遛。

2016年春节前夕，新华所举行"男儿当自强"中华传统健身训练汇报表演。管理区内异常热闹，在中国红的主色调下，音响、红毯、评委席等一应俱全；15支大队的戒毒人员各个精神抖擞，端着小板凳，井然有序地来到表演现场。整队集合完毕，民警代表向现场总指挥蒋文剑副所长进行报告请示，"汇报表演正式开始！"蒋文剑一声令下，掌声四起。

曾习过武的戒毒人员张兵，将和民警们代表七大队第一个出场。他迅速整理着装，闭上眼，调整呼吸，大步走上了表演舞台。

张兵与民警们共同完成的32式戒毒拳，以少林长拳套路中研习而得，一招一式，神形兼备，刚柔相济。在整套拳法结束时，还为大家奉上了绝活，将写有"毒品"二字的木板逐个击破。全场又一次报以热烈的掌声。

表演精彩纷呈。三大队的太极功夫扇，吸中华传统武术之精华。戒毒人员身着宽松的太极服，手持一把黑扇，随着一曲《中国功夫》的音乐，挥舞折扇，并与国粹太极拳灵活结合，一个白鹤亮翅，虚步亮扇，动作整齐划一。用毛笔书写的"天行健，君子以自强不息"十个大字，抒发了戒毒人员对回归社会奋发图强及永不停息的决心。

彩色服装，戴着面具的五大队戒毒人员王强，扮成一名小丑。刚一出场，其滑稽可爱的动作，瞬间逗乐全场。小丑从兜里掏出杂耍球，灵活地将球轮流抛向空中，又接住。随后，他拿出一个长气球，根据想象力，摆弄出几个气球娃娃，送给现场的戒毒人员。剩下一个娃娃时，大家纷纷伸手索要，可小丑拿着娃娃扭着屁股，走向了评委席，将它送给了现场总指挥蒋文剑。

"谢谢，谢谢！"蒋起身，接过娃娃。小丑做了一个调皮的动作，蹦跳着到戒毒人员中，拉上该大队的戒毒人员徐俊，将自己的帽子扣在他头上，进行互动游戏。

一队，一特色。风格迥异的汇报表演，提前给戒毒人员过了一个欢乐喜庆之年。

"你是我的小呀小苹果，怎么爱你都不嫌多，红红的小脸儿温暖我的心窝，点亮我生命的火，火火火火火……"耳熟能详的旋律刚一响起，顿时嗨翻全场。五大队的戒毒人员戴着红色假发，穿着红条白底连体衣裤，在社会体育指导员马科威民警的带领下，将广场大妈的经典曲目《小苹果》跳进了戒毒所，为大家注入了新的活力。在节奏欢快的乐曲中，他们扭动着身子，将此次汇报推向高潮。

"跳得太好了！"广元籍的戒毒人员陈雷拍着巴掌，对旁边的张少东说，回归社会后，自己也要学这个舞，带上母亲一起跳。

张少东笑着说，他想学绿色回归家园"居民"们跳的《江南 style》骑马舞。"这样扭起来，才叫过瘾。"

十一大队的导引养生功十二法，动作优美，衔接流畅，不仅让戒毒人员得到身体锻炼，而且还纠正了他们缺乏耐心、浮躁焦虑的性格弱点。

从 2015 年起，四川省新华（绵阳）强制隔离戒毒所，将戒毒人员身体康复纳入重点，以中华传统养身功法为主要内容训练，运用"一课一训"的授课模式，在所内开展瑜伽、广播操、健身操、养生功、搏击操、广场舞、太极拳、武术操等二十余个身体康复项目，深受戒毒人员喜爱。

第八章

回　归

家园是绿色的，民警说话的声音也是绿色的
从鸟啼中散落下来，落满仙山
栖息一颗又一颗干涸的心灵
拼命生长一种绿色，渴望回归

没有围墙的家园，鸟儿飞来飞去
衔满嘴春天筑巢
让所有走失的灵魂，不再自卑，不再受他人歧视

第一节　"绿色回归家园"聚力戒治

鸟语花香，青山绿水。

占地 3822 亩山林坡地，集戒毒康复、职业培训、临时就业安置等多功能于一体的"绿色回归家园"，坐落在小视沟镇洪发村，距所部 4 公里，距绵阳市城区 12 公里，是四川省新华（绵阳）强制隔离戒毒所十五大队所在地。

它按"常青藤戒毒模式"要求，戒毒所携手企业量身为戒毒人员打造的"巩固期"园地，旨在考验他们回归社会的定力和韧性。

在这里，没有铁门，戒毒人员几乎与外界一样，可来去自如。他们在宽大的"绿色回归家园"里，和当地村民一起，给大地栽种树苗，给荒山披上绿装。同工同酬，没有歧视。他们被称作"家园"里的居民。期满，均可留在"家园"里工作，也可选择离去。不管是留在"家园"，还是离去，凡达两年不再复吸毒品的成员，均可向"家园"申请高达 1 万元的戒毒奖励基金。

在这里，陪伴他们戒除毒瘾的民警不再身着警服，一律便装。看上去，很难分辨谁是警察，谁是这里的"居民"。

他们与青山绿水为伴，与花鸟虫鸣细语，与民警称兄道弟，与企业老板和村民同吃同住同劳作，与亲人牵手，贴心相聚。

在这里，民警先后为他们建立了回归社会的 QQ 群、微信群和微信公众号，里面全是戒毒人员及家属和民警等。

他们在这里，要度过半年时光。民警负责指导他们今后如何适应社会发展的需要。

据"绿色回归家园"园长（15 大队大队长）张方燕介绍，"家园"从 2013 年 4 月 8 日成立以来，瞄准戒毒难题，一手抓戒毒人员的戒治，一手抓他们回归指导。两相结合，持续发力，已取得了良好的社会效果。

2015 年年底，所部对 80 名曾在"绿色回归家园"接受戒毒康复的戒毒人员，通过直接走访调查对象并尿检、电话信函联系并到当地公安机关、禁毒机构或社区核实情况等方式进行回访调查。80 人中，有 3 人无法取得联系，实际接受调查 77 人，调查结果显示：77 人中，保持操守（未复吸）70 人，保持操守率达90.9%，就业68人，就业率达88.3%，两项指标均高于未到"绿色回归家园"参与适应性训练的其他戒毒人员。这种开放式戒毒的理念和成功做法得到国家禁毒办专职副主任王刚、国家药物滥用监测中心主任刘志民等领导和专家、学者的好评。

张方燕说，戒毒三分治疗，七分疗养。强戒两年似治疗，期满回归社会似疗养。治疗要抓好，疗养不放松，相互衔接不能脱钩，才能确保戒毒人员内生动力，远毒品，去除心瘾。

张方燕讲述了几个戒毒成功的案例。2014年3月11日，王金林强戒期满回到雅安，开办茶厂，钻研茶艺文化，把生产和销售结合起来，不仅自己赚了钱，还带着村民致富。大队民警在回访时，他父亲说："我家林儿表现得好，脚踏实地，比戒毒前好千倍！"他感谢民警挽救了他们一家。江鹏成为一名消防队员，肖宾带领一支队伍活跃在西安石油战线上，梁波在建筑工地上从事施工设计。更令人高兴的是，多次进"宫"人员唐忠明、杨钊权，也纷纷远离毒品，走正道，自食其力。他们的亲人对强戒所感激不尽。江海军在广州打工，每月寄2000元回家给母亲。其母拉着回访民警的手，流着眼泪千恩万谢。她说："你们把我的军儿，教育成了一个懂得孝敬父母的人！"

有成功，也有失败。

郭洪喜2014年8月21日戒毒期满，前脚刚跨出戒毒所，后脚又踏进了毒品的烂泥潭。汪有泉、肖伟戒治期满，很快又染上冰毒。他们的亲人如泣如诉，让回访的民警听得心酸不已，深感不安和自责未做好对症下药的工作。

针对失败的原因，张方燕说："戒毒虽然是世界难题，但我总觉得有些工作，我们还做得不够。比如强制隔离戒毒人员入住'家园'后，个别民警与之交心不多，与其家人互动不够。"更主要的是，一些戒毒人员期满回归社会，自身问题也比较多：要么电话停机，要么呼叫受限制，要么更换了号码，要么从此失去联系。

"我们民警无法探究他们真实的内心，从他们无声的消失中，折射出我们的戒毒工作很艰辛。"

"家园"在给每一个戒毒人员营造一个和谐的戒治环境时，张方燕呼吁，社会各界行动起来，少一些歧视，多一份关爱；助力戒毒人员回归社会保持操守，融化他们与其亲人之间的冰霜，把家变成人生的港湾；民警在对症下药时，戒毒人员也要努力。张方燕认为，内因不起作用，外因再努力，也是徒劳的。

所以，聚力戒治，意义重大。

"家园"在路上，它是戒毒人员回归社会的中途岛、中转站，渴望携手前行。

第二节　戒毒者最有力量的"撑杆"

2016 年倒春寒。

千态万状的山峰连绵起伏，光洁的绿叶，在细雨中透着光亮。一阵冷风吹过，空气清新而通透。玫瑰花摇曳着身姿，静静绽放。"绿色回归家园"六个金黄的大字旁，大榕树"哗哗"作响。100 米外，十几名男子，戴着圆盘斗笠，身披雨衣，脚穿雨靴，卖力地挥舞着锄头，将一株株娇艳的杜鹃花，植入到松软的泥土里。清新的空中，传来一阵催促声。

"别弄了，大家都回宿舍休息。"四川省新华（绵阳）强制隔离戒毒所十五大队民警赵小平从远处跑来。他气喘吁吁，褐色夹克上布满了细小的水珠。

"赵老师，您咋来了？我们种完就'回家'。"

赵小平快速取下眼镜，用衣角擦拭雨水，语速极快地说："身体要紧，亲人还等着你们健康回归。"他戴上眼镜，以命令口吻，大手一挥，"都跟我来！"

一行人扛着沾满泥土的锄头，跟在赵小平身后，沿着水泥路，迎着春雨，走向十五大队队部。

已过 52 岁的民警赵小平，因从事过教师职业，所以"居民"们都亲切地叫他赵老师。

赵小平为人谦逊，待人随和。戒毒人员遇到疑难杂症时，都纷纷找他诉说。

戒毒警察的使命是什么？赵小平在"绿色回归家园"的QQ群里写道："阅读人间悲剧，不让悲情发酵、延续、延伸、重演！竭尽全力使剧情发生扭转，让欢乐充满人间！"

在这个特别的社交群里，有77名已回归的"居民"及其家属，由于"家园"无网络接人，作为群主的赵小平，回家第一件事便是上网，及时了解"居民"的心声和信息。如有复吸和心情郁闷的苗头，他将立即制止和开解，通过文字心理疏导，让其保持操守，且针对不同的"病症"，开出"七字箴言"良方。

这天，赵小平因在队里整理材料，午夜才回家。他怕惊醒熟睡的妻子，蹑手蹑脚地打开电脑，已强戒期满回归的邹林，其QQ头像急躁地跳动，字里行间充斥着厌世情绪："赵老师，人们不怕坐牢人员，就怕吸毒者，我们是被排斥的一群人。"

赵小平心里一惊，这是复吸的可怕信号。他迅速回复："警察挽救，自清醒；亲人呐喊，当醒悟；远离毒品，祛心瘾；勤劳致富，守法纪；向上向善，正道走；身心健康，真幸福！"

一会儿，邹林的头像再次闪动："赵老师，您放心，我是发泄，不会再沾毒品。"

文字后面，邹还特意加了"调皮"和"咖啡"的表情。

这句话，逗乐了赵小平。没想到，邹竟猜出了他的心思，使自己虚惊一场。他呷了一口茶，又追加一句孝道箴言："孝敬父母，应感恩；端茶递水，天养成。"并添加了一个"胜利"的动画表情。

一番文字交流，赵小平轻松多了。

不知不觉已到凌晨2点，群里已安静下来。赵小平取下眼镜，捏了捏鼻梁，结束了一天的工作。

清晨6点钟，赵小平在电话铃声中惊醒。

"赵老师，早上好……唉，其实，也没啥事……"回归的"居民"张远在电话中吞吞吐吐，欲言又止。

"你别遮掩，有事，请讲。"赵小平慌忙坐起。

原来，为庆祝张远强戒期满，父母邀约亲人共进晚餐。席间，大家对他的戒毒成功持怀疑态度，令张百口难辩。当晚他梦见自己复吸，惊醒后，浑身是汗，且一夜未睡，在阳台抽了两包香烟。

"赵老师，您帮我出个主意，证明我没再吸毒了，是一名正常人。"

"用事实说话，拿出行动。"赵说，"尿检最具说服力。"他翻身起床，打开电脑，将购买尿检板的地址，通过 QQ 转发给了张远。

"你别害羞，当场用尿检板测试。"赵小平进一步说，如在日常生活或梦境里，有自我怀疑现象发生，他建议张远到正规医院进行尿检，花钱买心安。

"要的，谢谢赵老师，打扰您了！"张远说。

挂断电话，赵小平匆匆出门。

车窗外，婉蜒的道路两旁，油菜花一片金黄，散发出希望的气息。

车子颠簸一个小时，赵小平赶到了十五大队。他快步走进办公室，一封写有"赵小平亲启"的信件，摆放在桌上。

他拆开，首先看落款人姓名，是队里期满回归人员许勇的来信。许在信中称，强戒之前，整天与"朋友"吸食毒品，极少回家，从"绿色回归家园"回去后，父母对其 24 小时看管，他向往自由的生活。

赵小平分析许勇的内心世界，开始一天忙碌而琐碎的工作：巡查宿舍，对"居民"进行尿检抽查，向所部汇报工作情况。

忙活半天，他趁大家午休时，开始为许勇回信。

他将许勇从小到大的经历罗列出来，围绕亲情，对其进行思想引导，字里行间，饱含着一位民警和长辈的深深期盼，他这样写道：

你第一次强戒时，我从你父亲朋友处得知，你父亲流了多少泪，哭了多少回。他人生没什么盼头，只要你不吸毒，就是他人生最大的收获！孩子，敞开心扉，与父母交流，你可以触摸到他们有多爱你！孩子，孝敬父母，是中华传统美德，是一个子女应尽的义务和孝心。

赵小平在信末对许勇进行鼓励和肯定，叮嘱他，远离毒圈，保持操守，

陪伴

让梦想照进现实：

　　不小了，该醒悟，正道走，自崛起，学技艺，勤劳动，守法纪，干正事，福自己，乐父母。赵老师盼望你走好、走稳、走长、走美！期盼你的喜讯，盼望你的进步，分享你的成功！

　　有人说，戒毒民警是万金油，戒毒人员哪里不舒服，涂哪里，在"绿色回归家园"里，鸡毛蒜皮的事，时有发生。

　　午后，太阳拨开云雾，探出头来，气温骤然上升。

　　"居民"们在花园里，撸起衣袖，为即将运送来的花卉进行翻土，在欢笑声中，大汗淋漓，大队特意买来西瓜，为劳动"回家"的"居民"们清凉一下。

　　"你凭啥子要多吃一块？！"

　　"我就是吃了，你拿我怎样？"

　　激烈的争吵声从宿舍门前院坝传出，陈万明与张磊两名戒毒人员，因分配西瓜不均，发生抓扯。大家将二人拉开，但冲动的陈万明，红着脖子又扑向张磊。

　　赵小平闻讯赶来，不慎将手机摔在地上。陈、张二人见状，顿时停息了怒火。赵捡起手机，笑呵呵地说："冲动了。"

　　赵小平问清抓扯缘由，以一个父辈的口吻，劝慰双方。他笑着说，世上没有绝对的公平，只有相对的公平，因为十个手指也有长短。

　　"追求公平是好事，但发生抓扯，就不好了。"赵看着两人，接着又开导说，"退一步海阔天空，退一步考虑问题，大家同住一个屋檐下，就是一家人。哪有自家人打自己人的道理嘛。"

　　"赵老师，都怪我一时没压住火。"陈万明愧疚地说，也许自己误会张磊了。

　　赵小平常说，学好一代，幸福三代人。而陈万明上有老，下有小，又即将强戒期满，回归社会。

　　针对"西瓜事件"，当晚，赵小平在办公室提前为陈万明写了一封离所前的送别信：

> 赵老师把所有心血凝聚在这些文字里，时刻关注你，盼你人生
> 之路走好。同时，希望你遇事冷静，不要意气用事。弹指一瞬间，
> 你即将戒治期满，发扬你自己的优良品质，与人为善，你的路会走
> 得更宽，更美！

写完信，赵取下眼镜，揉搓着太阳穴。窗外飘洒着春雨，空气中裹夹泥土的芬芳。他撑起雨伞，对"家园"进行夜间巡查，当他走到"居民"宿舍时，陈万明的呼噜声震天响，他不禁失声哑笑。

"绿色回归家园"恢复了往日的平静。

三个月后，张远再次打来电话说，按照赵小平出的"主意"，他鼓足勇气，每天坚持在家人面前尿检。数次后，均是阴性。大家纷纷鼓掌，为他表示祝贺。与此同时，他还删除了所有朋友的联系方式。

张远还在电话中说："人们常说：'毒能戒得脱，伞都栽得活。'赵老师，我终于把伞栽活了。"

有人说，戒毒人员像弯曲生长的树木，社会、家人和民警就好比纠正和支撑他们的撑杆或支架，使他们努力向上，不偏不移，保持操守。

戒毒人员说，民警是他们戒除毒瘾最有力量的"撑杆"。

第三节　民警从微信聊天中收获幸福

戒毒人员从强制隔离戒毒所出去后，他们回归社会和家庭的情况怎样？是否保持操守不再复吸毒品？过去，四川省新华（绵阳）强制隔离戒毒所每年都要派出大量警力对其进行实地走访调查一到二次，他们常常扑空，十分头痛。

从2014年起，他们开展"多条腿走路"，充分利用网络和新媒体等功能，与回归的戒毒人员及家属保持联系，收到了令人意想不到的效果。

戒毒回归人员每天在微信群里交流和沟通，无话不说。民警以这种方式，

了解他们从"绿色回归家园"出去后的情况，给予他们鼓励和及时指导，避免了许多戒毒人员复吸。他们好多话都不愿意对亲人们说的，在这儿，都向曾经陪伴过自己戒毒的民警们倾诉了。

2016年3月24日晚11时30分，网名"有你不独单"的戒毒人员王华用微信向"绿色回归家园"副大队长赵强打招呼。

有你不独单：赵队好，您睡了么？

赵强：还没有。有什么事，我能帮助你吗？

有你不独单：我很痛苦，内心静不下来，在挣扎。想和您聊聊。

赵强：怎么啦？你快说说。

有你不独单：刚刚从他们（正在吸毒的"粉友"）的房间里出来，我差点走了回头路。人太难受了。

赵强：你出来了就好。别和他们待在一块。自己要坚持住！否则，你多年的努力和心血就白费了。

有你不独单：就是现在不知道该如何选择。

赵强：远离他们！你有你的世界。他们不能带给你幸福，相反只有无穷无尽的痛苦和烦恼。

有你不独单：嗯。

赵强：你现在哪儿？赶快离开他们。

有你不独单：我在广州。现在已经没有和他们在一块了，我自己开宾馆房间住。

赵强：很好。如果痛恨毒品，不如现在就打电话举报他们。

有你不独单：我看举报就算了。毕竟他们认识我，我怕今后遭到他们报复。

赵强：那好，你什么时候离开广州？

有你不独单：我明天一早就买火车票回四川。

赵强：你跑到广州去干哈？

有你不独单：他们骗我到这儿来做生意。结果发现……

赵强：你赶紧把手机关了，等会儿他们找你咋办？

有你不独单：我已经把手机设置成飞行模式了，他们找不到我。

赵强：只要你把持住自己不走回头路，一切都会好。

有你不独单（过了几分钟）：谢谢大队长鼓励。我刚才打电话问了，今晚已经没有回四川的火车票了。只有明天上午才能回来了。

赵强：你千万要记住，你的身份证是"黑"了的。

有你不独单：我不怕，因为我没有吸毒。

赵强（发了一个点赞的表情）：我相信你，好样的！

有你不独单（发了一个微笑的表情）：谢谢您的信任。

赵强：人一旦走错路，后悔就来不及了。你不要再煎熬自己了，要走好人生的每一步。

有你不独单：不好意思，让赵队担心了。我听您的：走好人生的每一步！现在和您聊了这么多，我心头好受多了。影响您休息了，实在对不住。

赵强：没关系哈，有事无事，你随时都可以找我聊聊。

有你不独单：我知道了。谢谢赵队陪我聊天，我内心的阴影没有了。时间不早了，晚安吧。赵队请多多保重！

赵强：晚安，你也要多多保重！

每当赵强翻看自己与戒毒人员的微信聊天记录，心里都有一股热流在全身涌动。他觉得：只要自己真心付出了，就会有收获。

而这份收获，正是从众多戒毒者对一个真情陪伴他们戒除毒瘾的民警的信任开始的。

他感到无比幸福。

4月4日，一大早，赵强的手机响了。

"喂，大队长您好！我是1月戒毒期满的刁德欢呀。我回来后，以前的朋友又来找，我确实抵挡不了毒品的诱惑，自己都快崩溃了。我请求回'绿色回归家园'来躲一躲……"

经请示所部领导，"绿色回归家园"满足了刁德欢的诉求，同意他"回家"。

次日上午9时，刁德欢在妻子的陪同下，"回家"了。

陪伴

今年 45 岁的刁德欢出生在一个贫困的家庭，他自幼勤奋好学，高中毕业参军。在服役期间，多次立功受奖。退伍后，他从事个体运输业，替建筑工地拉建材。饿了，啃干粮；困了，躺在车上睡觉。由于他本人吃苦耐劳，几年下来就赚到了第一桶金，买了一台挖掘机，开进工地拼命地干。几年后买车买房，讨了一个漂亮又贤惠的老婆。挖掘机也由原先的一台变成了三台，小日子过得有滋有味，惹得周围的人投来羡慕的目光。

但这样的日子，好景不长。

2013 年 4 月的一天，刁德欢在一次朋友的聚会上，看见朋友在吸食冰毒，酒足饭饱的他，经不住别人的劝说和毒品的诱惑，就试着尝了一口。

这一尝，彻底改变了他的命运。

从此，工地上没了他忙碌的身影。每天，他沉迷在毒品中，父母的规劝，妻子的眼泪，唤不回他的良知。

2014 年 1 月，刁德欢在吸食毒品时，被达州警方抓获，送到四川省新华（绵阳）强制隔离戒毒所执行强制戒毒。

今年 1 月戒毒期满的刁德欢刚回到家中，过去的"粉友"打电话要为其"接风"，被他断然拒绝，他尝到了保持操守的甜头，颇有成就感。但春节期间，他带着喜悦的心情开始走亲访友，在一个朋友家中再次看到两年多都没有碰过的毒品时，心一下就慌了，且蠢蠢欲动。

一石激起千层浪。他的心绪再次被毒品搅乱了。

为了摆脱内心对毒品的依赖，他开始用酒精麻醉自己，天天喝得大醉。

就这样，刁德欢躲在家中，苦苦地煎熬和挣扎了两个多月，他实在不想再回到过去，就拨打了赵强副大队长的电话，强烈要求自己要"回家"。他认为，只有"绿色回归家园"才能给他戒除毒瘾的希望。

4 月 6 日，阳光明媚。刁德欢在与妻子告别后，投身到"绿色回归家园"的建设中，他与每位"家庭成员"一起挥锄松土，栽种树苗，一会就大汗淋漓，累得直喘粗气。有人劝他歇一会儿，他却认真地说："我要把毒瘾埋藏，让其永不翻身！"大伙听了，哈哈大笑。

一旁的赵强听了，也忍不住意味深长地点头、微笑。

第四节 "社会化直通车"通向人心

戒毒人员回归社会，如何快速、高效融入社会，恢复其正常的社会生活能力？为此，四川省各强制隔离戒毒所都在寻找有效的解决途径。

通过社会力量的参与和支持，2013年7月13日，四川省资阳强制隔离戒毒所开启"社会化直通车"项目，让戒毒人员自食其力，享受劳动带来的幸福。

2012年4月，先后自戒两次的王文超毒瘾再次发作，其家人征得公安机关同意后，将他送到资阳强制隔离戒毒所。

经过生理脱毒，王文超被分到大队进行继续戒治，并参加康复劳动——胶鞋生产制作。通过一周的培训学习，他又被分到四班开始实际操作，贴胶鞋的外围条。

上岗没几天，王文超就违规了。

怕跟不上速度，影响全线生产，王文超紧张得手心冒汗。爱要小聪明的他，很快发现压合时间调控器在身边，他擅自将压合时间由2.4秒调至2.2秒。心想：压合时间少，贴围条的时间就多了。

正当王文超为自己的"聪明"暗自得意时，不料，副大队长朱蕾巡查到他身边。

"压合时间是多少？"

王文超支支吾吾，不知如何回答。

"缩短压合时间，就会压合不牢，出现次品，甚至废品。"朱蕾严厉批评指出，"你的行为，严重违反了安全操作规程，立即反省改正。"

在晚讲评时，民警再一次强调了安全生产操作规程的重要性，要求所有戒毒人员，在任何时候不能掉以轻心，务必严格执行。

当晚，王文超无法入睡，在床上辗转反侧。听到响动后，室友周伟明在他耳旁说："熟练后，就不会出差错，加油！"

王文超在睡梦中，梦见自己胶鞋贴围条成了全队第一名。

太阳升起来了。

第二天，上岗前讲评时，朱蕾针对王文超右眼残疾的情况，让主管民警黄帅为其调换工种，安排他踩微条压机。

"大家要吸取教训，有困难找民警。"朱蕾看着王文超说。

一转眼，王文超在踩微条压机组已半个月，除了上岗劳动，他和大队的戒毒人员一起，每天早、中、晚高唱励志歌曲、诵读国学经典和背诵戒毒誓词。在有规律的生活中，他的劳动技能逐步提高。

与此同时，王文超选定主管民警黄帅做他的戒毒导师。

通过多次沟通和交流，黄帅为他制订了三个戒治生活计划，即如何适应场所生活与心瘾祛除、抗复吸训练及社会适应性训练。通过不断调整，引导帮助，让王文超回归后，保持戒毒操守。

春去秋来，光阴如梭。一转眼，到了2013年10月。

还有半年，王文超将强戒期满。黄帅在找他谈心时，提及是否愿意参加"社会化直通车"外出就业体验。

"白天到资阳城区征峰鞋业公司参加就业体验，晚上回所参加康复训练，而且还有较好的薪酬。"黄帅试探着问，"就是一边就业，一边戒治，为期满解除正常就业打下基础。"

回归社会能有一份工作，对上有老、下有小的王文超来说，太重要了。他没有丝毫犹豫，立即答应。

因"社会化直通车"是试行期，所以参加人数有限，王文超看见戒毒人员争先恐后报名，各个激情高涨，对戒治格外积极主动。回宿舍后，他心事重重。

"不用担心，你很有优势，不管教育活动、康复训练、心理矫治还是习艺劳动都很努力，民警都看在眼里。"戒毒人员周伟民鼓励他说。

机会总是给有准备的人。从此，每当车间劳动时，王文超将所有工作都做到尽善尽美，不留一点瑕疵。

经过多种评估、严格审批和定向培训。一个月后，王文超意外收到一份惊喜，他参加"社会化直通车"的申请正式批准了。

王文超和其他参加外出体验活动的戒毒人员一起，跟随吴天斌副大队长，周一至周五，乘坐"社会化直通车"专用大巴到征峰鞋业公司劳动，每天上班6小时，又回到所里。

王文超等戒毒人员与其他社会工人同工同酬，截至2014年4月8日，参加"社会化直通车"就业体验5个月，共计收入6360元。除为家人邮寄了生活费外，他还向资阳市儿童福利院捐赠了300元的物品。

"你是否愿意留厂就业？"吴天斌副大队长问王文超。

"想，可我还想回家看看父母和儿子，然后再回来上班。"

"只要有你这句话就行，接下来的事，交给我来办好了。"

吴天斌当即衔接厂方，并联系王文超的父亲，告诉其儿子的真实想法。

4月8日，王文超强戒期满，他当着父亲和儿子的面，与厂方签订了劳动合同协议，正式成为资阳征峰鞋业公司的一名员工。

在一家三代临行前，吴天斌不忘叮嘱王文超："你暂时别回老家。"

"谢谢警官，我知道，你是担心我，怕克制力不强而复吸。你放心，我一定在厂里好好干，不辜负所领导和民警们为我创造的工作条件。"王文超说。他已为自己制定了目标，每天完成1000双胶鞋大底生产，如此，他每月可挣4000元以上。王文超打算将来用自己的劳动所得，回老家修建一幢两层小楼房，改善居住环境，让父母老有所依，给儿子一个安定又温暖的家。

第五节 探底帮扶戒毒者解决家庭困难

有人调侃，四川省资阳强制隔离戒毒所的民警，比鸡起得早，比狗睡得晚，比驴干得多。而一大队副大队长周强则认为，这是社会关爱戒毒人员持续的动力，更是民警们努力的结果。

因吸食冰毒、K粉等新型毒品的戒毒人员，易出现兴奋、狂躁、抑郁、幻觉等精神病症状，从而导致行为失控，所以，四川省资阳强制隔离戒毒所针对此类戒毒人员，进行集中管理。由此，一大队则肩负着全所言行异常人员的戒治工作，并有一个响亮的名字——言行异常人员专管大队。

82后的周强，在司法行政戒毒系统一干就是12年。2012年3月，他从五大队大队长助理调任一大队副大队长后，工作就更忙碌了。

周强常说，戒治无小事。对戒毒人员提出的要求，他们都必须尽快解决，真心实意地去做。哪怕调整一个铺位，从中也能起到实效性作用。

"一线管理工作，要找准切入点，才能保证场所安全，让戒毒人员回归更能继续保持操守。"在一大队工作，周强感触很多，社会包容、关注、帮扶戒毒人员，让他看到了他们回归的希望。

2013年2月3日，23岁的戒毒人员张小平来到一大队，身高1米8，站在队伍里，格外抢眼，但走路时，双腿分开，佝偻着身子，表情极其难受。

经所部医院检查，张小平患有附睾炎。周强在与他谈话时，始终将头深埋胸前，闷不作声。周强意识到，自己可能又遇到一名极其孤僻的人了。

入队没几天，事情发生了。

有戒毒人员向周强紧急报告："张小平把屎拉在裤子里。"周强立即赶到，并派专人为他强行洗澡。

如何打好张小平的"攻心战"？大队民警对他进行细致观察，寻找突破口。经过心理咨询师疏导，大队民警挨个谈心，张小平还是不愿吐露只言片语。

"再这样下去，这人恐怕就废了！"周强着急起来，他决定通知张小平的母亲到所里来沟通，寻找原因。

从张母口中得知，1999年，张小平的父亲因抢劫致人死亡而入狱服刑，由于家境贫寒，其妻生下女儿，便离家出走；如今，又被强戒，没人照看母亲和女儿，而张母又无经济来源。这些致使张小平将自己封闭起来，不愿与人交流。

在掌握这些情况后，周强立即向大队和所部汇报，决定专程去张小平家，进行实地探访。

2014年5月，天气闷热。周强和管教民警陈涛拿着张小平家的地址，开车前往简阳市石盘嘴镇。

两人将车停靠在田梗路边，边走边问，大约40分钟后，走到路的尽头，张母抱着婴儿迎上来，并带领两人走进了他们的家。

这是两间铁皮板房，经太阳烘烤，里面热得让人透不过气。周强进屋环视一周，没有一件像样的家具。而厨房，则是用泥巴垒成的，摇摇欲坠，斜倚在板房旁。张母抱着一个小孩，摇着竹子编制的扇子，大口喘气。

返程路上，周强和陈涛都没说话。一人开车，一人抽着闷烟。

回所后，周强向张宝副所长和大队支部进行汇报，并通过研究，决定向张小平家伸出援手，进行帮扶。

张小平的情况，牵动着全所民警的心。

认知康复科刘海科长和生活卫生科科长刘学灿，全程参与组织援助。

也不知是谁，将这事传到了成都关爱失足青少年协会执行会长汪绍根耳朵里，汪要求自己一定要代表协会前往看望。

涓涓溪流，爱心涌动。

两个星期后，刘海、周强、刘学灿和陈涛与汪绍根及秘书一行六人，顶着烈日，汗流浃背地行走在去张家的路上。

74岁的汪会长，强撑着身子，走过坑洼的田埂，原本40多分钟的路程，他们走了一个多小时。

张小平家地处偏僻，张母见有人来前，立即出门迎接。

汪会长从自己的口袋里掏出2000元，送到张母手中，并代表协会捐出3000元，而刘海和周强分别以所部和大队的名义，捐款2000元和1000元。

端着沉甸甸的8000元慰问金，张母抹着眼泪说："我们娃娃给国家添麻烦了，给你们添麻烦了。"

帮扶还在继续。

回所后，周强向所长赵泽勇汇报，最后形成援助方案，由四川省资阳强制隔离戒毒所牵头，出资15000元，用于偿还张小平建设板房时的部分欠款。同时，拨款8000元对张小平做身体检查和疾病治疗。

"23000元，一周内必须如数到位！"赵泽勇着急地说。

周强和刘涛带上慰问金，第三次前往张家，并对张母作出承诺："请相信我们，你儿子一定能痊愈。"

事后，大队5次带张小平到市医院进行附睾炎治疗，不仅如此，周强还联系到张小平父亲所羁押的监狱狱政科杨警官，请求让父子俩每月进行通话一次，一直到张父满刑释放。

在民警们的努力下，张小平的愿望一一实现了。

经所部同意，张小平可以抱一抱许久未见的女儿。探访那天，当他抱起有些认生的女儿时，满脸热泪。他"扑通"一声跪在周强脚下说："我给所领导添麻烦了，也给科长刘海和你添麻烦了。"

周强立即扶起他，并安慰说："我们是平等的，看到你家这样困难，我们拉一把，或许你就挺过去了。同时，我们希望对你的戒治有帮助。"

张小平终于释怀了，爱心将压力击溃。当他身体痊愈后，还在篮球场上挥洒快乐的汗水，成了全队的主力。

2015年2月2日，张小平解除强戒，他到阿坝州做起了收购生猪肉的买卖。同年6月，他从遥远的阿坝赶来，当着全所戒毒人员和民警的面，进行了一场生动的现身说法教育。

第六节　一线民警这样助人回归

庄子有云："人生若白驹之过隙，忽然而已。"

泸州地处云贵川渝边交界，拥有得天独厚的地域和水陆交通优势，北宋年间，是全国26个商贸口岸城市之一，三牌坊矗立在长江之畔，俯瞰岁月变迁。

日月更迭，泸州市强制隔离戒毒所内，三牌坊依然古朴凝重、庄严肃穆，让600余名戒毒人员善待生命，心怀敬畏之情，让心灵得到净化，增强戒治信心，回归社会。

军人出身的袁林今年43岁，是泸州市强制隔离戒毒所二大队大队长。在他看来，戒毒人员有血有肉，他们渴求亲人的关爱和原谅，只是缺少一座沟通的桥梁。

每逢周三，是泸州市强制隔离戒毒所的家属探访日，母子、夫妻、姐弟……仅一扇隔音玻璃的距离，端着电话筒，互拉家常。

"儿啊，不要再吸毒了，要忍着，出来找个工作。"

"晓得了，晓得了，我下个月出来就找。你要把降血压的药吃起走，开不得玩笑。"

"晓得吃，出来我跟你买套新衣服，鞋子是39码的，我记得到。"

"妈，衣服要鲜艳的，最好是大红色。"

"要的，我懂得起。"

一位白发苍苍的老人与戒毒儿子，计划着出所后的头等大事。

此时，在接待室管理区过道内，袁林正对戒毒人员徐韬进行一番教育。

"你咋这样对你妈妈？！"

"……"

"大老远来看你，你就不能对她说几句安慰的话？"

"袁大队，其实我对不起我妈，说心里话，我很愧疚。"徐韬眼眶潮湿。

今年 40 岁的徐韬是泸州纳溪人，家境优越，两位哥哥分别在青岛和重庆做房地产开发，一个姐姐在当地化肥厂工作。自从染上了冰毒，他彻夜不回家，而每次回家都是向母亲要钱，如果不给，他就发疯地砸东西发泄不满。

"你母亲 70 多岁了，一个人将你们 5 兄妹拉扯大，在家里是支柱，很不容易，你要学会感恩。"袁林推心置腹，将自己的经历，与徐韬分享。

袁林出身在农村，父母面朝黄土背朝天，家里与徐韬一样，也是兄妹 5 人。在部队时，他将津贴积攒起来寄回家里。每年部队的探亲假，他选择在农忙时节回家，帮着父母干农活。1994 年，21 岁的袁林如愿考上军校。

"这是责任，一个男人的责任，一个当儿子的责任。"袁林说，人一辈子要经历许多事，困难只是暂时的。能认识到错误，一切都还来得及。

随即，袁林安排徐韬当宿舍室长，其目的是锻炼他从管到做，找到人生的价值。没想到，徐韬将 11 名戒毒人员管理得井井有条。后来，又安排他在康复劳动生产中领头，同样没让袁林失望，60 人的车间，每天有条不紊运转。

探访日时，徐韬与母亲有说有笑，老人还向袁林打听，儿子在所里的情况和表现，像家长询问孩子的学习状况一样，听得认真又仔细。

2013 年夏天，基于徐韬在所里的优秀表现，经所领导同意，决定对他提前解除强戒，徐韬也是戒毒所唯一一名提前半年解除强戒的人员，至今未复吸。

基层戒毒民警，要有一双明亮的眼睛，洞悉戒毒人员所面临的困难。

袁林与其他民警一样，定期摸排"三无"人员和戒毒人员困难家庭，并进行力所能及的帮扶。

2014 年，一名强戒人员家中遭遇火灾。得知此事，泸州强制隔离戒毒所组织为其家庭捐款 12000 余元。同时，他们为 24 名戒毒人员亲属协调落实最低生活保障和困难补助，替 9 名戒毒人员未成年子女落实监护人。

一天，袁林和妻子路过水井沟商圈，后背被人轻拍一下，他回头一看，此人有些面熟。

"袁队，是我！我是李力。"对方笑着说。

袁林脑海中浮现出一个人影。"哦，想起来了。"

时光回到三年前，袁林在人所大队排查"三无"人员时，一个身体消瘦，身高 160 厘米左右的戒毒人员引了他的注意。通过了解，李力是合江人，小学文化，家境贫寒，从小无人看管，是个"放养"的野孩子。在社会上结交毒友后，他吸食毒品被公安机关当场抓获，2013 年被送至泸州强制隔离戒毒所。

刚人所时，李力叛逆、倔强，一股"破罐子破摔"的态度，对所规队纪从不遵守，也无家人探访。

袁林从最基本的言行举止、日常行为养成，对其教育，并安排其担任室长，随时关心，让李力有家的感觉。袁林还向所领导汇报了李力的实际情况，当地司法所及戒毒所工会主席陈川，立即对他进行关心和慰问。

李力说，当年正是有了所领导和大队民警的关心和照顾，才有了今天的自己。离所 3 年，他始终保持操守，从未沾染毒品，过上了正常人的生活。他现在帮一位老板搞废品回收工作，每月工资 2000 多块，不仅身体壮实了，而且还有一种成就感。夜幕下的酒城，更美了。

2015 年 7 月，清晨第一缕阳光，洒向大地，值夜班的袁林眼睛里布满血丝。当天，他将与管理科科长张强一道，护送高远春回家。

高远春系二大队戒毒人员，叙永双河人。经检查，他患有肺结核疾病，因表现良好，为便于所外就医和得到家人更好的照顾，所部决定，将其变更为社区戒毒。

早上 8 点，通红的太阳，升上天空。知了唱着欢乐的歌。

戒毒人员高远春被袁林和张强带着走出大队宿舍。三人钻进一辆事先安排好的面包车，袁林戏称，除了喇叭不响，哪儿都有声。

面包车沿着盘山路开往叙永。

"袁大队，你可以把窗户打开。"坐在袁林和张强中间的高远春，冒着大汗。

"不行，这是管理要求。"

"我都快中暑了。"高远春皱着眉头又说。

袁林与张强相互对视，分别将车窗打开一半。瞬间，车内凉快了不少，而过往的拉煤卡车，轧在坑坑洼洼的道路上，发出沉闷的声响，铺天盖地地扬起煤灰。

一路颠簸，下午 1 点，三人抵达叙永公安局。下车后，他们全身布满煤灰，脸上只看见眼睛转。袁林笑着说，这一次，自己真当了一回黑脸包公。

在公安局办理接管手续后，袁林将高远春叫到水龙头旁边，用手接水，替他洗脸；吃了午饭，三人又赶到双河派出所，等待高远春的母亲前来接人。

一个小时后，一位妇女淌着大汗，走进派出所。

高远春喊了一声"妈"！高母应声，眼里滚动着泪水。

"回家，配合治疗，肺结核急控中心免费拿药。"袁林临走时，对高母说，请她定期给大队打电话，以便了解高远春的身体及保持操守的情况。

太阳烘烤着大地，永宁河畔绿树成荫。

袁林和张强在回所路上，敞开车窗，但还是觉得太热，为避免中暑，两人请司机靠边停车，脱了衣裤，一头扎进永宁河里，进行物理降温。反复三次，晚上 8 点，他们终于回到了戒毒所。

袁林常说，从 2005 年部队转业到泸州市强制隔离戒毒所（原泸州劳教所），从一名劳教警察到一位戒毒警察，11 年的从业经历中，他将"以人为本、科学戒毒、综合矫治、关怀救助"奉为人生信条，尝遍了一线民警的酸甜苦辣。

第七节　保持操守不复吸的"秘籍"在哪?

2013年2月14日，成都市强制隔离戒毒所一大队副大队长宋健伟像往常一样，组织接收新入所的戒毒人员，一名叫张和平的小伙子，站在戒毒人员中，格外显眼。

按照规定，民警清点人数、接收资料、体检身体、发放物品、分配房舍……最后，民警对新收治的戒毒人员进行一对一谈话，以此掌握戒毒人员最原始的资料，从中发现问题。

宋健伟有着三年的从军经历，第一眼见到张和平，敏锐地感受到他经过严格训练，一举手，一投足，都有军人独特的英气。

在17年的部队生涯中，张和平连续多年被表彰为"军事训练全能标兵""先进共产党员""优秀军事指挥员"和"先进党支部书记"，荣立三等功两次，二等功和一等功各一次。转业后，他在法院工作。当谈及吸食海洛因的经历，一直埋头的张和平猛然抬起头，说自己是被表弟带坏的，之后便不愿吐露吸毒史的具体情况。

宋健伟觉得，张和平有着极强的自尊心，曾经荣耀的光环，使他不敢接受失败，更不愿面对如今的命运。

在队务会上，经宋健伟通报张和平的情况，大队立即成立了攻坚小组，采取信心重建为切入点，让他接受现实。

吸毒人员的经历，不径相同，其结果，大多以妻离子散收场。

张和平曾经有过得意人生，沉迷于赌博后，和睦的家庭关系日渐紧张。他为排解心中的烦闷，在朋友的诱导下，试吸了毒品。

"最放不下我6岁的儿子，离婚，儿子跟了我，现在由我父母照看着。"张和平说，儿子从小对他很崇拜，"一旦知道我吸毒，对他童年的心灵将是毁灭性的打击。"

亲情是启明星，在夜空中冉冉升起。

通过民警的鼓励，张和平主动联系了家人，对孩子的教育和成长问题进行沟通，找回家人的谅解和责任感。

张和平的转变，民警们看在眼里，喜上眉梢。

鉴于他表现优异，大队推荐他在各社区、学校、部队参加现身说法，警示别人，毒品对社会、家庭和个人的危害。

那段惨痛的经历，像愈合的伤疤被重新撕开。

"我清楚，你不愿意参加，如果能用你的教训警醒世人，避免更多的人走上这条路，我们不说是多么伟大，至少回归社会后，你更有勇气去面对你的儿子。"宋健伟开导说。

从第一次现身说法的拘谨，到后来的坦然，张和平经历了一次又一次洗礼，犹如涅槃重生的凤凰，面对现实，重审自己。

张和平出色的队列素养和优异的戒治表现，被推选为班组长，负责协助民警组织新收治人员队列训练，得到了民警和戒毒人员的认可。

人无千日好，花无百日红。

一天，一名戒毒人员向宋健伟反映，张和平对新收治人员进行"吃、拿、卡、要"，要求其家属上钱到他卡里。

宋健伟十分震惊，张和平戒治刚满一年，却冒出了享乐主义的苗头。

"必须消灭在萌芽状态。"经宋健伟调查了解，虽金额不大，但给队伍造成了恶劣的影响。经大队研究决定，当即免去张和平班组长职务，并让他在全队做检讨。同时，对其降为封闭式管理，取消当月考核和参加诊断评估资格，以此提醒他认清身份，通过学习和自省，提高自律意识。

这一处罚，令张和平重新审视自己。经一段时间的悔改和反思和多次测评，他获得了提前解除强制隔离戒毒的机会。

微风吹拂大地，阳光透过树荫。

去年1月13日，张和平解除强戒。他跟随民警邓涛，走到管理区门口，巧遇成戒所副所长张敏。

"张和平，回家了啊？祝贺你。"张敏上前握住他的手，强而有力地说，"要坚守信念，不要辜负家人和民警对你的期望。"

"请张副所长放心。"张和平深深鞠了一躬。

"好！"张敏拍着他的肩说："开始新生活，有什么困难及时和所里联系，我会去看你。"

回家后，张和平一直与民警保持联系，通过电话，民警了解到他与家人相处和睦。

张和平过得好不好？他有没有复吸？2016年3月4日，张敏副所长带着牵挂，与邓涛赶往他的老家。进行回访。

在当地司法局的协助下，他们通过走访社区、司法所，以及张和平的家庭和家人，基本确定，离所一年多，张和平保持操守，未曾出现复吸现象。

那么，他回归后保持操守不复吸的"秘籍"在哪儿呢？张敏发现他采用了封闭式生活。

他因害怕与毒友接触，一年多来，张和平除接送孩子上下学外，其余时间都待在家里。社区替他积极联系工作，但他害怕与外界接触过多，经不住诱惑而复吸。这让张敏十分担心。

"戒毒人员回归，更适合的环境在哪里？谁能监督、防止复吸？"张敏眉头紧锁，他觉得真正的回归，任重而道远。

第八节 "常青藤"亲情戒毒五步法

当亲人经过"常青藤戒毒模式"的矫治，回归家庭、社会，怎样才能使他（她）走出保持操守的第一步？又如何面对他（她）回归？这里，"常青藤"帮大家把好第一关，走出五步路。

第一关："黄金三个月"

在刚开始的三个月，亲人戒毒回家，值得高兴，但不要忘记，他（她）回家最重要的是不能再复吸，特别是回家后的三个月最为关键，被称之为"黄金三个月"。

在这个时间里，亲人刚回来，精神可能处于极度放松状态，自我控制能力很低。有时，会有放纵自己的想法，或抱侥幸心理：偷吸一次毒品不会上瘾，甚至在下定决心戒掉毒瘾时，又有最后再吸一次的想法。这些，都是危险的信号，大多发生在他（她）回来后的三个月内。

这期间，可能面临亲人回归无法与家人沟通，还没有信任感，为了不再复吸处于被监控状态，情绪不稳定。表现在：亲人过去毒友的诱惑，或者主动去联系他们；无事可做、没有条件、又无能力或不愿意就业。

怎么办？

第一步：建立家庭支持关系

接触对他（她）保持操守有帮助的人。比如亲戚、正常朋友、以往保持操守的戒毒者、有专业知识戒毒的志愿者等，这些，可与他（她）共同商量决定，切忌自作主张，要相信他（她）。

鼓励其与家人交流，有效地解决问题。明确地告诉他（她），大家愿意帮助他（她），并且相信他（她），希望他（她）能和家人多交流。有什么事，大家一起来商量、想办法共同解决。

强化积极的，减少对过去负面话题谈论频率。

亲人回来，需要鼓励和帮助，更需要信任，甚至还需要对他（她）所做的事情给一个肯定的微笑或点赞，与他（她）交流时，要肯定他（她）为保持操守所做的一切努力，尽量减少谈论他（她）过去所做的错事、谎言等等，因为他（她）内心很脆弱。

支持关系建立消除障碍。亲人保持操守是一件很困难的事情，需要家人的帮助和支持，但有时候，家人为了帮助亲人，方法不对，这样也会阻碍与亲人建立信任关系，使亲人感到不信任，无法得到家人的支持，得出只有怀疑的结论。所以，要特别注意避免使用以下词语：

命令、指示（常用词：必须、一定……）。

警告、威胁（常用词：要么……就……）。

说教、教训（常用词：应该、不应该……）。

争论、以逻辑说服（常用词：事实就是……。是的，但是……）。

批评、责备：直接伤害家庭成员，宣泄情绪。

侮辱、嘲弄：伤害亲人的自尊。

第二步：沟通信任

如何信任和帮助他（她）？这需要真诚的交流。而这里的交流，不是把自己的主观意见强加于他（她），通过交流，了解和掌握他（她）需要什么样的帮助？走进他（她）内心。

积极聆听，化解情绪，拉近距离。

最好的沟通就是聆听他（她）的讲述、宣泄，倾听他（她）的心里话，这样可以给他（她）安全感，拉近和他（她）的距离，有利于和他（她）沟通，可以试着说："我想听一下你对这件事的看法……"

提倡"我……"，减少"你……"。

沟通时需要注意技巧，特别是面对心理比较脆弱的亲人，可多用"我……你觉得怎么样？"沟通时，给出自己的想法，征求他（她）的意见，如果总是说"你……"，这是站在自己的角度去命令和说教他（她），这样很难达到沟通的效果。

如沟通不良，会造成这样的结果：无法建立信任关系，拒绝帮助和支持，降低回归者自我控制力，再次导致复吸。

第三步：帮助寻找操守理由

保持操守对亲人有什么好处？需要帮助回归亲人认识到这一点，并且鼓励和帮助他（她）坚持这样做。

不断有规律和清晰生动地提醒保持操守的理由。

明确二到三个主要理由，为什么亲人应该保持操守。

如保持他（她）的婚姻，改善健康，存钱让家庭度一次假，让亲人思考保持操守的理由。

建立一种正确的想象，寻找生活的支点。

和他（她）一起寻找一个可以实现的目标，并为此而努力奋斗。

根据他（她）以往的生活规律，找一项活动，如每天运动两小时，并鼓励他（她）坚持下去。

第四步：强化操守动机

当亲人在保持操守的过程中，有动摇的征兆，家人应及时干预，形成强化他（她）操守的动机。

与亲人讨论停止使用海洛因或冰毒等毒品的决心，成功可能性的大小。帮助亲人思考，如果保持操守，会觉得怎样？

鼓励亲人自我强化动机性陈述，陈述对问题的认识和吸毒行为的不良后果。

坦诚表达自己对目前状况的担心。陈述自己希望亲人改变的愿望。

第五步：寻找替代活动

让亲人知晓除吸毒外，人活着还有很多有意义的事情可以做。

帮助亲人制定日常生活计划。如果亲人没有工作，没有朋友，没有兴趣，没有希望，就很难改变，就很容易复吸。要让他（她）对未来充满信心。

共同制定活动列表，选择一到两个他（她）有兴趣参与的事情，鼓励其积极参与。

当他（她）在保持操守的过程中取得成绩，无论大小，要及时给予鼓励，给他（她）加油继续努力，这样会取得更大成绩，否则会打击他（她）的积极性。

帮助制定职业规划，并逐步实施。让他（她）有一个职业规划，为梦想而努力。

陪伴

后记　他们是最可爱的人

在采写这部书稿的日子里，我听得最多的一句话是："一朝吸毒，十年戒毒，终生想毒。"由此可见，毒品对人所造成的生理、心理毒害是多么恐怖，难怪戒毒被称为世界难题。

一位从事禁毒工作 32 多年的民警说："一人吸毒，家庭不幸；两人吸毒，家族不幸；三人吸毒，社会不幸……"他还以自己的所见所闻告诫人们，"毒品不除，子孙不保，民族不幸！"

国家禁毒委日前公布《2014 年中国毒品形势报告》称，中国有 1400 万人在吸毒，直接造成经济损失达 5000 亿元。

2016 年 3 月 23 日，国家禁毒委又公布：2015 年，中国共破获毒品犯罪案件 16.1 万起，缴获毒品 102.5 吨，同比分别增长 13.2%、48.7%，铲除非法种植毒品原植物 454 万株，缉毒执法战果创历史新高。

由此可见，毒品在中国肆意横行，且越演越烈，吸贩毒不法分子十分猖獗。一些地方干部也陷入了毒品的魔掌，染指其中，引发腐败案件。

如何解决中国毒品泛滥的问题，有专家一针见血地指出，中国在控制毒品泛滥的问题上，要一手抓源头，一手抓终端，两手一起抓，且都要硬，才能避免毒品在中国泛滥成灾。同时，毒品的预防工作不能单纯靠公安、海关、边防进行查处，而是需要全社会共同参与和努力，需要从学校、社区、机关单位等人群聚集的地方，开展形式多样、内容丰富的预防毒品宣传教育。

那么，司法行政戒毒教育工作如何开展呢？

四川司法行政戒毒系统将"常青藤戒毒模式"以人为本的核心理念贯穿到教育戒治全过程，已出现了可喜的局面。

他们针对戒毒人员存在对毒品的强烈依赖、心理异常、人格变化、自控能力差等一系列问题，重视个体化教育，已形成了一套行之有效的制度和方法，从强制隔离戒毒人员的生理、心理和社会关系各方面入手，找准"软肋"进行强攻。

同时，他们还运用自身的各种经验和知识，不断创新和探索，面对戒毒人员的倾诉，让其宣泄不良情绪，待平静后再进行心理辅导；运用赏识教育，树立戒毒人员自尊和自信，调动戒治积极性，从"要我戒治"转变成"我要戒治"。

"常青藤戒毒模式"的适应性回归考验是一种很好的尝试。它让强制隔离戒毒人员提前融入社会，进行适应性训练，修复其心理和社会关系，促进社会功能恢复。通过约束性机制，在戒毒人员心中设立了一根心理警戒线——决不复吸，使其在周归、月归期间，拒绝毒品成为一种常态。从而，降低了真正回归社会复吸的可能性。

四川省统计局一份第三方社情民意调查显示：2015 年对 12886 名四川司法行政戒毒系统解除强戒出所的戒毒人员进行电访、信访和面谈。90.4% 的受访者在最近一次解除强制戒毒后，保持操守，不再尝试复吸。其中，81.2%的受访者得到了朋友的支持和帮助，与家人共同居住的占 73.1%，满意度和操守率均高于选择独居的受访者，而通过司法行政强制隔离戒毒，出所人员对毒品的认识，有了显著提高。更令人欣慰的是，近年来，四川司法行政戒毒系统收治的艾滋病感染戒毒人员出所 3000 多人，到目前为止，无一例交叉感染现象发生，他们信守承诺，真正做到了"艾滋病感染到我为止"。

由于篇幅有限，本书采撷到的，只是四川司法行政戒毒系统的一角，还有诸多感人事迹，未采写进来，我深感遗憾。例如：

在戒毒战线上工作了 20 多年的宋超，2014 年 10 月，被四川省司法厅选派前去支援藏区扶贫工作，深受藏区群众喜爱，大家都亲切地叫他"希宁"（意为"亲人"）。

为了陪伴戒毒人员，把工作放在第一位的攀枝花市强制隔离戒毒所一大队大队长张健，忽略了妻子的感受，2004 年导致家庭破裂。至今尚未再婚的他，依旧把工作看得很重。前妻在离婚时，埋怨他说："我嫁一个男人，成天看不到！大队有事跑得飞快，家里有事找不着人！"

还有在戒毒者与亲人之间构建桥梁的民警刘泽均、被戒毒者称为"暖心哥哥"的文胜、戒毒者的孩子们眼里的"守约叔叔"黄建刚、在儿子心中的"缺席爸爸"丁小平、"热血男儿"牛桥、管理工作佼佼者梁建平、用青春书写忠诚的黄帅、挑战自我的黄小波、戒毒人员最喜爱的民警辜崇谊、朱涛、华智勇、陈军、崔蓉跻、刘科、张震、张波、余波、卢文胜、李智、刘泽均、钟标、文光聪、文溢、陈雪梅、李炜、王川、彭建、韩志勇、陈祥瑜、黄建刚、陈文、肖月斌、陈丁先、李世勇、陈雪连、华智勇，特殊战场上的"白求恩"杨沅儒、美丽的"白衣天使"吴晓琴、扎根基层的黄华、"老顽固"张文海、最怕接听儿子电话的曾娟、"编外看护"陈雪松……

这些，我均未能写进这本集子。他们真情陪伴戒毒者的事迹，深深地打动着我，感染着我。

我常常含着眼泪写作。

本书采写过程中，得到了如下单位和个人的大力支持。在此，我一并深表感谢。他们是：（排名不分先后）

四川省戒毒管理局：

林蒙昌　王　哲　赵泽勇　沈宁达　彭朝阳　车孟春　陈　德
王　涛　万　辉　周冰川　陈英唐　晨　杰

四川省资阳强制隔离戒毒所：

李　兵　钟太云　邓　刚　任安莲　刘　海（教育科）刘学灿
刘　海（一大队）谭　兵　肖　炜　周长维　付　涛　汤　吉
张英明　杨　雷　刘嫣然

四川省新华（绵阳）强制隔离戒毒所：

杨春林　陈福明　蒋文剑　袁传兵　王群英　王晓钦　郭葆青
张方燕　杨　丽　赵　强　王晓涛　陈妹霖　赵小平　张小刚

四川省眉山强制隔离戒毒所：

童立云　程华东　李群忠　骆志军　周永朝　王富裕　谢汀兰
任雪涛

四川省成都强制隔离戒毒所：

段宗彬 李 涛 张 敏 赵 洪 吴正君 付卫东 顾荣莉

四川省女子强制隔离戒毒所：

朱怀忠 陈 俊 唐 容 张小燕 罗 濂 刘 君 赖 波
周 利 任凤鸣 熊玉竹 杨 莎 毛豫川

四川省成都戒毒康复所：

张卫国 黄朝怀 李汉泉 蒋宪君 宋 华 张 强 邓 渊
李龙军 帅相兵

泸州市强制隔离戒毒所：

黄智华 邓 杰 张 强 王 熹 袁 林 罗 冰 张峻荣
潘 丽

攀枝花市强制隔离戒毒所：

刘 镇 冯 明 毛和成 罗洪光 李敬中 程 序 陈 媛
张 健 周方来 黄发春 卓 亮 沈永恒 李劲松 刘大勇

　　当社会、家庭和亲朋好友歧视或抛弃或远离艾滋病病毒感染吸毒人员和多次戒毒又复吸的人员时，我们的司法戒毒民警却挺身而出，亲近他们，陪伴他们，替他们找回走失的灵魂，助他们重获尊严，给他们绝望的心灵以慰籍，让他们回归社会迎接生命的春天！所以，戒毒民警在他们心中，永远是信任和精神的卫士！

　　正如我在本书《引子》中所说，司法戒毒民警是我们这个时代最可爱的人。故而，人们对这支队伍，充满了崇高的敬意！（特别说明：为保护戒毒人员，本书中他（她）们及亲朋好友，均为化名）

2016 年 6 月 26 日于成都